逐梦港珠澳大桥

Hong Kong-Zhuhai-Macao
Bridge

周强 著

广州新华出版发行集团
广州出版社
中州古籍出版社

图书在版编目(CIP)数据

虹起伶仃：逐梦港珠澳大桥/周强著. —广州：广州出版社；郑州：中州古籍出版社，2019.4
ISBN 978-7-5462-2906-5

Ⅰ.①虹… Ⅱ.①周… Ⅲ.①纪实文学—中国—当代 Ⅳ.①I25

中国版本图书馆CIP数据核字（2019）第073034号

出 品 人	柳宗慧　张存威
书　　名	虹起伶仃——逐梦港珠澳大桥 Hong Qi Lingding Zhu Meng Gang-Zhu-Ao Daqiao
著　　者	周　强
出版发行	广州出版社 （地址：广州市天河区天润路87号9楼、10楼　邮政编码：510635　网址：www.gzcbs.com.cn） 中州古籍出版社 （地址：河南省郑州市郑东新区金水东路39号C座　邮政编码：450016）
策划编辑	刘春龙
责任编辑	田宇星　李祖哲
责任校对	李少芳　李接力
责任技编	刘雁明
装帧设计	紫上视觉　刁俊锋+黄隽琳
印刷单位	广州市快美印务有限公司 （地址：广州市白云区广从五路410号一楼103房、二楼、五楼部分　邮政编码：510545）
规　　格	787毫米×1092毫米　1/16
字　　数	330千
印　　张	17.25
版　　次	2019年4月第1版
印　　次	2019年4月第1次
书　　号	ISBN 978-7-5462-2906-5
定　　价	68.00元

向"逢山开路、遇水架桥"的
港珠澳大桥建设者致敬!

港珠澳大桥是国家工程、国之重器。

港珠澳大桥的建设创下多项世界之最,非常了不起,体现了一个国家逢山开路、遇水架桥的奋斗精神,体现了我国综合国力、自主创新能力,体现了勇创世界一流的民族志气。

我为你们的成就感到自豪,希望你们重整行装再出发,继续攀登新的高峰。

——习近平

(据新华社2018年10月23日报道)

为大桥立传 为时代画像

伶仃洋上"作画",大海深处"穿针"。历时6年筹备、9年建设,全长55公里,集桥、岛、隧于一体的港珠澳大桥横空出世。汇众智,聚众力,数以万计的建设者战严寒、斗酷暑、抗风雨,用心血和汗水浇筑成了横跨三地的"海上钢铁长城"。

港珠澳大桥是全球最长跨海大桥,也是在"一国两制"框架下粤港澳三地政府首次合作共建的大型基础设施。她不仅是技术上的"超级工程",也是具有国际影响力的"制度工程"。

翻阅此书,历史浮现在眼前。2003年8月4日,国务院同意粤港澳三地政府成立协调小组,全面开展有关港珠澳大桥建设项目的前期工作。随后经过6年策划论证,2009年10月28日,国务院正式批准了港珠澳大桥工程可行性研究报告,同年12月15日,港珠澳大桥正式开工。

迎寒来暑往,看潮起潮落。2016年9月27日,港珠澳大桥主体桥梁正式贯通,从概念到实体,港珠澳大桥已然出现在世人面前,全社会从此对港珠澳大桥的关注度与日俱增,全国媒体对港珠澳大桥的报道也掀起了一波又一波的高潮。

2017年6月16日,我和分社同事第一次登上了港珠澳大桥。我见过杭州湾跨海大桥、胶州湾跨海大桥,但港珠澳大桥的雄伟与壮观有过之而无不及,给人极强的心灵震撼。茫茫大海,钢铁大桥向远方延伸,在力量与美感中达到了完美的统一,我脑海中不由自主浮现出毛主席1956年畅游长江后题写的词句:"一桥飞架南北,天堑变通途。"中国正在从桥梁大国迈向桥梁强国,港珠澳大桥就是这一伟大进程中新的里程碑。

从早期设想到最终落成,港珠澳大桥的建设过程,正是中国国力不断向上攀升的过程。从"神舟九号""上九天揽月",到"蛟龙号""下五洋捉鳖",中国在航空、铁路、桥梁等领域不断取得重大成果。港珠澳大桥正是中国经济、科技、教育、装备、技术、工艺工法发展到一定程度集成式创新的结果。

2018年10月23日,习近平总书记出席港珠澳大桥开通仪式,指出,港珠澳大桥"体现了一个国家逢山开路、遇水架桥的奋斗精神","体现了我国综合国力、自主创新能力,体现了勇创世界一流的民族志气","是一座圆梦桥、同心桥、自信桥、复兴桥"。(据新华社2018年10月23日报道)

10月24日,港珠澳大桥正式通车运营,由此进入桥梁运营的"下半场"。十几年来,中国建设者以"千人走钢丝"的慎重和专注,经受了无数没有先例的考验,交出了出乎国内外专家预料的合格答卷。追求卓越、力求完美,所有建设者将大桥打造成为世纪工程、景观地标的追求和努力,共同成就了港珠澳大桥这个中国桥梁界的丰碑。

港珠澳大桥横跨世界最繁忙的伶仃洋航道,每天有4000多艘船舶航行,台风、大雾、强对流天气致使每年有效作业时间只有200天左右。面对防洪、防风、海事、航空限高等各种复杂建设难题,全国各地的建设精英们夙兴夜寐,顺境不骄、逆境不馁,以"功成必定有我"的责任感和使命感,矗立起中国桥梁的高峰,再度刷新了世人对中国工程的固有印象。

港珠澳大桥更是中国特色社会主义制度优越性的集中体现。由33节巨型沉管组成的沉管隧道是目前世界最长的海底深埋沉管隧道,在深达40米的水下,每一次沉管对接犹如海底穿针。受基槽异常回淤影响,E15节在安装过程中经历三次浮运两次返航。紧要关头,广东省政府果断下令在附近水域采取临时性停止采砂措施,为大桥建设保驾护航,彰显了中国集中力量办大事的制度优势。

周强是一个有心人,也是一个幸运的记者,他几乎记录和报道了大桥建设的全过程。在10月22日即开通仪式前一天,他陪着我再次上桥,对后续通车报道工作进行检查。当车开至隧道时,我对他说:"港珠澳大桥就是一座工程领域的'珠穆朗玛峰'，与三峡工程的影响力不相上下，三峡工程竣工后曾有新华社记者出书，你可以尝试一下。"没想到，他利用业余时间将15万字的书稿完成了。

  本书从港珠澳大桥的筹备起笔，宏观展现了港珠澳大桥的建设历程。同时又从细处着眼，生动呈现了建设中遇到的一系列重要问题以及一次次化险为夷的过程。全书刻画了港珠澳大桥建设者的群英像，生动描绘了大桥建设者们不惧困难、勇于挑战的坚定意志和乐观精神，体现了中国创造的伟大力量。

  今年"两会"期间，习近平总书记看望参加政协会议的文艺界、社科界委员时强调，"要深刻反映我们这个时代的历史巨变，描绘我们这个时代的精神图谱，为时代画像、为时代立传、为时代明德"。（据新华社2019年3月5日报道）我想，今天为港珠澳大桥立传，就是为了更好地发扬"逢山开路、遇水架桥"的港珠澳大桥精神。当前，中国经济爬坡过坎、改革进入深水区，尤其需要发扬这种时代精神。

  以周强为代表的新华社记者见证了港珠澳大桥建设的整个过程。他们和建设者同甘共苦，唤醒了"超级工程"背后那段艰难困苦、玉汝于成的集体记忆。在发出一篇篇记录大桥建设节点新闻的同时，他也积累了大量有史料价值的资料。如今，周强把这些积累和感悟写成《虹起伶仃——逐梦港珠澳大桥》一书，集中再现了桥梁建设者们伶仃洋上追梦的光辉历程，成为这个梦想成真时代的有力注脚。作为周强的同事和领导，我深感欣慰，也为之高兴。

新华社广东分社党组书记、社长

2019年3月19日

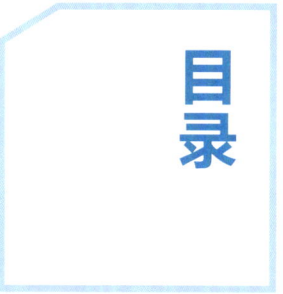

上部 雄关漫道真如铁

第一章 命运工程 梦起伶仃
圆梦桥 同心桥 自信桥 复兴桥 // 4
爱国实业家胡应湘："大桥动议"第一人 // 7
双面"夹击"下的珠海遗憾 // 8
珠江口再起风云 // 15

第二章 筚路蓝缕直面"世纪之争"
难抵"诱惑"进了"临时机构" // 22
珠澳对决：桥位登陆点之争 // 29
世纪之谜："单Y"还是"双Y"？// 31

第三章 三地首次合作共建如何啃下硬骨头？
"律师生涯满足了" // 36
"一地三检"还是"三地三检"？// 38
吸引私人投资为何屡屡受挫？// 45
当银团筹建遇上国际金融危机 // 52

长风破浪会有时   中部

第四章　在流水线上"制造"钢铁大桥
3年同等工期如何制造12座香港昂船洲大桥？　// 58
致命一问：钢结构如何抵抗疲劳？　// 66
"中国可以造出世界最好的钢塔"　// 75
"龙爪"是如何炼成的？　// 77
如何在海底扎稳"马步"？　// 83
像制药一样生产碎石料　// 89

第五章　国之重器：钢塔千吨重　悠然空中来
不眠不休只为给"海豚""翻身"　// 94
中国装备：世界第一吊　// 100
与台风赛跑的余立志秃顶了　// 103
超级精度挑战伶仃洋上的"空中舞蹈"　// 105
"风帆"入海记：差点桥毁船沉　// 110

第六章　零经验起步人工岛如何"速成"？
老将出征：一事无成？无事不成！　// 114
钢圆筒筑岛："水豆腐"变"豆腐干"　// 122
绕地球一圈：小心驶得万年船　// 125
无言的战友：天下第一锤　// 127

第七章　"千人走钢丝"成就滴水不漏沉管隧道
"香港工程界要向你们学习！"　// 136
牛头"梦工厂"：金刚不"裂"之身　// 139
深海"初吻"：鏖战96个小时　// 145
E15沉管：三次出征两次返航　// 152
林鸣：我喜欢出发！　// 157

人间正道是沧桑　下部

第八章　弱势业主还是强势业主？
和谁攀登"珠峰"？ // 166
法人"新思维"与承包"旧习惯" // 170
既能当主角，也能当配角 // 173
资金危局：全面建设还是全面停工？ // 181
精调！那一刻他们成为命运共同体 // 185

第九章　"一流品质"背后的国家科研力
低造价如何确保120年使用寿命？ // 192
承台深埋：只为10%的阻水率 // 199
"看不见"的国家科技支撑 // 202
给大桥装上智能的"眼睛" // 207
让"港珠澳大桥标准"走向世界 // 211

第十章　大桥建成通车　白海豚"不搬家"
临时穿越：差点夭折的大桥计划 // 216
HSE与560名观豚员 // 220
值吗？为白海豚保护，工程造价增加了36.7亿元 // 227

第十一章　"一国两制"新实践　湾区城市群启航
粤港澳大湾区的"试验田" // 232
朱永灵：胸怀就这样被撑大了 // 239
回味那一刻：我们被习近平总书记接见！ // 245

后记 // 257

伶仃虹起

逐梦港珠澳大桥

Hong Kong-Zhuhai-Macao Bridge

上部

Hong Kong-Zhuhai-Macao Bridge

雄关漫道真如铁

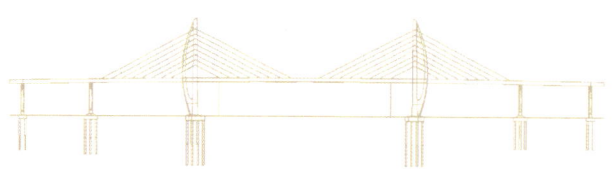

第一章　命运工程　梦起伶仃

圆梦桥　同心桥　自信桥　复兴桥

珠江，自云贵高原奔腾而下，潮涌着奔向中国南海。

大海无言，波涛翻腾，见证着国家与民族命运的跌宕起伏。兴与亡、荣与辱、生与死，数百年来在这片海域轮番上演。

曾经，南宋宰相文天祥被元军押解经过这里时，留下了"惶恐滩头说惶恐，零丁洋里叹零丁。人生自古谁无死，留取丹心照汗青"的千古名篇。

曾经，西方的坚船利炮在这里横行无忌，践踏积贫积弱的旧中国，唤醒了清王朝的天国迷梦。

咸淡交界处，新旧交替时，东西方文明交会点，在改革开放40周年之际，港珠澳大桥以傲然屹立的雄健身姿，飞越了这片百年备受欺辱之海，使粤港澳三地历史性牵手言欢，打通了粤港澳大湾区"任督二脉"，向世人宣示中国共产党领导下的大国崛起的磅礴力量。

这是具有非凡意义的一天。

2018年10月23日上午10时，中共中央总书记、国家主席、中央军委主席习近平在广东珠海出席港珠澳大桥开通仪式，宣布："港珠澳大桥正式开通！"

国家工程，国之重器。

这是习近平给予大桥和大桥建设者的极高评价：

"港珠澳大桥的建设创下多项世界之最，非常了不起，体现了一个国家逢山开路、遇水架桥的奋斗精神，体现了我国综合国力、自主创新能力，体现了勇创世界一流的民族志气。""大桥建成通车，进一步坚定了我们对中国特色社会主义的道路自信、理论自信、制度自信、文化自信，充分说明社会主义是干出来的，新时代也是干出来的！"（据新华社2018年10月23日报道）

这是一座圆梦桥。

喇叭口形状的珠江口，东西两岸，天堑难越。自20世纪80年代开始，以胡应湘、梁广大为首的有识之士便开始筹划横跨珠江计划，然而，受制于体制、经济、环境等各种因素，已获"准生证"的伶仃洋大桥计划无疾而终。港澳相继回归，中国恢复对港澳行使主权。跨江计划风云再起，历经6年策划和9年建设，港珠澳大桥这一超级工程横空出世。

桥，由此岸前往彼岸的通道，从已知到未知再到无限未来的途径。一桥飞架三地。从此，粤港澳之间有了便捷的通路和物理连接，从香港到珠海或澳门，仅需30分钟车程，三地的人员、金融、贸易等往来更加便利。孕育了多年的梦想终于照进现实。

这是一座同心桥。

美丽的"中国结"镶嵌在两个索塔之间，寓意着三地携手共进、永结同心。港珠澳大桥是粤港澳三地政府首次合作共建共享的大型基建工程，一座大桥跨越两种政治体制、三个独立关税区和三种法律环境，在世界范围内也是绝无仅有的，其统筹协调的难度之大可想而知。

共筑同心，其利断金。为了筹建港珠澳大桥项目，三地政府联合中央政府创造性建立港珠澳大桥专责小组、三地联合工作委员会、港珠澳大桥管理局三个层面的建设协调与决策管理机制，秉承"就高不就低"标准打破了我国大桥"百年惯例"，首次提出了120年设计使用寿命的要求。在30多项跨界通行政策中，珠澳口岸更是采用"合作查验，一次放行"的创新通关模式，大幅减少通关时间，

便利客旅往来。

这是一座自信桥。

建桥技术，二十世纪六七十年代看欧美，二十世纪八九十年代看日本，如今看中国。港珠澳大桥是继丹麦—瑞典厄勒海峡大桥、日本东京湾跨海公路、韩国釜山—巨济跨海通道、美国切萨皮克湾跨海大桥之后国际跨海工程建设史上的又一里程碑，是世界瞩目的超大型跨海集群工程，也是中国交通史上技术最复杂、建设要求及标准最高的工程之一。

世界最长沉管隧道打破了外海深埋的施工禁区，全球首创的钢结构板单元自动化生产线在3年同等工期可以制造12座香港昂船洲大桥，凭借八锤联动释放的振沉力让钢圆筒成岛技术独步世界；这座横跨伶仃洋的大桥也被业界誉为桥梁界的"珠穆朗玛峰"，其建造难度"直逼技术极限"。在艰难困顿面前，港珠澳大桥开创了无数个世界第一，填补了世界空白，向世界输出了中国的"港珠澳大桥标准"。

这是一座复兴桥。

当今世界经济版图中，湾区是国际重要的滨海经济形态，更是世界一流海滨城市的显著标志。世界三大湾区——纽约湾区、旧金山湾区、东京湾区已然成为带动全球经济发展的重要增长极和引领技术变革的领头羊。以纽约湾区的布鲁克林大桥、韦拉扎诺海峡大桥，旧金山湾区的旧金山—奥克兰海湾大桥、金门大桥，东京湾区的濑户大桥、京门大桥等为代表的桥梁工程，实现了湾区内基础设施一体化、网络化，成为带动区域经济发展的基础性动力。

港珠澳大桥的建成通车，犹如打通了粤港澳大湾区的"任督二脉"，湾区内人享其便、货畅其流，一个被中国南海环绕的、联系日益紧密的珠三角超级城市群正蓄势待发。伴随着国运兴隆，这个前所未有的宏伟工程应运而生，成为中国砥砺奋进历史性成就中浓重的一笔。随着莲花大桥、深圳湾大桥、广深港高铁这些超级交通工程的相继建成，香港、澳门与内地的联系愈加紧密，深度融入国家发展大局，为中华民族的伟大复兴注入了澎湃的能量。

爱国实业家胡应湘:"大桥动议"第一人

这一天,83岁高龄的胡应湘应邀在珠海出席大桥的开通仪式。这一天,也是胡应湘提出伶仃洋大桥构想35年后第一次看到完工的港珠澳大桥。

作为改革开放后最早到内地投资的香港实业家之一,胡应湘1935年出生于香港,是香港合和实业有限公司董事局主席。改革开放初期,"三来一补"企业陆续落户广东,伴随而来的则是电力供应不足、通信不畅、运输不便等基础设施短缺的问题。

胡应湘就是在那时决定要向珠三角地区进行基础设施投资的。他先后投资兴建了广州中国大酒店、广深高速公路、广珠高速公路、虎门大桥、沙角电厂等标志性项目。

胡应湘1954年至1958年在美国普林斯顿大学就读。这段留学经历丰富了他的见识,也拓宽了他的视野。他大学三年级时,时任美国总统艾森豪威尔决定在美国修建州际高速公路网。该公路网总耗资1140亿美元,历时35年,到1992年建成。正是伴随着这个过程,美国进入经济高速发展时期。

他在1978年向广东省提交了关于珠江三角洲公路网的构想,并提出了"不搞高速公路,工业上不去"的观点及世界发达国家基本都建成了完整的交通网络,因此珠三角未来发展也应该建成一张自己的交通网的建议。

广州中国大酒店建设期间,一次糟糕的体验让伶仃洋大桥计划进入胡应湘的视野。考虑到中国大酒店将来的运营及客流来源,一天傍晚胡应湘决定沿着珠江西岸去澳门,然后再乘轮渡回香港。一番舟车劳顿再加凄风冷雨,让他深感交通不便的痛苦。

在高耸入云、雄伟别致的合和中心64楼,回到办公室的胡应湘来回踱步，硕大的工作台面上铺开的是一张珠三角地区地图。他开始畅想，要是整个珠三角西部与香港相通，物畅其流、人享其便，是何等快意。

"何不规划一条从香港到珠江西岸的大桥，形成整个珠三角环状高速路网？"胡应湘随后在美国展开调研，发现旧金山湾区已经修建了5座跨海大桥。

在多次实地踩点后，他发现，伶仃洋中有两座天然岛屿——淇澳岛和内伶仃岛，从珠海到香港最西面的一片海域水较浅，凭借两个岛修桥可以连接珠海与香港，加起来总长不到30公里。

1983年，胡应湘提出了《兴建内伶仃洋大桥的设想》，大桥西起淇澳岛，跨过内伶仃岛，跃至香港屯门烂角咀，全长27公里，按照双向三车道标准建设，静态总投资为134亿港元。由此，胡应湘成为提出港珠澳大桥具体兴建设想和计划的第一人。

双面"夹击"下的珠海遗憾

在珠海市委大院1号大楼一楼大厅的显眼位置，曾长期摆放着伶仃洋大桥的模型。实际上，珠海至香港建跨海大桥是珠海人20多年来的梦想。

梁广大，以敢闯敢干而闻名，人称"梁胆大"。他自1983年开始先后担任珠海市代市长、市长、市委书记。在他主政珠海过程中，"跳出珠海看珠海""命运工程"等施政言论广为传播。

在梁广大的心中，为珠海修建的机场、港口、铁路等，是珠海长远发展的"命运工程"。在当时，珠海一个集装箱要依次绕道中山、顺德、南海、广州、增城、东莞、深圳，才能转到香港集装箱码头，至少需要一天时间。要摆渡过七八道河流，一个集装箱运输费用就是五六千港元，而深圳、东莞只需要两千多港元，奇高的运输成本让外国投资者望而生畏。没有打通与香港连接的通道，成为珠海经济特区发展落后于深圳经济特区最大

1

的瓶颈。

一次历史的因缘际会，让"胡桥王"与"梁胆大"见面了。

1986年11月20日，胡应湘应邀访问珠海，向梁广大详细介绍了修建伶仃洋大桥的方案。珠海方面非常重视，双方还就方案细节进行了深入交流。

1987年底，中共珠海市委、珠海市政府作出一项重要决策：打通对外开放通道，建设伶仃洋大桥。随后，为统筹负责大桥建设的前期工作，珠海成立了伶仃洋大桥指挥部，伶仃洋大桥筹建办和伶仃洋大桥集团公司也相继成立，时任珠海市常务副市长霍荣荫为指挥部负责人。

1989年2月15日，在一年一度的春节外商联谊茶话会上，梁广大首次对外公布了建设伶仃洋大桥的战略构想。设想一经公布便引起轰动。

对珠海而言，这无疑是一次高瞻远瞩的战略构想。梁广大非常清楚跨海大桥对城市发展的重要性。他反复对领导班子强调："一桥拉动，珠三角西部的棋子全部盘活。"

从1989年到1992年，珠海先后与广东交通、航道、水利、环境、地质、水文、气象等相关的部门，进行初步研究论证与规划，并组成考察组到国外有跨海大桥的地方进行实地调研，前后考察了日本的东京大桥、横滨海湾大桥、濑户大桥，以及美国的金门大桥，澳大利亚的悉尼大桥。

"我建议你们不要搞海底隧道。海底隧道最大的问题是预防地震，如果地震造成隧道爆裂就很麻烦了。"在日本考察时，日本前首相中曾根康弘接待了梁广大一行，他继续说，"日本1987年建成的连接本州青森地区和北海道函馆地区的津轻海峡海底隧道，开通后相关技术就没有过关。建议你们修建桥梁。"

梁广大不无忧虑地说："珠海地处珠江口，每年台风频繁，大桥受到台风袭击时不安全。"

中曾根康弘回应说："日本台风并不比中国南海台风小，台风并不可怕，抵御台风的技术我们已经过关。如果珠海有需要，日本可以提供帮助。"

1991年上半年，建设伶仃洋大桥各项研究工作全面启动，经过2年的论证与修改，《伶仃洋跨海工程预可行性研究报告》上报国务院。1993年10月，国家计委批复，由广东省自行审查对项目的可行性研究报告，以及技术与经济论证，包括资金筹措等立项前期准备的工作。

拿到批复后，梁广大也开始着手争取港英政府的共识。然而，面对香港民间的建桥呼声和珠海市政府抛出的橄榄枝，港英政府并未给予热情回应，在整个20世纪80年代的香港基建潮中，伶仃洋跨海大桥始终不在港英政府工程名单之列。

直到1995年1月，中英关于香港与内地跨境大型基建协调委员会（IEE）在广州召开第一次全体大会，伶仃洋大桥项目被列为首批协调项目之一。

随后的两年时间内，中英接连召开了5次IEE会议，就伶仃洋大桥的重要性、可行性达成了共识，最后明确伶仃洋大桥在香港的着陆点为屯门烂角咀，并提出了香港境内连接路网的初步规划。

"当时香港还没回归，港英政府不希望香港与内地走得很近，对大桥的反应是冷漠的，回应也是被动的。"胡应湘回忆说，"港英政府在香港回归之前的方针是将香港与内地隔绝，最好不要与内地有任何瓜葛，因此当局委托英美顾问公司做了研究报告，该公司建议港英政府20年以后再考虑此事。"

1997年7月1日，香港回归。梁广大在7月下旬便赶赴香港与时任香港特别行政区行政长官董建华会面，当面提出建设伶仃洋大桥方案，获得董建华支持。与此同时，胡应湘也在与董建华交流时提出，将1983年接驳香港屯门的原"内伶仃洋大桥"方案，改为东接位于大屿山的香港国际机场，西接澳门及珠海的"粤港澳大桥"方案。

1997年10月，回归后的香港与内地跨境大型基建协调委员会正式成立，确认了原

1

IEE达成的各项共识。会议决定，如果伶仃洋大桥获国家批准立项，大桥的淇澳岛至屯门烂角咀段（含烂角咀登陆后的第一个桥墩）由珠海市承担一切建设开支，烂角咀以东的配套工程由香港特区政府承担一切建设开支。

1997年10月1日，中国工程院组织11位两院院士专门研究伶仃洋大桥建设方案。1998年12月17日，国务院总理办公会同意建设伶仃洋大桥项目。1998年12月31日，国家发展计划委员会正式批复项目立项开始可行性研究。

当时，这座跨海大桥建设方案面临两种选择：南线方案是从香港大屿山至珠海与澳门之间的海域设人工岛，由该岛分两路分别入珠海和澳门，类似现在所说的"Y"形路线；北线方案则由珠海金鼎至淇澳岛，跨过内伶仃岛至香港屯门烂角咀。

由于南线方案更靠外海，要有更强的抗台风能力，深水海区长度比北线方案大，其中水深5至10米的有12公里，10米以上的有4公里，均比北线长。综合各方面的因素后，交通运输部公路规划设计院（现中交公路规划设计院有限公司）在完成的预可行性报告中推荐北线方案。

正式公布的伶仃洋大桥方案为北线方案：西起珠海淇澳岛大王角，跨过内伶仃岛，跃至香港屯门烂角咀，全长27公里，其中桥长23公里，大桥引道4公里，按双向六车道高速公路标准设计，桥宽31米，设计行车时速为100公里。预计总投资约134亿元。

伶仃洋大桥项目费尽千辛万苦获得的"准生证"，在后续推进中却无疾而终。

当时，担任香港特区政府政务司司长兼粤港合作联席会议港方代表的陈方安生女士提出了"小心边界模糊论"，这使得粤港合作联席会议的工作再次被拖延。

从1998年到2001年，粤港方面总共只开了三次工作会议，合作停留在纸上谈兵阶段，伶仃洋大桥因此被严重拖延。屯门登陆点也面临异议：屯门一直是香港的交通瓶

2017年6月6日,建设中的港珠澳大桥(梁旭 摄)

颈，若要在屯门登陆，除非香港整个新界道路系统都加以改造。

对此事，澳门也未等闲视之。

尽管当时澳门尚未回归，但澳门方面一直非常关注港澳之间修建跨海大桥的规划方案。

在珠海公布伶仃洋大桥计划后，以黄汉强为代表的港珠澳大桥澳门关注小组就开始研究大桥方案。作为澳门大学研究中心首席研究员、澳门社会科学学会会长，黄汉强认为获批的伶仃洋大桥方案使澳门被孤立，对澳门经济的发展构成了边缘化威胁，将导致澳门机场等的生存困难。

"当时澳门还在葡萄牙政府的管辖之下，所以这些论证和研究都是澳门的民间学者、专家，以及商界组织的。"他说，"澳门本就是微型经济，经济能量不足，对内地与香港的依附性较强。大桥建设澳门不能缺席。"

1998年1月，澳门将三地专家、学者、企业家提出的多个建桥方案进行比较研究，由澳门大学、北京大学组成的澳门经济及社会发展战略研究课题组联合编写了《珠江口伶仃洋上兴建跨海大桥主要方案比较研究报告》。

同年6月1日，部分澳门民间专家、学者，以及商界人士联名给国务院领导写信，并附上《港珠澳大桥与伶仃洋大桥的比较研究报告》。信中表示，跨海大桥具有巨大的政治经济价值和战略意义，不仅牵动港澳和珠海三地的利益，更是关系到国家全局和"一国两制"实践的工程，而兴建伶仃洋大桥考虑澳门的意见和利益不够，在澳门即将回归之际，容易挫伤澳门人的感情和信心，希望中央政府从各个建桥方案中找寻地区之间的利益平衡点。

随后，澳门各界代表在多个场合发声，认为伶仃洋大桥关系到澳门未来的经济发展，要允许澳门人参与研究兴建，以不损害澳门利益和不影响港澳关系为宜。

香港冷、珠海热、澳门堵，在港澳的双面"夹击"下，珠海单方面主导的伶仃洋大桥修建工作步履维艰。在2001年建成连接珠海市区和淇澳岛的引桥——淇澳大桥后，主桥工程最终搁浅。

多年之后，香港"一国两制"研究中心的邵善波、杨春等研究员分析认为，伶仃洋大桥方案有两个先天不足：一是线路未涉及澳门，未能充分考虑澳门利益，令澳门担忧被边缘化；二是香港着陆点在屯门烂角咀有弊端，因为屯门地区交通压力大，需要接驳多条路线才能连接现有网络，投资庞大。

为了跨越伶仃洋，珠海人民付出了大量的心血，在珠海市档案馆一直存放着大量关于伶仃洋大桥的材料，涉及桥址区的地震、环保、地质、水文、气象、地形、水环境、通航等专题。

1998年11月，梁广大正式退休。主政珠海16年任上，他本着把珠海经济特区建成国家的特区、为国家提供经验的初衷，珠海港、珠海机场等大型基础设施落棋有声，然而伶仃洋大桥却成了他的一大遗憾。

这不仅是梁广大的遗憾，也是珠海的遗憾，更是一代人的遗憾。"也许这就叫一代人不可能做两代人的事。"梁广大充满感慨地说。

20年弹指一挥间，曾经处于同一起跑线的深圳以一骑绝尘的姿态成为粤港澳大湾区的核心城市，而珠海的地区生产总值在珠三角九市中倒数第二。

珠江口再起风云

时间有时候是制约发展的瓶颈，有时候也是推动发展的一剂良药。

随着中国政府恢复对港澳行使主权，香港特区与珠江西岸、澳门特区的沟通与交流日益频繁，交通运输压力越显突出。

两地同胞常年往返港珠澳三地，坐轮渡转汽车，饱受舟车劳顿之苦，建设一座从香港穿越伶仃洋到达珠海的跨海大桥，成为珠三角两岸有识之士的共同梦想。

遭受1998年亚洲金融危机的香港也意识到，制造业转移是全球产业发展的周期性规律，而香港要进一步保持竞争力，就必须依托内地广大的经济腹地，而与香港隔海相望的珠三角西岸地区，有着大量的土地和富余的劳动力。

看着伶仃洋大桥降温、冷却，直至封存进历史，胡应湘从未放弃自己的大桥梦想。他秉持着愚公移山的精神再次走上游说的道路。

2001年，胡应湘被时任香港特区行政长官董建华任命为香港港口及航运局主席。他再一次向香港政府提议修建跨海大桥，陈述建桥的必要性，"烦得董建华要命"。

他对董建华说，香港目前的港口集装箱虽多，但收费却很高，要想维持香港地位以及珠三角制造的竞争力，就要提供服务，降低成本，方便快捷，而这座桥可将海运、陆运、河运和空运联系起来，扩大香港的物流腹地。

董建华立刻指派时任香港特区政府运输局局长吴荣奎研究胡应湘的提议，但得到的回应是，根据港英政府委托英美顾问公司做的研究报告，在2020年前没有建桥的必要。

2001年4月，广东省常务副省长欧广源带团赴港招商时表示，既然香港认为2020年才有修建跨海大桥的需求，而广东有沿海高速公路要接驳，所以广东计划建设从深圳至珠三角西岸的跨海通道，并在2002年4月举行的广东银行同业公会第二届理事会上公布了深珠海底隧道计划。

此时，围绕跨海大桥的建设，香港内部各大财团也分为两大派：以李嘉诚、霍英东为代表的航运派（反建派）和以合和集团主席胡应湘为首的公路派（主建派）。究其根本，是各自利益，特别是港口利益之争。

反建派认为，珠三角西部货物用船舶运输到香港比较经济，建大桥需花费大量纳税人的钱，缺乏成本效益，并且大桥建成对香港葵涌码头、深圳盐田港的货源构成分流。

主建派则强调，港府若迟迟不兴建大桥，可能让广东捷足先登，在珠海、澳门和深圳之间兴建隧道，跨越香港进行货物贸易，香港的地位将被边缘化。

2002年2月，胡应湘以全国政协委员、香港策略发展委员会委员的身份把一份名为《关于兴建由香港大屿山至澳门、珠海的粤港澳跨海大桥的建议》的文件带到北京，罗列各方案利弊，从珠三角经济体系、中国加入WTO（世界贸易组织）、香港经济战略转移等方面，历数建桥的迫切性，可谓用心良苦。

胡应湘始终对兴建跨海大桥保持一种坚持不懈的热忱。面对质疑，他一一回应。对于质疑建桥技术风险的人，胡应湘认为其少见多怪；对于认为建大桥浪费纳税人的钱的意见，胡应湘回应，反正是私人投资，周瑜打黄盖，愿打愿挨。

在2002年8月26日举办的构建珠三角物流平台研讨会上，胡应湘当场宣布，合和集团已经决定打破香港政府在港珠澳大桥问题上的长期沉默，拟牵头联合新鸿基地产、信德集团，以及另一家金融机构，集资150亿港元，希望以民间私人资本力量，推动兴建连接香港、珠海、澳门三地的跨海大桥，政府无须投入一分一厘。

"对香港来说，土地与劳动力价格上升引起的生产成本增高导致了发展空间的缩小，而离香港较近的珠江东岸城市深圳、东莞等由于类似原因，吸纳香港辐射力的能力也在变弱。而港珠澳大桥的建成，将打破伶仃洋的阻遏，把珠三角连为一体，使香港在法律、物流、金融、国际贸易方面的优势和珠三角制造业的优势形成互动，使物流、资金、服务进入发展较慢的西岸地区，将整体提升珠三角'世界工厂'在全球经济竞争中的实力。"胡应湘表示，竞争带来的淘汰和产业中心的转移是很快的，20世纪40年代全球最大的机械制造业中心是美国，60年代是日本，70年代是"亚洲四小龙"，珠三角已经不是成本最低的地方，亚洲还有更便宜的印度、越南，如果香港和珠三角抓住这个机遇，就可能实现共同发展的目标。

2002年底，时任国务院总理朱镕基访港，表示中央政府支持建设大桥项目。由此大桥建设获得国家层面的明确肯定。

  发展才是硬道理。

  面对内地"大齿轮"的高速运转，"小齿轮"香港必须加快转速才能跟上内地发展步伐。反对之声越来越小，修建跨海大桥渐成香港各界共识。2003年1月8日，董建华的施政报告中提到，兴建连接香港与澳门和珠三角西部的大桥，对整个区域的经济发展具有战略性的意义。

  "对这座桥贡献最大的不是我，而是董建华。是他打破了香港特区政府的条条框框，突破了传统的思维。"胡应湘在接受媒体采访时如是评价。

  珠三角再起风云，"大桥动议"重新提上日程。自此，从香港到珠海的"伶仃洋大桥"理念，被连通香港、珠海、澳门的"港珠澳大桥"正式取代。

  2003年1月，国家发展和改革委员会（简称"国家发改委"）和香港特区政府共同委托国家发改委综合运输研究所开展研究。对于预可行性研究的预研究，课题组负责人陈元龙将研究的重点聚焦在两个问题上：一是大桥要不要建设；二是什么时候建设为好。

  "我们总共做了4个专题的研究，力求朝深度做。"陈元龙说，"我们分析后觉得珠江西岸蕴藏的客运、货运量，东西岸之间至少需要再修建两三条跨海陆路通道。其中港珠澳大桥具有重大的政治及经济意义，应当优先建设。"

  "非典"肆虐，让报告推迟了一个月。7月31日，第四次内地与香港大型基础设施协作会议在北京召开，会议听取课题组的研究汇报后均认为迫切需要建设连接香港、珠海、澳门三地的大桥。

  随后，国务院批准了《香港与珠江西岸交通联系研究》报告书，并于2003年8月4日同意粤港澳三地政府成立协调小组，全面开展有关港珠澳大桥建设项目的前期工作。

  协调小组由香港特区政府担任召集人。协调小组责任为负责港珠澳大桥项目协调决策及有关工作，其基本职责有四项：全面开展各项前期工作；委托事业单位进行可行性研究；开展项目招标及评标；委托中标机构进行工程建设。

1

　　25天后，协调小组于8月29日在广州召开了第一次会议，对港珠澳大桥建设模式及融资模式提出了初步设想。随后委托中交公路规划设计院有限公司（简称"中交公规院"）进行可行性研究，周海涛担任组长，孟凡超担任副组长。

　　2003年，中国开始改革开放已有25年，香港回归祖国也已6年。这一年，中国国内生产总值近14万亿元，增速达10%；这一年，"神舟五号"飞天；这一年，"非典"疫情爆发。

　　经过20年的筹划与努力，港珠澳大桥终于从民间协商转入官方程序，真正进入实操阶段。

　　在朝思暮想中，梁广大看到了港珠澳大桥的新生。此桥非彼桥，彼桥亦是此桥。抚今追昔的梁广大鲜见地接受采访，表示港珠澳大桥一定要建，并且越快越好，不仅能带动珠三角西部，而且将带动整个大珠三角成为全球最具竞争力的地区。

2018年10月24日，港珠澳大桥正式通车运营（梁旭 摄）

胡应湘是港珠澳"大桥动议"第一人

梁广大（中）在主政珠海特区期间，一直希望打通珠江东西两岸的跨海交通

2017年7月4日，夕阳映照下的港珠澳大桥海豚塔（梁旭　摄）

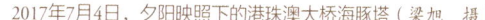

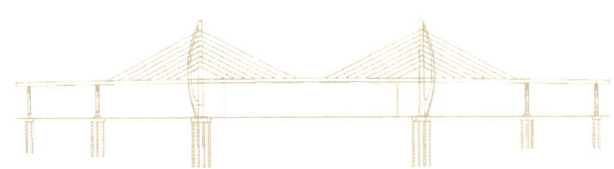

第二章 筚路蓝缕直面"世纪之争"

难抵"诱惑"进了"临时机构"

一阵急促的电话铃声响起。那是暮春一个阳光灿烂的下午,张劲文正在午休,蒙眬中接起电话。电话那头是朱永灵。朱永灵开门见山,邀请张劲文加入港珠澳大桥前期工作协调小组办公室(简称"前期办")。

14年过去了,现任港珠澳大桥管理局党委委员、工程总监的张劲文至今仍清晰地记得那一天——2004年4月17日。当时在广东省高速公路有限公司任副部长的张劲文才29岁。

在国务院批准粤港澳三地政府开展港珠澳大桥前期工作后,2004年3月前期办成立,负责处理日益增多的各项与投资建设大桥项目有关的日常事务。

2004年3月30日,时任广东省高速公路有限公司董事长的朱永灵被粤港澳三方聘任为前期办主任。

前期办机构位于广州市广东交通大厦9楼。一开始,在广东省推荐的三人名单中,港方政府在2003年底确定了苏权科为前期办主任。苏权科曾参与过厦门海沧大桥、汕头海湾大桥建设,并担任工程咨询总监。

不过,朱永灵的毛遂自荐打破了这一人事任免计划。知道消息后的苏权科多少有些失落,但他很快调整好心态,并找到广东省交通厅领导表示自己依然希望参与大桥建设。

朱永灵把第一个电话打给了苏权科:"三地政府聘我为大桥前期办主任,我也知道一些以前的情况,不知你还愿不愿意来?"

1

"来！"苏权科快人快语。

"有可能让你做总工程师，可以不可以？"

"可以！"苏权科回答得很干脆。

朱永灵与苏权科为同龄人，仅相差1岁，虽然见面较少，但在工程领域早已互有耳闻。

朱永灵出生于1963年，不到15岁就考上了同济大学，就读于道路与交通工程系。31岁被提拔为广东省公路管理局副局长，成为当时全国最年轻的省级公路局的处级干部。当修建虎门大桥需要资金时，组织委派他赴香港筹办融资公司，他用5年时间即完成融资任务。再后来他又被组织调回广州，任广东省高速公路有限公司董事长。

在一次公司全体大会上，他当着全体员工承诺：只会在董事长位置上任职3年，3年后，主动离职。可以说，毛遂自荐是朱永灵遵守承诺、自谋出路之举。

"港珠澳大桥在初期酝酿的时候，没人敢打包票保证大桥一定能够建成。但我看好这个项目，因为大桥对三地都有利。"朱永灵也曾反复考量自己，"我懂业务，搞过境内公司，做过香港公司，对融资、招投标，以及国际商务都有经验，何不一展身手？"

踌躇满志的朱永灵开始四处招兵买马、广聚英才。

在4月17日的那通电话里，他对张劲文说："以前伶仃洋大桥不知什么原因搁浅了，港珠澳大桥也面临不确定性，来不来你可以考虑考虑，明天再给我答复。"

"不用等了，我愿意加入。"面对"超级工程"的巨大诱惑，张劲文加入了港珠澳大桥前期办，任工程技术组组长。

访谈中，张劲文说："港珠澳大桥是一个巨大的平台，为我们在专业上的发挥提供了无限的空间。我们可以利用这个项目与院士对话，与大师交流，与世界一流的专家团队讨论，没有哪个项目有我们这样的专业背景和技术资源。这一切对一个自1992年开始系统接受路桥知识训练的年轻人具有质的诱惑。"

余烈在进入前期办担任主任助理前，长期在广东省交通厅任职，直至担任咨询中心副主任。当接到朱永灵电话后，他即刻就跑到朱永灵办公室。

"我在交通厅时就曾参与过伶仃洋大桥的一些工作，认为港珠澳大桥已经具备条件。如此好的机会，我一定要抓住。"余烈生怕错过这次机会。

根据编制，前期办设主任一人，兼职副主任两人，还设总工程师、主任助理，以及综合事务、工程技术两个组。副主任则由港澳各提名一人。

刘少燕在加入前期办之前，在广东省高速公路有限公司京珠北分公司党群部从事人事管理工作。京珠北公路项目世界银行贷款项目筹建期间，她一直担任项目外语翻译。

朱永灵找她谈话："前期办需要一个懂文秘、英语、人事、财务的综合人员，你的工作经历比较适合。但你也要考虑清楚，来到这里要付出的机会成本。"

刘少燕似乎没怎么想就答复说："从事过京珠北公路这个项目后，对工程建设就有了很深的感情，来港珠澳大桥前期办将是我人生的另外一个提升的平台，我愿意接受这个挑战。"

2004年5月1日的劳动节过后。星散在各处的工程师们离开原单位到广东交通大厦9楼办公室集中办公，开始了港珠澳大桥挑战与成就并存的工作。

苏毅第一天去前期办报到时没去办公室。2004年6月25日，他从南方证券投资银行部辞职后，径直跟随前期办主任朱永灵到了深港西部通道做调研。

前期办不具有法人资格，连机构代码证都申请不下来。一旦工程可行性研究报告获批，项目公司成立，他们还可能面临就地解散的风险。苏毅的档案还挂靠在南方人才市场，而余烈、张劲文等人的人事关系依然保留在原单位。

为了港珠澳大桥，张劲文不仅自己难抵"诱惑"，还拉着自己的大学同学江晓霞一起"下水"。28岁的江晓霞研究生毕业后，于2001年到广东省公路勘察规划设计院工作。

1

张劲文在电话中告知她，前期办实质上只算一个临时机构，在发展前景上没有太大的保障。但江晓霞似乎没有考虑那么多，只是感觉错过了这个机会，将会终身遗憾。她后来回忆说："当时并没有经过什么复杂的心路历程，头脑一热就过来了。"

29岁的段国钦在加入港珠澳大桥前期办前一直负责机电工程建设任务。2004年5月的一天，他先后接受了组长张劲文和主任助理余烈的面试，他们明确表示前期办尚属临时机构，最好以借调形式先来工作。"没想到原单位领导不同意，那段时间，我是身在曹营心在汉。"

在2005年2月在组织完成了京珠南高速公路机电工程的交工验收工作和京珠南北联网收费工作后，段国钦思索再三，含泪向原单位辞职，加入了前期办，已升任广韶公司部门经理的他说："尽管原单位领导和同事多番挽留，但我必须离开。选择离开，是为了一个更为宏远的梦想和追求。"

一群精英就这样放弃了之前的优渥待遇和发展机会，来到了一个"临时机构"——一个随时有可能因工作推进不下去而面临解散的临时机构。

曾经，海只是诗人描绘"海上生明月，天涯共此时"的温情浪漫，是"惊涛拍岸，卷起千堆雪"的波澜壮阔，是歌手轻声吟唱"年轻的水兵，头枕着波涛"的优美旋律。海，遥不可及。

从此，他们听到的将是粤港澳三地政府对跨越伶仃洋、联系珠江两岸的不同声音，看到的是跨海通道的设计图纸，讨论的是港珠澳大桥的建设方案。海充满了他们的整个生活。

在对超级工程的无限向往中，他们卷入了历史的洪流中，踏入了国家发展的大潮中。他们生逢其时，遇到了千载难逢的伟大工程。

一滴水，流进小溪，它就成了小溪的一部分。

逐梦港珠澳大桥

港珠澳大桥前期工作协调小组办公室在广州挂牌成立，朱永灵致辞

港珠澳大桥日落（梁旭　摄）

港珠澳大桥日出（梁旭 摄）

前期办13人被称为"十三太保"，这是2006年他们与家属的合影。前排从左至右：胡春园、刘少燕、江晓霞、曾志军、林顺威、熊金海；后排从左至右：李斌峰、陈昔平、苏毅、苏权科、张劲文、齐微（家属）、朱永灵、余烈、段国钦

一滴水，注入江河，它就成了江河的一部分。

一滴水，飘落大海，它就成了大海的一部分。

测量员熊金海、司机林顺威也陆续加入。由于编制有限，前期办成立时只有13个人，被戏称为"十三太保"。人员少、任务重，每个人往往要身兼数职。

搞财务的还要负责环评、白海豚的研究，搞机电的还要兼做海域使用论证和口岸布局，搞测量的还要完成用地预审，学工程的还要研究法律，人人都必须成为多面手。

余烈被称为"机器猫"，更像一名大内总管。他不仅要参与技术工作，还要经常参与各种行政协调工作，通航论证、抛泥区选划论证、采砂区论证，以及航线航道的转换调整等不一而足。

工作高要求，待遇低标准，在2004至2008年期间，前期办甚至没有加过一分钱工资。苏权科来到前期办，工资减少了，待遇降低了，更关键的是，连司机还得自己当。一天，朱永灵租了一台小汽车，对他说："老苏你会开车，以后出去就由你开车了。"

即使是工程技术组成员调研，苏权科也要兼职司机，"不少技术问题就是在开车途中团队一起碰撞出来的"。

在中国，大型基础建设项目的建设管理，从项目提起到投入运营一般分为策划、准备、实施和完工四个阶段。根据职责，前期办需要广泛听取社会各方意见，及时向上级协调小组反映有关情况，重要问题经协调小组研究同意后，提交中交公规院作为编制可行性报告和各项专题研究报告的依据。

工程可行性研究报告主要论述港珠澳大桥的必要性和可行性问题，由1个主报告和19个专题报告组成。前期办需要跟踪和监督中交公规院进度等有关前期工作情况，对其提交的意见和工作报告进行审核，每半个月向协调小组通报一次各项工作进展情况。

对没有包含在大桥可行性研究报告备忘录中的重大技术问题，前期办则须委托咨询研究单位或组织专家进行论证，咨询意见和论证结果经协调小组研究决定后，作为可行性研究报告编制的依据。

面对浩大而繁复的工作，他们每天的日程安排得满满当当。余烈说："方方面面的工作几天几夜都说不完。只有将这些协调工作做完之后，才能向国家上报工程可行性研究报告。只有把工程前期的事情充分考虑好、规划好，施工单位才能进场。"

为了达到与项目相匹配的能力，从2003年开始，他们考察了国内的东海大桥、苏通大桥、杭州湾大桥，也远赴英国、日本、荷兰、瑞士等国考察培训。

朱永灵常常警醒大家："这个工程这么大，有一个风险是能力不足的风险。我们的知识和经验都不足以胜任港珠澳大桥的挑战，我们唯一能做的就是兼收并蓄、博采众长。"

珠澳对决：桥位登陆点之争

港珠澳大桥是在"一国两制"框架下，粤港澳三地政府首次共建共享的超大型跨海工程项目。没有先例，没有经验，一切都需要"摸着石头过河"。三个关税区，体制不同、法律不同、文化不同、标准不同，工程可行性研究阶段推进很快进入"深水区"。

大桥登陆点就是其中之一。

港珠澳大桥开展前期工作后不久，香港很快公布了港珠澳大桥在香港的落脚点，基本确定在大屿山西北礁石湾与沙螺湾附近。而位于大桥西端的珠海和澳门方面当时却未有定案。

珠海较明确表示拟将落脚点放在横琴岛附近，澳门则希望将登陆点放在珠海景观大道——情侣路上。一场珠海与澳门的拉锯战就此展开。

在珠海提供的方案中，落脚点放在横琴岛，一来可以避免拱北主城区交通压力不堪重负，二来有利于拉开珠海城市框架，优化珠海城市发展格局，特别是横琴岛接近珠海保税区，横琴岛区内有近80平方公里的土地可供开发利用。

梁广大在与前期办座谈时提出自己的意见："拱北口岸是国家第二大口岸，人流高度集中，通车后口岸将难以承受，此外拱北是珠海的商业区，繁华闹市，交通难题很难解决，货柜车上下大桥很容易造成交通瘫痪。"

面积狭小的澳门处于珠海的环抱之中，北线方案将通过澳门水域，跨过三座南北向的桥梁，最终落地横琴岛。如果采用空中架桥方案，将澳门一分为二，有碍城市景观；如果采取隧道穿行，澳门将来的地铁计划难有空间施展。如果采用南线方案，大桥将环绕整个澳门，线路太绕不经济。为此，"横琴方案"遭到了澳门方代表的强烈反对。

双方僵持不下。2005年4月1日，国家发改委交通运输司在珠海主持召开了港珠澳大桥桥位技术方案论证会。大家围绕前期办提供的方案展开充分论证，详细听取粤港澳三方意见，围绕"东方明珠/拱北"及"北安/横琴"两个重点方案进行详细比较，并实地进行考察。

由多名院士组成的专家组连夜整理当天论证会上的观点和建议。2日12时30分，专家组组长、交通部原总工程师杨盛福宣布：

"经过综合论证比选，原则同意港珠澳大桥东岸起点为香港礌石湾，西岸澳门登陆点为明珠，珠海登陆点为拱北，优先考虑采用北线礌石湾—拱北/明珠桥隧组合方案。"

大桥登陆点的选择着实让研究单位中交公规院设计大师孟凡超备感头痛。他带领团队一次次沿着伶仃洋岸边考察，没有周末，一天接着一天地干，不能休息，也不敢休息。

孟凡超深知，登陆点控制着整个大桥的走向问题，决定了大桥的工程规模大小，"可以说登陆点就是跨海通道的龙头，龙头定不下来，龙身和龙尾也就摆不起来"。

作为全国工程勘察设计大师，孟凡超在之前几十年的职业生涯中，参与设计了厦门海沧大桥、南京长江第三大桥、杭州湾跨海大桥、青岛胶州湾大桥和浙江嘉绍大桥等多座

1

跨江跨海大桥，获得国际国内设计奖项50多次。

那是一个绝望的春天，也是一个多雨的春天。他们每一天都无功而返，都离绝望更近一步。孟凡超团队头顶的愁云犹如珠三角的雨丝，连绵不绝。

一天，团队从澳门返回珠海，他们在澳门口岸与拱北口岸之间发现了一块缓冲区域，这是一块"三不管"区域，也是一块让他们眼前一亮的区域。

孟凡超用脚一量，50米左右，刚好够设置6车道。就是在这里，团队研究后提出了在珠澳之间填人工岛，然后采用地下隧道的形式下穿拱北口岸和澳门口岸的中间地带，避开了原拱北口岸的拥挤，又通过连接线拓宽了珠海的框架。

拱北登陆点的确定，为工程可行性研究打开了大门。

世纪之谜："单Y"还是"双Y"？

有关"单Y""双Y"的设计方案一直是港珠澳大桥的舆论热点，对港珠澳大桥放弃连接深圳的议论和揣测就一直没断过，社会各界对此有不少声音。

围绕大桥建设，三地专家学者、民间人士各有看法，提出了不同版本的新设想，据不完全统计，20年间大概冒出了14个建桥方案。

其中最著名的是胡应湘与郑天祥分别提出的"单Y"与"双Y"方案。"单Y"是指大桥东连香港，西接澳门和珠海；"双Y"是指东连香港和深圳，西接澳门和珠海。

年逾80岁的郑天祥谈起港珠澳大桥的方案至今记忆犹新。他既是香港民间组织"2022计划"的一员，也是广东港珠澳大桥关注小组的一员。

早在跨海大桥设想浮现时，利丰集团荣誉主席、香港机场管理局前主席冯国经，就邀请两地学者和官员，加入香港的一个民间组织"2022计划"，探讨港珠澳大桥

的可行性方案。郑天祥提出将深圳囊括进来，提出了"双Y"方案，即一桥将港深珠澳四地同时连接起来。

但香港不接受该方案。香港中文大学一份研究报告认为，"双Y"方案会导致香港航运量减少三分之一，最后香港采取了港珠澳大桥的"单Y"方案，即一桥通港珠澳三地的方案。

"单Y"与"双Y"方案之争仿佛成为世纪之谜。在大桥通车后，港珠澳大桥管理局局长朱永灵与副局长余烈在其官方刊物中首次对外披露，"一桥连四地"的概念虽然更受欢迎，但通过论证发现，不论是从大桥交通功能定位、工程技术上讲，还是从经济、管理上讲，目前港珠澳大桥的"单Y"设计是内地及港澳均能接受且合理的方案。

从功能定位上讲，由国家发改委综合运输研究所完成的《香港与珠江西岸交通联系研究》显示，国家已对珠江口未来需要建设的港珠澳大桥、深中通道、伶仃洋大桥等进行了初步规划及建设排序，考虑到港珠澳大桥、深中通道、伶仃洋大桥功能定位不同，实际中"双Y"方案建设并不可行，需要统筹规划，有序建设。

从工程技术上讲，"双Y"很难选址，甚至还有环保风险。珠江口是典型的弱潮型河口湾，无论是港珠澳大桥线位，还是伶仃洋大桥线位，大桥的线位走向须与水流方向垂直，这就意味着大桥必须遵循与现在的大桥线位基本平行的线位，可以向上或向下平移，但不能从同时靠近珠海和澳门的位置陡然向北连接深圳。按照现在的港珠澳大桥线位连接深圳，需从东人工岛处修建引桥，现有铜鼓航道就会被破坏，这是得不偿失的。

如果走靠近深圳的伶仃洋大桥线位，要把澳门连起来，有两种方案：一种是从珠海登陆连接澳门，出于出入境管理需要，珠海到澳门需设全封闭的专用车道，珠海市就被一分为二了；如不登陆，直接从淇澳岛的位置沿着海边南下修一座矮桥连接澳门，则珠海的情侣路景观将被破坏，也不科学。

从经济上讲，"双Y"一次性资金投入非常大，并不合算。"双Y"设计是为了少修一座桥，用港珠澳大桥一座桥连接四地。港珠澳大桥的设计使用寿命是120年，因此桥梁的通行能力必须为未来120年的经济发展留出余量,这是经验之谈。比如虎门大桥,刚刚20年就已经堵车十分严重了。未来一段时间内中国还会保持中高速增长,粤港澳的发展也会让四个城市间的人流、物流大幅增加,若要满足未来交通需求,桥面宽度需从目前的双向6车道拓宽至12车道,一次性投资巨大,初步估算大约增加投资50%,可往往一开始交通量并不会太大,与其一次性建一座"双Y"大桥,不如先建一座"单Y"的港珠澳大桥,未来有需要时再建伶仃洋大桥,同样可以起到"双Y"的连通效果,并且预留了轨道交通的发展空间。

从管理上讲,"双Y"会大大增加大桥的管理难度。珠海到深圳的车是不需要经过出入境检查的,那么港珠澳大桥一座桥上既有跨境车,又有不需要跨境的车,管理起来会非常麻烦。广九高铁"一地两检"就是因为一些法律问题吵得不可开交,如果港珠澳大桥一桥连四地,内地往来车辆和港、澳跨境车辆在桥上混合行驶,那么届时走私、交通事故、刑事犯罪等各种问题将非常棘手,不好处理。

"双Y"不一定要通过一座大桥来实现。港珠澳大桥只是粤港澳大湾区基础设施互联互通整体规划的一部分,未来如果有需要,从珠海经淇澳岛、内伶仃岛往深圳蛇口、香港屯门烂角咀可再建一座桥,可以是公铁两用桥,将使大湾区人民的出行更加方便。

2018年10月24日，正式通车运营当天的港珠澳大桥珠海公路口岸（梁旭 摄）

孟凡超（左）是港珠澳大桥初步设计总负责人

港珠澳大桥桥头（梁旭　摄）

2018年10月24日，车辆驶过港珠澳大桥东人工岛（梁旭　摄）

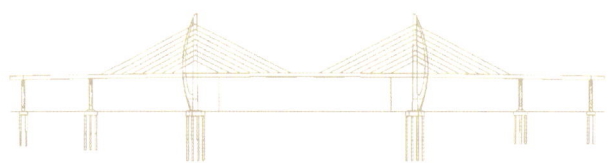

第三章 三地首次合作共建如何啃下硬骨头？

"律师生涯满足了"

在港珠澳大桥之前，我国建设了许多座跨境交通工程，其中包括珠澳莲花大桥、深港西部通道和中俄跨黑龙江（阿穆尔河）大桥，而跨越三个关税区、两种制度的跨境工程有且只有港珠澳大桥。

朱永灵有"操盘"多个交通工程项目的经历，却是生平第一次"操盘"横跨三地的跨境工程。过往经验告诉他，投融资是项目的核心问题，港珠澳大桥开建前必须解决项目资金来源问题。

尚未进行深入研究时，他已经意识到港珠澳大桥投融资问题是一个难题。在办公室，他对苏毅说："战争最终打的就是资金实力，项目建设成功的第一要素就是资金保障，你在投行工作过，投融资模式得超前谋划了。"

苏毅属于典型的金融人士，加入前期办之前，就在南方证券投行部任职。苏毅亦对难度有所察觉，说："港珠澳大桥投融资巨大，可以说是桥梁工程历史上最大的了，而三地关于公共工程融资的理念与经验存在差异，又没有任何经验和先例，这块骨头肯定不好啃。"

港珠澳大桥跨越三个独立关税区和两种政治体制，涉及的法律问题十分复杂。作为前期办的负责人，朱永灵必须确保自己经手的所有方案建议对于三地政府来讲都有法可依、于法有据。

前期办刚成立不久，朱永灵就邀请曾亦军律师到办公室交流，并希望他所在的广东君信律师事务所为大桥建设工作全程提供法律服务。当时该事务所正在为世界瞩目的广东国际信托公司破产案清算组提供全方位的法律服务。

不待曾亦军落座，朱永灵便递上一杯茶，热情地对她说："你们事务所长期从事交通行业的法律顾问工作，对中国公路及公路建设法律有深入了解，希望你们当好我们的法律顾问，从法律层面保障港珠澳大桥项目顺利推进。"

"但我们前期办可支配的资金极有限，我能付给你们的律师费用很少，希望你们不要因此应付我们的工作要求，事关重大。"朱永灵继续说。

曾亦军说："能为连接粤港澳三地的大型公共基建项目提供法律服务是一个不可多得的机会，而且这项工作应该很有趣，工作报酬并不是提供法律服务唯一的考虑因素。"然而，她当时并未意识到港珠澳大桥项目面临的法律环境如此特殊，法律研究工作量如此巨大，工作时间如此长。

为了完成港珠澳大桥项目的法律服务工作，广东君信律师事务所组成了一个专门工作团队处理大桥业务，工作团队开始由曾亦军、盛健、李伟年、何海琼、沈烨、俞珮、冯佳佳等律师组成，没想到一服务就是15年，中途部分律师离开，谈凌、冯肖婷、方洵莹、黄硕等律师又加入进来。

根据协调小组第四次会议"大桥建设原则上由社会企业投资，基于项目财务效益情况，政府可考虑在政策上予以支持"的共识，经过10个月的初步研究，工程可行性研究报告编制单位中交公规院向前期办提交了《港珠澳大桥工程可行性研究阶段投融资方案研究》。2004年11月29日，朱永灵在北京组织了专家研讨会。

研究报告初步测算分析：在收费期25年的情况下，港珠澳大桥项目几乎没有吸引私人资金的可能性；即使收费期为50年，也一定需要选择政府参与的投融资方式；收费期50年以上时，有一定吸引私人资金的能力。

　　研究报告给出的结论是，在预测财务收益不好的情况下，政府先期投资建设有利于港珠澳大桥项目及时启动，待港珠澳大桥前景明朗后，再以多种方式吸引私人投资。

　　与会专家与前期办的认识不谋而合，均意识到港珠澳大桥项目投融资的操作难度。针对研究报告提出的各种假设前提下的不同融资模式，多数专家认为在研究报告提出的"混合建设模式"下的投融资方式具有较好的可行性，建议在三地政府达成"建设原则、项目范围、投资比例"等共识后，再进一步深化研究。

　　"港珠澳大桥投融资模式的决策过程有点漫长和曲折，原因就在于这个问题并非一个独立的问题，它与三地政府的设想、项目的建设方案、项目的经济效益、三地的社会背景与法律背景等密切相关。"朱永灵事后回忆说，"这些问题相互关联、相互影响，就决定了投融资模式不可能一步到位。"

　　曾亦军律师团队接到的第一个任务就是全面了解与港珠澳大桥投融资模式有关的法律问题，法律团队先后就BOT（建设—经营—转让）投资模式、政府投资模式和PPP（政府和社会资本合作）模式展开跨界法律研究，梳理三地法律的异同和冲突点。

　　多年之后，《融合与发展——港珠澳大桥法律实践》面世。这本287页共38万字的法律著作由港珠澳大桥管理局与广东君信律师事务所参与大桥法律工作的一线人员联合撰写。翻阅全书，我不由得感慨前期办策划人的高瞻远瞩和法制意识。

　　曾亦军回忆说："当律师能为一个大企业破产提供全程法律服务，又能为建设一个超大型交通基础建设项目提供法律服务，律师生涯满足了。"

"一地三检"还是"三地三检"？

　　港珠澳大桥投融资模式方案的确定，有赖于大桥建设方案的确定。三地分开建设，还是统一建设？不同的建设范围意味着不同的资金规模需求。

当前期办开始就建设方案进行初步论证时，口岸布设模式成为他们不得不啃下的第二块硬骨头。

查验口岸是港珠澳大桥最重要的配套工程。根据港珠澳大桥的初步设想，港方政府希望以"一地三检"模式布设港珠澳大桥查验口岸。

所谓"一地三检"，即在广东省辖区内建设三地查验口岸，三地的查验口岸管区相对独立，按照各自的法律规定对进出口岸的人员、车辆及货物进行查验，在各自关区内，行政管理权和司法管辖权独立。

港方显然是希望借鉴深港西部通道的经验。当时，为加快深圳与香港两地进出口货物通关，提高通关效率，深港两地海关首次提出在深圳湾大桥实行"一地两检"查验模式。2007年7月1日，深圳湾大桥正式通车，正常情况下，客货运车辆来往深港两地仅需10—15分钟。

拿到广东君信律师事务所提供的法律分析报告，朱永灵发现，口岸管理属于中央事权。小小的一个口岸管理，背后不仅涉及海关、边检监管事项，更涉及管辖权移交的核心问题。

按照"一地三检"布设方式，意味着从粤港分界线至口岸人工岛长达30公里的大桥桥面将交由香港进行管辖，其背后涉及将内地部分区域的管辖权交由香港根据其法律行使行政管理权和司法管辖权。

深圳湾大桥在"一地两检"模式下也涉及管辖权移交。在协商中，最终由全国人大常委会授权、国务院批复，将深圳湾大桥深圳段长期租给香港特区政府使用。

为了避免行政执法交叉纠纷，在深圳湾大桥建设中，高层创新性提出了"虚拟隧道"概念，在虚拟隧道范围内由港方管辖，适用香港法律；虚拟隧道范围以外

港珠澳大桥主体工程初步设计阶段勘察设计合同签约仪式暨勘察设计工作启动仪式，右一为总工程师苏权科

港珠澳大桥前期工作协调小组三方代表，从左至右分别为：时任广东省发改委主任李妙娟、时任香港运输与房屋局局长郑汝桦、时任澳门建设发展办公室主任陈汉杰

港珠澳大桥是国际工程，从一开始策划就有国外专家参与

港珠澳大桥呈现简约流线之美

的区域仍按照原深港分界线划分的范围各自分别管理。

在港珠澳大桥口岸布设模式征求各方意见时，香港方面倾向于"一地三检"，理由是可以达到节约用海、降低工程造价的效果，更重要的是可以大大方便客货通关。

广东方面更倾向于"三地三检"模式，即由粤港澳三方分别在各自的辖区内规划建设三个独立的口岸与大桥连接，认为"一地三检"采用的是传统的查验口岸布设模式，并未给通关带来创新，反而增加了内地口岸的规划和协调难度，且填海造地面积过大影响水文环境。

对澳门特区政府来讲，前期明珠/拱北桥位登陆点的确立，就意味着澳门口岸无论是采取"一地三检"还是"三地三检"，都会与内地共同布设在珠澳人工岛上，因此没有"二选一"的烦恼。

经过数月讨论，三方政府仍旧难以达成一致意见，夹在三地政府之间的前期办左右为难，讨论一度搁浅。作为前期办的负责人，朱永灵在沟通中饱受"委屈"。

2005年6月1日，国家发改委和国务院港澳办组成港珠澳大桥口岸专题研究小组赴深圳和珠海，展开了为期5天的摸底调研。

这次调研以香港方案胜出结束。

调研组认为，从体现和维护"一国两制"、促进三地共同繁荣的大局出发，"一地三检"模式可以解决港澳口岸建设用地问题，方便旅客通关，也为今后口岸通关改革提供了条件，且前期工作已经通过在珠海拱北和澳门明珠间建设口岸人工岛方案，选定"一地三检"模式可加快前期工作进度，至于法律问题可以通过研究加以解决。

然而，横跨三地的法律问题并不是个小问题。当时，摆在前期办面前的是一道选择题：选择"一地三检"，意味着极高的制度成本，需要按部就班层层审批直至全国人大授权和国务院决定；选择"三地三检"，意味着香港需要再建一个人工岛，特区政府需要上立法会申请资金预算、做环评报告等程序。

"一地三检"与"三地三检",一字之变给前期办带来的绝不仅是一个"难"字能够形容的。三地政府协调工作再次陷入困局。

一年后,那是2006年7月14日,协调小组第六次会议认为港珠澳大桥口岸设置和查验模式实行"三地三检"较为稳妥,决定补充开展"三地三检"口岸方案、大桥融资方案深化等相关专题研究。

全程参与论证过程的余烈事后回忆说:"港方坚持的'一地三检'理念先进合理,但是'一国两制'下,现行法律尚不具备现实可行性,所谓的'一地三检'也只是物理层面的,并不涉及通关制度的融合。而港珠澳大桥比深圳湾大桥更长更具战略意义,不能完全套用'一地两检'概念并将之推行到'一地三检'。"

"国家从政治、安全、法律、环境、技术上综合考虑评估作出决策,港澳仅从用海、土地、环保、工期等方面考虑,最后,经征求国家各部委及广东的意见综合考虑,认为'三地三检'更简便可行,各方都能接受,也不对法律与口岸管理构成障碍。"余烈说。

为慎重起见,协调小组决定由中交公规院补充开展"三地三检"口岸方案、大桥融资方案深化等相关专题研究,并给予了5个月宽限期。

余烈在日记中回忆到,从"一地三检"转向开展"三地三检"口岸的布设研究,涉及许多相关专题补充研究及工程可行性研究报告的修编,这是一个较大的工作方向与计划调整,要在重新研究后由三方讨论,工程技术和协调上都有难度,可能计划的5个月时间不够。

事实上,"三地三检"又可分两种方式:

"着陆点方式",即三地在港珠澳大桥香港、珠海、澳门的着陆点处,分别建设三个独立查验口岸。

"边界方式",即将查验口岸建在两地相邻辖区的边界上,人员、车辆和货物离开本辖区查验口岸管区,就进入另一辖区的查验口岸管区。

就在开展"三地三检"口岸研究过程中,港方经初步研究认为,港方口岸建设在粤港分界线侧广东水域内较为理想,并建议将用于桥隧转换的东人工岛面积扩建至120公顷以上。

前期办十分为难。为了港珠澳大桥项目前期工作,朱永灵、余烈几乎跑遍了各个部委办局,深知任何一项改动都需要重新进行专家评审或报送主管部门审批。如果顺着港方意见走下去,隧道东人工岛填海总面积将大幅增加,能否获得广东方、珠江水利委员会、交通部、海事局、港务局、环保部、国家海洋局,以及中华白海豚保护区部门的认可,是一个未知数。

港方的提议很快被否决。由于东人工岛填筑在深水区,且位于白海豚保护核心区,施工难度极大,扩大后的东人工岛将挤占伶仃航道,导致珠江口泥沙严重淤积,"分界模式"就此翻篇。

为加快港珠澳大桥的建设进展,有力推动建设项目的进一步落实,2006年12月27日,国务院决定由国家发改委牵头成立港珠澳大桥专责小组,由中央牵头协调各方利益。

专责小组成员包括交通部、国务院港澳办,以及香港、广东、澳门三地政府的代表。港珠澳大桥专责小组的成立让前期办仿佛找到了主心骨。

在随后的大桥工作推进过程中,每当粤港澳三地因各自利益博弈僵持不下而让大桥项目陷入泥淖时,这一最高协调机构便起到了一锤定音之效。

5个月里,前期办与中交公规院紧锣密鼓,终于完成了对"三地三检"模式的论证分析,研究报告如期提交。2007年1月9日,港珠澳大桥专责小组第一次会议在广州召开。会议明确口岸布设采用"三地三检"模式,并对三地口岸的选址提出了建议。

至此,口岸布设问题终于告一段落。

1

吸引私人投资为何屡屡受挫？

在经年累月的博弈中，港珠澳大桥投资方案也迎来最后的攻坚期。

香港、澳门两地政府基于其建设管理大型基础建设项目的经验，一直希望吸引私人投资者，采用BOT模式进行投资建设，授予港珠澳大桥投资者一定期限的项目特许经营权。

从国际经验来看，当时发达国家和地区都比较流行BOT模式。如英吉利海峡隧道、马来西亚南北高速公路等均为世界知名BOT项目。在中国，香港红磡海底隧道和东区海底隧道也采取了BOT模式。

苏毅回忆说，港珠澳大桥采用BOT模式思路，一方面可弥补项目投资巨大带来的建设资金不足，减少政府投资；另一方面也有利于引进港澳企业的管理及经营经验，提高大桥的经营管理水平。

但BOT模式并非完美无缺。合理公平的风险分担是BOT模式项目成功的关键因素之一。

广东君信律师事务所提供给朱永灵的法律分析报告中也指出，作为跨境工程，港珠澳大桥采用BOT模式需要面临两大关键问题：一是政府如何提供支持来分担风险以吸引私人投资者；二是三地法律适用不同，按整体建设的初步设想，项目公司涉及跨界施工，其组建方式就面临法律障碍。

"收费期限就是一个典型的法律冲突。"朱永灵向我举例说，"内地法律规定公路收费年限不得超过25年，香港规定是50年。港珠澳大桥是跨境公路，应该适用什么地区的法律呢？"

从2005年10月开始，朱永灵一边带着律师团队到澳门、香港、北京就投资模式涉及的法律问题展开调研，一边又要带着融资财务部奔赴港澳接触各大财团，征询他们的投资意向。

港珠澳大桥项目包括主体部分、三地口岸和三地连接线，如果进行整体建设，投资十分庞大。朱永灵在调研中发现，随着建筑原材料、人工费用的上涨，工程造价水涨船高，早已超出了胡应湘时期的166亿元预算。

多轮调研下来，港澳私人财团在朱永灵面前对大桥经济效益表示担忧：投资额巨大，而车流量不太理想，投资风险巨大，资本回收将遥遥无期。

私人资本望而却步，但港澳依然坚持采用BOT模式。为分摊造价成本，前期办创造性提出，将项目进行分割，变整体建设为分界建设，缩小融资规模，以达到吸引私人投资的目的。

在2007年1月9日召开的港珠澳大桥专责小组第一次会议上，会议对《港珠澳大桥融资方案深化研究》初稿进行了深入讨论，明确三地政府分别负责口岸和连接线的投资，大桥主体按照吸引企业、社会投资为基本模式进行建设，政府给予专项支持。

根据研究报告，大桥财务收益率不高，以50年收费期计主桥项目收益率为6.48%，还需要政府对项目主桥提供一定的财政补贴或政策优惠。前期办在后续方案中，甚至还建议在珠海侧规划一定面积的地块供私人投资者开发，以增强私人投资者信心。

要确定三地政府共同进行财政补贴，前期办还须要解决三地的分摊比例问题。随后，三地政府又围绕分摊比展开了一场博弈。

"如果三方平均分摊，澳门坚决不同意。如果按属地长度占比出资，澳门几乎不用出钱。"余烈回忆说，最终经过多次磋商，三方均接受按"效益费用比相等"的原则测算，即三地因大桥的获益与所付出的费用比例相等。

在2007年7月举行的协调小组第七次会议上，工程可行性研究报告初步得出结论：工程总投资548亿元，建设工期6年，明确大桥主体工程范围从香港口岸至珠澳人工岛口岸，全长35.6公里。大桥具有较好的国民经济效益，效益费用比粤港澳分别为2.16、2.49和1.90。

随后，前期办启动了市场调查，按照专责小组要求，公开向投资者征求意向，并以内地国有企业为大桥项目主要投资人,待主要投资人确定后,再选择港澳企业为项目合伙投资人,中国中铁、中国铁建、中国交建均表达了投资意向。

由于此次确定的大桥主体工程范围跨越了粤港分界线,香港段长约6公里,内地段长约29.6公里。在进行市场调查时,前期办发现,跨界施工遇到了诸多难以逾越的法律"梗阻"。

BOT模式再次陷入困局。

2007年8月,苏毅带着投融资专题研究小组再次进行深化研究,并提出了两种解决方案:一是分界建设、分别管理模式。即主体工程香港段6公里由香港政府出资负责建设,不收费。内地段按照内地法律程序采用BOT模式。二是共同建设、共同运营模式。即由三地政府面向大型国企共同招标选定项目公司发起人后,再联合港澳企业组建项目公司,注册在内地。香港段的建设及运营则由港方按BOT模式授予内地段项目公司。

在2008年2月28日举行的协调小组第八次会议上,三地政府终于对港珠澳大桥主体工程"统一建设"达成共识,但为避免跨界施工,将主体工程范围缩小为"东自港粤分界线起,西至珠澳口岸人工岛止",长约29.6公里。

由于香港方面将口岸人工岛选址移至香港机场东北面,大桥总投资也相应调整为729.4亿元,其中海中桥隧主体工程投资347.2亿元,港粤澳三方分摊比例则调整为50.2%、35.1%和14.7%;海中工程香港段56.9亿元;三地口岸共投资203.8亿元(香港79.1亿元、珠海69.2亿元、澳门55.5亿元);三地连接线共投资121.5亿元(香港77.4亿元、珠海43.7亿元、澳门0.4亿元)。

大桥主体工程经过二次分割,私人资本会重燃投资意向吗?随后,前期办又一次出发,向国内大企业征求投资意向。投资人的意见反馈主要集中在政府补贴比例、收费标准高低、竞争性路段限制等方面。

2007年1月，港珠澳大桥专责小组第一次会议召开

2007年6月2日，前期办成员到深圳湾大桥调研，在大桥上合影。从左至右依次为：江晓霞、刘晓东、余烈、朱永灵、刘吉柱、苏权科、段国钦

港珠澳大桥主体工程初步设计阶段勘察设计合同签约仪式现场，部分前期办成员合照，有高星林（左二）、张劲文（左三）、余烈（右三）、丘文惠（右二）

朱永灵（左三）、余烈（左二）、苏毅（右一）等前往澳门调研融资意向

朱永灵如坠冰窟，如果按这样的进度讨论下去，大桥开工将一拖再拖。"特别是竞争性路段的限制，如果以这样的方式来补贴私人资本，就意味着深中通道、虎门二桥等其他跨江通道的建设面临阻碍，无法上马，三地政府会同意吗？中央会同意吗？"

香港急了！澳门急了！广东急了！专责小组也急了！

2008年4月19日，时任国家发改委交通运输司司长王庆云和国务院港澳办交流司副司长向斌前来调研，探讨大桥2008年8月批准工程可行性研究报告及2009年4月开工的可行性。

"按照吸引企业、社会投资的基本模式走下去，大概什么时候才能上报工程可行性研究报告？"

面对询问，朱永灵答道："由于中央批准工程可行性研究报告前需要确定投资责任主体，我们乐观估计于2009年6月30日才能确定投资人。投资人确定后由其开展初步设计，初步设计经交通运输部审批后，进行施工图设计，工程施工招标后方具备开工条件，预计最快要到2011年初才能全面动工。"

"要快的话，有什么替代方案？"

朱永灵回答："要想项目快点启动，主要有三种方式：一是政府全额出资；二是政府出资本金；三是政府直接指定投资人。"

"根据你们的调研，哪种方案更具可行性？"

朱永灵回答："政府全额出资，主桥投资不含息达310亿元，香港要出155亿多，广东约109亿，澳门45亿多，预计政府财力有问题，方案可行性较低。"

"那如果政府直接指定投资人呢？"

苏毅插话道："这个我们也征求过港方意见，他们坚决不同意，认为有碍市场经济体制。"

朱永灵接着说："现在只剩下政府出资本金的方式了，按内地法律规定，最低35%。"

因分析到位，王庆云让朱永灵马上做方案报北京并征求三方政府的意见。20日，前期办加班加点拿出方案，21日报北京，22日国家发改委、港澳办、交通运输部和中国国际工程咨询公司开会讨论前期办的方案。

与此同时，前期办又专程到港澳征求意见。时任全国政协副主席、国务院港澳办主任廖晖批示要求，按前期办提出的政府出资方案加快推进项目。

这也成为港珠澳大桥真正的转折点。

2008年8月5日，粤港合作联席会议第十一次会议对外公布，"中央政府原则同意兴建港珠澳大桥，大桥项目海中桥隧主体工程采用'政府全额出资本金方式'，大桥不迟于2010年动工"。

按比例，香港出资67.5亿元、广东出资47.2亿元，澳门出资19.8亿元，其余部分由粤港澳三地政府组成的项目法人机构通过贷款筹集，建成后实行收费还贷。在接到上报方案后，国务院港澳办认为，港珠澳大桥是战略性通道，可在不改变港澳出资额的情况下，中央政府和广东省政府出资增加至70亿元。港澳出资额不变，项目资本金总额相应调整为157.3亿元，占大桥主体建设费用的45.3%。

中央政府的这一决定，让胶着5年的港珠澳大桥投融资决策结束了。当时舆论分析认为，从私人投资到政府投资，充分体现了中央对粤港澳合作的重视和支持，也体现了大桥的公益性，表明港珠澳大桥不是一般的基础性设施，而是落实"一国两制"下促进港澳地区持续繁荣稳定的重要举措。

余烈说："如果按照BOT模式走下去，项目公司成立之时，就是前期办就地解散之时，那时候我们也将各回原单位了。"

2008年11月27日，协调小组会议就项目融资方案、工程可行性研究报告上报、初步设计招标、项目组织框架达成了共识。根据协调小组会议的要求，12月29日，广东省发改委向国家发改委上报了《关于上报港珠澳大桥工程可行性研究报告的请示》。

那是2008年最后一天，苏毅、余烈和中交公规院副总工刘晓东清晨登上了飞往北京的航班。他们要在当天将《关于上报港珠澳大桥工程可行性研究报告的请示》及项目工程可行性研究报告分别送到国家发改委、国务院港澳办、交通运输部和中国国际工程咨询公司。

苏毅回忆说："当我们返回广州白云机场时，已是晚上10点。看到项目前期工作近5年的成果终于在2008年底出手，心中充满了无限感慨。"

从2009年3月开始，港珠澳大桥项目分别通过了交通运输部组织的行业审查以及中国国际工程咨询公司的综合评估，至此，项目已获得国家法规所要求的政府主管部门全部行政许可和批文。

2009年10月28日，国务院召开常务会议，正式批准了港珠澳大桥工程可行性研究报告。这标志着港珠澳大桥前期工作已顺利完成，港珠澳大桥正式进入实施阶段。

一桥飞架东西，打开了三地的想象空间。至此，已逾74岁的珠海市委原书记梁广大的跨海大桥梦想进入实操阶段。

多年之后他接受媒体采访时说："伶仃洋大桥虽未能成事，跨海大桥晚来了十几年，但几经磨难后港珠澳大桥终能开建，毕竟圆了港珠澳三地人民的一个共同梦想。"

当银团筹建遇上国际金融危机

2009年，是中国成功举办北京奥运会的第二年、汶川大地震的第二年，也是全球金融危机的第二年。

2008年9月15日，美国纽约。沮丧的气氛在华尔街蔓延，一名"雷曼兄弟"雇员左手抱着装有私人物品的纸箱，右手拿着脱掉的西装，离开了再也回不去的公司——当天是这家世界第四大投资银行申请破产保护的日子。

作为前期办融资财务部部长,苏毅全程参与负责主体工程项目银团筹组,回忆整个银团贷款过程,他的形容是"跌宕起伏、惊喜不断,苦涩与幸福并存"。

2009年1月,协调小组在内地公开招标。中国银行全力备战。时任中国银行总行副行长陈四清提出,必须打赢大桥项目"三场战役"——中标项目、筹组银团、树立全面金融服务标杆。

为此,中国银行粤港澳三地联动,总分支行上下发力,抽调精干队伍组建项目组。两个月后,一份有着简体中文、繁体中文、英语、葡语四种语言版本的标书送到了前期办。

经过激烈的竞争比选、严苛的选聘程序,中国银行凭借综合实力、优惠的信贷条件和粤港澳三地一体化的服务优势,以最高评分正式获选港珠澳大桥主桥项目唯一贷款牵头行,负责大桥主体工程贷款和备用循环贷款的融资安排。

2009年3月13日,正在举行的全国"两会"上传来好消息,时任国务院总理温家宝在全国人大记者会上宣布:"港珠澳大桥融资问题已经解决,各项工作进展顺利,年内一定开工。"当时苏毅正在酒店举行港珠澳大桥主体工程初步勘察设计合同签约仪式,听到这个消息后大家额手相庆。

2009年4月14日,协调小组联合中国银行在港举行了港珠澳大桥融资安排简介会,现场向境内外数十家媒体开放。时任香港特区政府运输及房屋局局长郑汝桦当场表示,中国银行将组建银团为项目提供220亿元融资。

根据安排,中国银行承诺组建银团包销220亿元贷款,贷款利率可以选择固定利率或浮动利率,利率水平将在央行基准利率基础上向下浮动10%,即现时法规下市场上最优惠利率。贷款年期为35年,自大桥营运时开始还款,若其后成本有变化,可在一定限度内加大贷款总额和延长贷款年期。推介会上累计意向参与金额合计达银团总金额的两倍多。事后香港《大公报》评论："如此优厚的借贷条件，恐怕只能到月球上去找了。"

然而，由于宏观金融政策的调整，再加上三地政府、中国银行等主客观多种因素的交织，曾经信誓旦旦要求加入银团的银行突然消失了。银团筹组陷入极度困难之中，作为具体负责人的苏毅一度也非常焦虑和无奈。

"想当初，2009年各家银行纷纷来访，为加入银团，并力争多一点贷款份额相互激烈竞争。"苏毅回忆说，"后来又变成我主动拜访各家银行，得到的却是'在商言商''贷款条款过于苛刻'的回应。"

苏毅第一次深深体会到"时机"的重要性，理解了什么叫"机不可失"，但他必须联合中国银行抓住第二次机会。

2010年6月，中国银行行长书面致函粤港澳三地政府，就银团筹组提出建议；8月，中国银行行长拜会广东省省长……

2010年10月，银团筹组启动会议在广州香格里拉大酒店举行，这也是广东省规模最大的银团推介会。面对20多家境内外银行机构，苏毅在演讲台上慷慨陈词，呈上一份让人满意的路演答卷……

市场风云变幻，在苏毅与时间赛跑的过程中，不利的消息接踵而至：10月20日，美联储三年来首次加息；12月6日，中国银保监会开始规范中长期贷款还款方式；12月25日，美联储第二次加息的圣诞"礼物"从天而降……

多家金融机构对项目的意向参与金额较前期大幅下降。"几乎没有一家银行的审批是顺利的。"苏毅又开始了艰苦卓绝的银团贷款合同谈判，"我们对一家家参与行走访谈判。当时，仅银团合同条款谈判便进行了20多场，对合同条款逐条协商。"

由于每家参与行都有各自的制度要求，为调动各行积极性，让各行发挥优势，以最大力度支持大桥项目，中国银行多次在银团内部组织召开协调会议，并采取逐个击破策略，力求达成最优方案。

历时两年谈判，经过反复磋商和协调，中国银行提出采取"分阶段固定利率"模式划分贷款合同期限，这一创新举措兼顾了各方诉求，获得了银团参与行的一致认可。这一方案也为银团组建扫除了最大障碍。"银团贷款期限较长，面对长期限的固定资产贷款，按照合同签署日确定长期固定贷款利率，如何化解长期固定利率贷款中的利率风险，对银团组建提出了新的挑战。"中国银行广东省分行相关负责人回忆说，"新方案一方面契合股东方对未来融资成本控制的考虑，另一方面也保障了商业银行的权益。"

2011年1月7日，银团与项目方签署《长期固定资产银团贷款合同》及《备用循环贷款合同》，标志着港珠澳大桥主体工程项目银团的成功组建。

根据合同，中国银行牵头的银团给大桥融资提供了优惠条件：贷款利率为人民币基准利率再减一成；还款期限35年，建设期不用还贷；视项目情况需要，贷款额度可进一步加大、还款期可进一步延长；三地政府无须为贷款担保，只需以大桥收费权为质押。

至此，这场长达四分之一个世纪的博弈终于将最后的障碍扫除了。签约当晚，苏毅与部门同事李强、宋樱、龙梅吃完晚餐后走在珠海情侣大道上，望着伶仃洋上满天的星星，大家心情放松了不少。他们张开怀抱，拥抱大海，深深呼吸。仿佛空气变甜了，大海更开阔了，天空也更高了。

苏毅如释重负，对同伴说："温总理2009年3月13日在全国'两会'上说的是'融资问题已经解决'，现在我们可以欣慰地说'融资问题终于解决'！"

第二天，苏毅通过邮件将好消息发送给了港珠澳大桥管理局领导和各部门部长。朱永灵很快回复："在如此困难的金融形势下筹组了一个如此漂亮的银团，你们也为我创造了一个新的纪录，这是我签署的额度最高的合同，也为港珠澳大桥消除了最大的变数，感谢你们的努力，感谢你们的付出，这一定是港珠澳大桥的历史上浓墨重彩的一笔。"

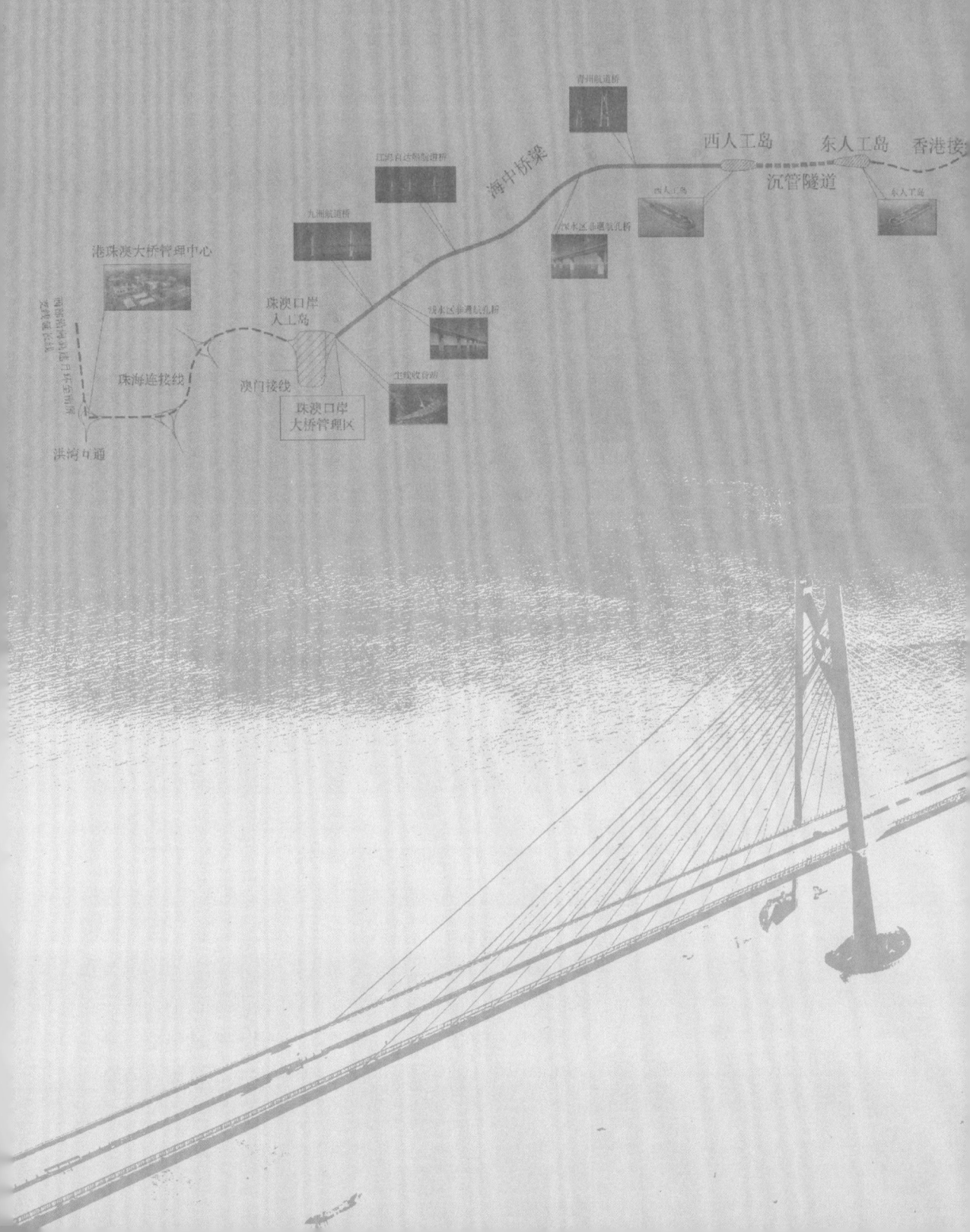

中部

Hong Kong-Zhuhai-Macao Bridge

长风破浪会有时

第四章 在流水线上"制造"钢铁大桥

3年同等工期如何制造12座香港昂船洲大桥？

时任香港特别行政区行政长官曾荫权来了。

时任中共中央政治局委员、广东省委书记汪洋来了。

时任澳门特别行政区行政长官何厚铧和候任行政长官崔世安来了。

中共广东省委、广东省政府、国家发展改革委、中国交通建设集团负责人来了。

时任中共中央政治局常委、国务院副总理李克强来了。

他们为了一个共同的目标而来。2009年12月15日，注定载入港珠澳大桥的历史，注定载入改革开放40年的伟大历史。

飞架粤港澳，共赢大未来——当天上午10时，李克强参加了大桥开工仪式，宣布工程正式开工。一声令下，轮船汽笛响彻珠海拱北湾，"粤航浚038号"抓斗缓缓入海，挖起珠澳口岸人工岛填海工程的第一斗泥。世界最长、首个跨越粤港澳三地的港珠澳大桥工程正式启动。

沸腾的南海，欢呼的人群，繁忙的作业船。"两个特别行政区、一个经济特区，中国三座极具代表性的城市宛若珠玉，将因大桥相连，水域相合，演绎'珠联璧合'的新传奇。"港珠澳大桥设计总负责人孟凡超充满自豪。

在新华社当天向全世界播发的消息中，公布李克强会见曾荫权、何厚铧和崔世安时的讲话。他说，香港和澳门两个特别行政区与广东省通力合作，为兴建港珠澳大桥做了大量前期准备工作，希望香港和澳门进一步加强与广东的交流协作，按照优势互补、互惠互利、共同发展的原则，不断扩大粤港澳合作的领域，提升合作水平。

2009年，是值得浓墨重彩的一年。前一年，肇始于美国次贷风险引发的金融危机肆虐全球。中国推出了"四万亿计划"以扩大内需，熨平经济波动。

这一年，国家发改委正式公布《珠江三角洲地区改革发展规划纲要（2008—2020年）》，将珠海定位为珠江口西岸核心城市。

这一年，横琴被批准成为我国第三个国家级新区，横琴新区开发正式启动。12月16日横琴新区正式挂牌，承载着推动澳门经济多元化的特殊使命。

这一年，澳门回归10周年，连接珠海和澳门两地的大型跨境桥梁莲花大桥12月10日竣工；"一国两制"框架下粤澳合作标志性项目——澳门大学横琴校区在时任国家主席胡锦涛的见证下于12月20日奠基。

港珠澳大桥无疑是这一年最璀璨夺目的世纪工程。

这是一座迄今为止世界最长的跨海大桥，全长55公里，其中全长6.7公里的海底深埋沉管隧道施工难度世界第一。

这是一座大国工程的质量丰碑，大桥设计使用寿命长达120年，可以抗击8级地震、抵御16级台风。

台风，是珠三角的常客，每年刮6级大风的时候就有200多天，有效作业时间并不充足。

这片水域航道密集，每天有超过4000艘各类船舶航行。

工期紧、任务重、标准高，港珠澳大桥怎么建设，采用什么工艺和工法，使用什么材料和技术，在项目策划之初，港珠澳大桥前期办已经有了方向。为此，工程师们首次提出了"大型化、标准化、工厂化、装配化"的施工理念。

最初港珠澳大桥桥梁方案为混凝土结构。2009年至2010年，港珠澳大桥进入初步设计和技术设计阶段。那时，中国钢结构产能过剩，中国钢铁协会发布数据称，预计2010年我国钢铁产能达到7.5亿吨，而实际产能需求仅为5.97亿吨。为此，国家发改委、交通运输部和原铁道部要求，建设项目积极消化产能，由此大桥主体桥梁工程也从混凝土结构调整为钢结构，钢结构本身也有适合工业化制造、安装速度快、易修复和易回收的特性。

全长22.9公里的主体桥梁工程，其钢结构制造规模达42.5万吨，体量相当于60座埃菲尔铁塔、8座广州塔或10座"鸟巢"，是名副其实的钢铁大桥，在世界桥梁建设史上也绝无仅有。

钢结构是桥梁的重要组成部分。截至2018年底，我国的59万座公路桥梁中钢结构占比不足1%，美国已达到33%，日本达到41%。

大有大的样子，大有大的难度。42.5万吨的钢结构制造合同工期仅为36个月。2008年完工的香港昂船洲大桥，是香港建筑业的代表性产品，其使用的3.6万吨的钢结构制造工期也为36个月。

在3年同等工期内，造出近12座昂船洲大桥，国内钢结构制造企业具备这样的能力吗？如何让钢箱梁在实际生产中符合"四化"设计施工理念？

鉴于港珠澳大桥钢结构工程的重要性和特殊性，2010年12月，朱永灵要求专门组建钢结构工程管理办公室，在管理局体系按部门运作，并将筹建重任交给了工程总监张劲文。

从2011年1月开始，张劲文带领团队对国内钢结构制造行业开展了长达8个月的市场调研，涉及钢结构制造、钢厂、监理等15家企业，以及涂料、防腐涂装、除湿设备、检查车等项目。

调研结果喜忧参半。喜的是，我国大型钢厂的硬件设施基本与全球领先水平同步，钢板供应无须担心。忧的是，我国大型桥梁钢结构制造企业境况极其凄凉，大部分受调研企业厂房陈旧、设备落后，"40年前的厂房，20年前的设备"是中国钢结构制造行业的真实写照。

张劲文完成调研后，第一时间向朱永灵局长做了汇报："行业现状是总体平均工装及技术水平较低，产品质量及稳定性受人为因素影响较大。国内监理企业以土建施工监理为主，现阶段尚无专门的钢结构监理企业。"

朱永灵不免有些震惊："那你们的结论是什么？"

"在国内市场上，具备与港珠澳大桥钢结构制造类似业绩，在生产产能、供应保障、合同履约、工期保障、基地部署等方面能够匹配的市场资源基本没有。"张劲文说，"可以说，在港珠澳大桥钢结构实施之前，国内桥梁钢结构制造企业产能有限，产品质量稳定性不够。以此资源，仅3年工期，要达到其至超过昂船洲大桥同样质量标准，似乎是不可能完成的任务。"

"超级工程也应该是超级平台，应该是引领行业转型升级的一个强大引擎。能不能以此为契机带动国内钢结构企业来一次脱胎换骨的变化？"朱永灵表达了自己的想法。

要"得其门而入"，张劲文首先需要找到"门"在哪里。

张劲文将自己关了起来，办公室里烟雾缭绕，他时而来回踱步，时而静坐桌前。他需要深谋远虑，管理的核心是匹配资源，让人员、机器设备、方法、环境、物料达到最佳的组合。他翻阅各方面书籍，查阅各种资料，一切都指向工程，他希望获得启示和灵感。

张劲文是一个为工程而生的人，他天生热爱挑战，"没有难度的事情不愿意再去做"。既要保证钢结构符合国际质量标准，又要保证3年工期内完成，还要保证在中国交通行业造价管理采用"定额"。"既要、又要、还要"一个都不能少。

"港珠澳大桥钢结构制造是一个复杂开放的巨系统，也是一个诸多事物都相互联系的系统。任何一个系统中，都存在关键的几个主变量，改变主变量就可以产生全局行为的重大、持久变化。"张劲文开始抽丝剥茧，深入思考。传统理念中，桥梁属于土木工程，钢结构属于制造业范畴，两者质量标准是厘米与毫米的差距，如果还用土木工程的思维去管理钢结构，难以获得成功。

　　板单元是钢梁制造的基本元件，在以往项目中，板单元下料、组装、焊接等关键工序主要依靠人工或半机械化作业，受焊工水平和机械设备的制约，效率低，质量稳定性差。不彻底改变板单元的生产方式，就无法改变整个系统。

　　究竟怎样改变板单元的生产方式呢？这个问题一直困扰着张劲文，在那段时间里他冥思苦想，感觉自己仿佛被"烤焦"了。

　　2011年5月12日，张劲文受邀参加在中山举行的钢梁制造技术研讨会。从未有过钢梁制造经验的张劲文受到主办方邀请，完全是因为其工作岗位，而非专业技术。

　　当时会议准备了十个报告，内容全部是传统生产方式，报告人均是钢结构专家。第一个报告听到一半，张劲文就听不下去了，这不是他想要的东西。

　　数月来的压力让张劲文对报告产生了严重的排斥心理，坐立不安，甚至径直走出会场。从超过60人的拥挤会场到空无一人的走廊，环境转换，那一刻灵光乍现，思维取得质的突破。

　　"我们能不能像制造汽车一样去生产钢箱梁，质量稳定、产能巨大……"张劲文回到会场，向在场的业内专家和学者提出了自己的大胆设想。

　　他继续说道："钢梁基本构件的板单元体量小，形式标准，利用汽车制造业流水线生产模式可行；钢梁体量大，整体拼装采用车间内工厂法制造。"

　　"板单元用工厂流水线制造？"

　　"总拼厂变工地化施工为工厂法制造？"

　　当时在场的都是参与港珠澳大桥桥梁制造的行业专家。他们面面相觑，有专家直呼"绝对不可能""简直是天方夜谭"。

　　在会场，张劲文是绝对的外行，面对专家们压倒性的反对意见，他孤掌难鸣，而自身的专业基础又不足以对这一想法形成有力的支撑。

午餐时间，专家们客气地对张劲文说他的思维很有前瞻性，日本和欧美尚且没有做到，现阶段只能算个理想模型，但完全不可能实施。

"为什么不可能？"张劲文反问道，"过去我们的钢箱梁最大的也就10到15米，你可以用手工焊接，但现在是多少？最大的153米，是过去体量的10倍左右，不采取工厂化生产你怎么弄？"

现场一片沉默。没有专家能从专业角度将这个外行说服。

当天下午，张劲文将这一提议口头汇报给朱永灵局长。他说得很快，情绪激动。没想到，朱局长给了他短而有力的回答："好！就照你说的办！"

张劲文至今也未明白朱局长为何如此爽快地答应，是基于他以前的工作业绩，还是朱局长可能也没太听明白？

2011年7月，没有获得答案的张劲文随后带领团队前往当时国际钢桥强国——日本深入调研。日本的板单元制造水平确实先进不少，但依然只是部分工序采用机器人，尚未实现自动化生产。

看完日本的板单元加工现场后，张劲文对同事说："港珠澳大桥钢梁制造有很大的机会超越日本，我要的东西，欧美没有，日本太旧，中国可以集全球所长，有后发优势。"

回国后，张劲文开始了强势推行之路。招标工作是项目法人实现其目标的最有效手段。为实现"板单元采用工厂流水线制造"和"总拼厂变工地化施工为工厂法制造"的管理目标，张劲文在编制招标文件时，明确将自动化设备列入强制性资格审查条文，设置独立的自动化水平评分项，最大程度缓解中标后的工期压力和项目风险。同时，在定价时使钢结构产品价格高于行业平均价格的10%，其增额部分主要用于承包人购置自动化设备。

张劲文

港珠澳大桥管理局质量顾问祝少江（左三）在工作现场。作为香港同胞，他坚信中国可以制造出最好的钢结构

油漆关系到钢桥面防腐问题，图为工人们正在检查漆厚（王超英 摄）

校对工字钢开口尺寸（王超英 摄）

钢箱梁大节段吊装(王超英 摄)

梁内焊接(王超英 摄)

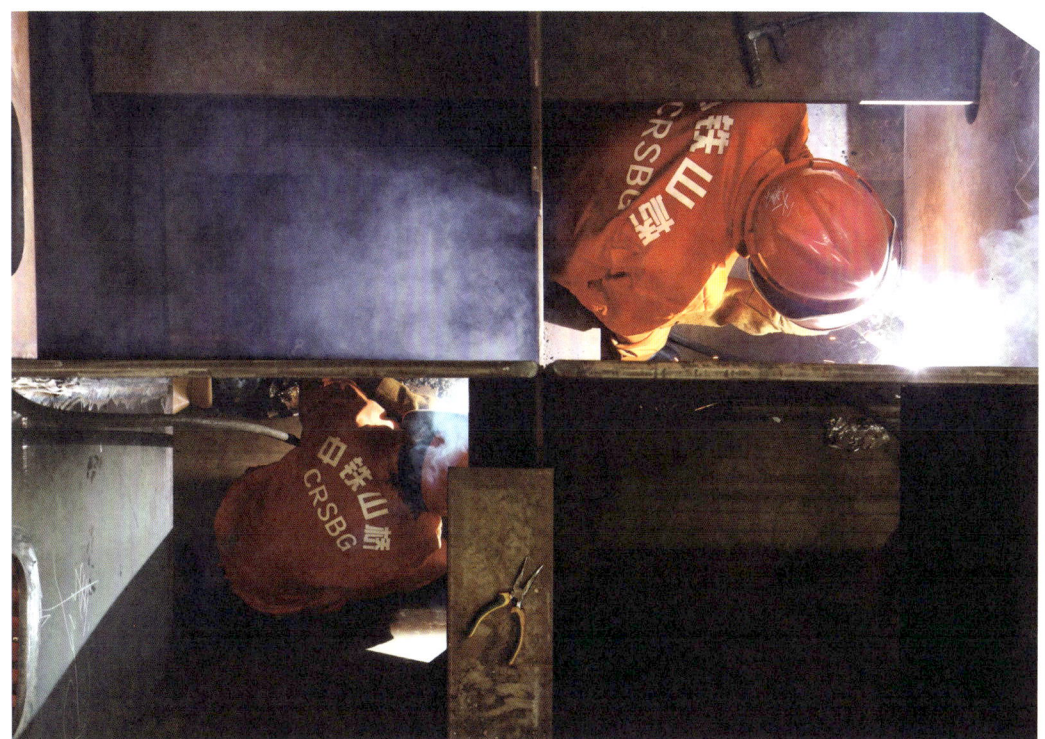

致命一问：钢结构如何抵抗疲劳？

2012年3月15日，经过一番激烈的公开竞标，钢箱梁CB01标段、CB02标段分别由中铁山桥集团有限公司（简称"中铁山桥"）和武昌船舶重工集团（简称"武船"）竞得，用钢量为18万吨和16万吨；钢混组合梁CB05标段则由振华重工和中铁宝桥竞得，用钢量8.5万吨。

钢箱梁，顾名思义，是钢板组成的箱形梁；钢混组合梁则是底板、腹板为钢板，面板为混凝土的梁。

3个月后，一座三横五纵面积超过8万平方米的全新钢结构联合厂房拔地而起。在山海关临港产业园内，中铁山桥购置了1320亩（1亩约合667平方米）土地，为港珠澳大桥项目专门修建了目前国内最大的钢结构生产制造基地。

这是一家有着120余年历史的铁路钢桥制造厂，被誉为"中国钢桥的摇篮"。曾经靠着人海战术，他们为香港昂船洲大桥制造了世界级标准的钢梁。

不过，现在他们要对过去说再见，开启"百年维新"的崭新局面了。面对港珠澳大桥这一超级工程，中铁山桥总经理刘恩国亲自担任项目总协调人，在他的周密部署下，百年山桥很快呈现新厂房、新设备、新技术的全新格局，在钢箱梁制造中力推机械化、自动化、信息化的制造理念。

2012年7月18日，国内首条现代化的钢箱梁板单元制造生产线投入生产。在当天热烈的开工仪式上，刘恩国十分振奋："中铁山桥遵循承诺，用世界一流技术建设世界一流大桥，用新理念、新设备、新厂房，全面满足港珠澳大桥钢箱梁制造要求。山桥产业园的建设既是港珠澳大桥建设的需要，也是中铁山桥迈向现代化建设的重要一步。"

在这座现代化厂房里，自动化生产线彻底颠覆了传统的制造工艺和设备模式，改变了以往以人工作业为主的生产流程。张劲文毫不吝啬地给予高度评价："中国钢桥制造由此发生革命性变革，引领了行业技术进步。"

实际上，早在钢梁方案决策落地前，交通运输部副部长冯正霖便向朱永灵局长抛出两个问题：钢结构的疲劳问题怎么解决？桥面铺装的耐久性怎么解决？

这几乎是致命一问！这两点是国内钢结构桥梁的通病，尚未在行业层面找到根本解决之道。

"这两个问题不解决，钢结构大桥将成'水中月、镜中花'。"冯正霖说。

经过多次调研，港珠澳大桥采用了正交异性钢桥面板结构，其轻质高强，施工速度快，具有极好的抗疲劳能力。在这种钢箱梁众多容易出现疲劳的部位中，重中之重就要确保U肋与顶板之间的焊缝质量。

在海工环境下，这几乎是行业的痼疾。一旦有裂缝，大桥120年使用寿命就受到威胁。工程师们必须保证焊缝达到80%的熔透率，更不能焊漏。

中铁山桥有备而来。

为了解决这一难题，总工程师胡广瑞带队到唐山开元机器人公司展开调研。2011年6月底又随港珠澳大桥管理局前往日本考察，最终决定斥巨资从日本引进焊接机器人、数控折弯机等世界一流智能化生产设备。

在借鉴国外先进经验基础上，胡广瑞带领团队联合设备制造厂家，就关键技术指标反复论证，仅功能性验证试验就耗费钢板50余吨，最终联合研制出国际领先的板单元自动化焊接系统。

高寿命、短工期，必然意味着技术和设备更精尖。中铁山桥又自主研发制造了液压自动反变形胎、板单元组装定位胎、U肋压型控制模具、板单元尺寸检测样板等多套新型工装。

"批量生产前，中铁山桥完成了焊接工艺评定试验104组，整个试验过程耗时3个月。60多名焊工都是焊接及自动化专业毕业的大学生，上岗前要接受培训，持证上岗。"胡广瑞说，"每台焊机里都植有芯片，工作状态随时可通过电脑控制，从而保证焊接质量和精度。"

现在，当人们走进中铁山桥产业园，迎接他们的是上下挥舞的机器人手臂，所在之处焊光闪烁，桥梁板的焊缝光滑均匀。焊接机器人一班班长张庆贺，27岁就荣获了"中国中铁劳模"称号。他就是国内桥梁钢结构制造第一台焊接机器人的操作者。

"我学的是焊接技术自动化，去年毕业后来中铁山桥工作。一年来我对'机械化'有了更深的理解，想不到国内桥梁制造行业达到了这么先进的水平。"他说，"中铁山桥开发的信息化管理系统，实现焊接参数实时采集、存储和施焊过程计算机远程监控，确保了板单元制造质量的稳定和高效。"

如何确保焊缝质量过关？

过去我国一直缺乏对U形肋角焊缝内部质量的有效检测手段，一直靠人工抽检，内部焊缝质量难以有效监测。中铁山桥开展了无损检测技术研究，从以色列进口设备后再加以改进，首次采用了超声相控阵检测技术进行焊缝探伤，填补了国内焊缝焊接过程中缺乏实质性检测设备和手段的空白。

在2012年8月23日中铁山桥板单元首制件评审会上，与会专家一致认为，该生产线所具有的"钢箱梁板单元自动化制造和焊接技术"填补了多项钢箱梁板单元自动化制造技术的空白，意味着中铁山桥开创了我国钢箱梁板单元生产制造的新时代，同意进行批量生产。

前后对比发现，自动化生产线投入使用后，用工量减少50%以上，焊后返修和修整工作量减少80%以上，生产效率提高1倍以上，板单元一次交验合格率为99.9%。

批量生产的板单元将通过海上运输送到中山马鞍岛。在这里，山桥产业园、武船阳逻和双柳基地等生产的基本构件将拼装成为钢箱梁、组合梁和钢塔。

马鞍岛，人迹罕至。

在这里选址是中铁山桥深思熟虑的结果。他们既要考虑桥位施工位置，也要兼顾制造、运输和安装的风险。

"马鞍岛现有码头地处珠江口横门水道南侧，水深最大可达8.7米，适合大节段装船发运。"王树枝说，"在寸土寸金的珠三角，能有大片土地适合建厂房的地方极其稀少。"

作为先遣队成员，56岁的王树枝从2012年5月就来"垦荒"，他被任命为CB01标项目党工委书记、中山基地建设指挥长。这也是他30年工程师生涯的"最后演出"，"谢幕演出，不能给自己留遗憾，要站好最后一班岗"。

中铁山桥的中山拼装基地，是从刚刚吹填好的1000亩土地上开垦出来的。建设之初，马鞍岛没有水，没有电，更没有网络，进出基地都要靠船舶运输，堪称孤岛。不少员工来自河北，想和家里视频聊天，得坐船回陆地上才行。炎炎夏日，因为缺水两三天洗不上澡已成为家常便饭。

土建施工近300个基坑承台，房架钢结构就有8000多吨，十几台起重机要制造安装……面对重重任务，建设者们迎难而上。他们要在短时间内建设完成符合港珠澳大桥钢箱梁总拼装要求的厂房。

基地建设期间最怕台风。在建筑物成形之前，它们往往不够稳固，很容易遭到破坏。2012年"韦森特"台风来袭当晚，岛上人员全数撤离，可两座塔吊却只能"硬扛"，正在建设中的岸线防护堤也较为脆弱。

王树枝担忧不已。第二天早上不到7点，他就来到基地对岸的小山包上，遥望两座龙门塔吊安然无恙，这才稍稍放心。要知道一座塔吊就要1.3亿元。

既无天时也无地利，仅用半年时间，面积超过10万平方米的厂房拔地而起。王树枝认为，成功靠的就是人和，大家分秒必争，来回奔波让不少人的鞋子都磨破了。

2012年12月28日，钢箱梁总拼装基地顺利开工投产。这是中铁山桥完全按照"车间化、机械化、自动化"的总体制造要求，为港珠澳大桥"量身打造"的现代化工厂。

板单元人最少，总拼厂人最好。18万吨的钢箱梁，24480块板单元将在这里"变身"。立位轨道式焊接机器人、无盲区焊接小车也在拼装全线应用。

工厂分设板单元卸船作业区、板单元存放区、钢箱梁节段拼装厂房、钢塔节段拼装厂房、打砂涂装厂房、大节段拼装厂房等。一条条总装线，一个个10多米长、横截面30多米宽的钢箱梁小节段，整齐排列如等待检阅的坦克方队。

板单元先拼装为小节段，小节段再拼装为大节段。节段的拼接并不是随意的，它们有固定的编号，不容错乱。

胡广瑞创造性地用"长线法"代替单端短线拼装法——将胎架高度按设计和监控线形布置，使梁段制作、匹配和预拼装一次完成，节省了梁段转运、预拼装的时间，有效缩短梁段制作周期。在国内更是率先实现了大型钢箱梁拼装的"车间化"作业。

"'工厂化'制造告别了露天拼装，让全部钢箱梁在厂房内拼装，避免了恶劣天气和日照对拼装进度和质量的影响，缩短了拼装周期，提高了工作效率。"胡广瑞说。

虽不在露天工作，但拼装并不轻松。

在钢箱梁封闭的空间内，三四十摄氏度的闷热环境常常让工人湿透了工作服，他们来不及更换，不少人因此中暑。

负责对钢结构施工进行监理的总工程师程志虎在监理日志中这样描述："马鞍岛毒辣的阳光虽然不能照进钢箱梁内，但钢箱梁内却异常闷热。我曾经在早晨的时候拿温度计去测量过，比桥面温度还要高10摄氏度左右，如果换成中午，谁也不敢钻进去。"

每走一步都是新的一步。

首轮大节段拼装并不顺利。此时，港珠澳大桥主体桥梁工程全面加速，他们需要跟时间赛跑。

2013年11月，中铁山桥开始了第一轮的大节段拼装。原计划每月至少拼装4个大节段，可首轮干了5个月，只拼出了11个。按照这样的速度，需干到2020年。

胡广瑞着急了。高质量、短工期，有了高精尖的技术，还得排兵布阵保证节奏更紧凑。

生产攻坚、劳动竞赛，优化工艺、重构秩序。胡广瑞召集管理层向全体员工发起了一场劳动竞赛的号召。光有编号的工艺优化通知单就有600多份。一名带班工人甚至发誓："这个月任务完不成，我就不剃胡子。"

一线工人谈立壮临危受命，他从海上施工现场被领导调回中山基地担任工程管理部副部长，他需要全面调动各部门资源组织生产。新官上任的他首先要求生产部人员工作时间不得留在办公室，质检部人员要在拼装现场第一时间完成检测。

在那段时间里，设备管理部副部长祁连海被王树枝称为"施工现场最忙碌的人"。在攻关竞赛进行得如火如荼时，重大关键设备2000吨龙门吊电机突发故障，停摆了。

祁连海急得团团转，干脆盯在设备旁，组织相关部门昼夜抢修。漆黑的夜里，在60米高的龙门吊上，拆装一吨多重的电机，他没有一句怨言，熬得两眼发红。

众志成城、攻坚克难，"生产攻坚月"竞赛活动大获成功，中铁山桥提前两天完成了节点目标，创造了月拼装完成5个钢箱梁大节段的新纪录。

谈立壮坦言："这样的成绩，我一开始是觉得不可能完成的。"

小节段779个、大节段72个；大节段最重3600吨，最轻1784吨；最长152.6米，最短86.6米。在副总工程师刘申的工作笔记中，清楚地记录了钢箱梁建造的每一个数字。从2012年7月开始生产板单元至2016年4月合龙，历时3年8个月零24天，各种会议591次。

在这些长达100多米、宽五六十米的钢箱梁大节段里，一个个板单元内结构错落有致，看起来仿佛一间间宿舍。"宿舍"内部设有检查车轨道，可供工作人员日常巡查与维修。

这些普遍超2000吨的"巨无霸"要运输上船,也鲜有可供借鉴的经验。项目组多次攻关研究,最终确定了滚装方式:由装有968个轮子、重达3000吨的运梁台车将拼装完毕的大节段运出厂房,再送至重载驳船运走。

首次运输吊装上船就用了8个小时。

如今,依托港珠澳大桥建设,中铁山桥钢桥制造技术已由"机械化、半机械化"提升到"机械化、自动化",大大提升了企业在国内乃至国际上的竞争力。

2012年底,通过艰苦的谈判,中铁山桥在纽约签订了美国纽约韦拉扎诺海峡大桥上层路面更换工程合同。

建成于1964年的韦拉扎诺海峡大桥是当时全世界最长的悬索桥。如此引人注目的工程,由一家中国企业来制造更换桥面正交异性板单元钢结构,一开始引起了一些美国人的质疑。

4年后,中铁山桥用实力兑现了当初的承诺,通过了业主的验收,保质保量完成了5个批次的产品制造,得到了美国业主的充分肯定。来自美国钢铁桥梁联盟的比尔·麦克兰尼表示:"中国人建造了很多种此类桥梁,因此他们更有发言权和优势。"

伴随着"一带一路"倡议的推进,中铁山桥2014年又中标了孟加拉国帕德玛大桥钢桁梁生产制造项目。帕德玛大桥是"一带一路"的重要交通支点工程,也是百年山桥单笔中标最大的海外项目,全桥达13万吨,帕德玛大桥被当地居民亲切称为"梦想之桥"。在这座"梦想之桥"的制造中,中铁山桥的焊接机器人再次大显身手。

胡广瑞后来被评为2015—2016年度十大桥梁人物,港珠澳大桥成为他人生中浓墨重彩的一笔。他说:"港珠澳大桥项目,推动国内桥梁业实现技术上的跨越,这使我们有能力承接更多的大桥项目。中山拼装厂将一直运行下去。"

2016年6月2日，江海直达船航道桥138#钢塔第三座海豚塔成功吊装，标志着港珠澳大桥主体工程7座桥塔施工全部完工

港珠澳大桥CB01标党工委书记王树枝在项目现场，港珠澳大桥是他职业生涯的"谢幕演出"

逐梦港珠澳大桥

2015年9月6日,主体工程220座墩台全线完工

2015年2月10日,中铁大桥局承建的港珠澳大桥CB05标率先拉通,图为最后一片组合梁正在架设(郭琦琳 摄)

"中国可以造出世界最好的钢塔"

如果说钢箱梁是标准化制造产品,那么钢塔和"中国结"形钢剪刀撑就是个性化制造产品。钢塔因景观要求和地标特性被设计为个性化结构,构件尺寸大,精度要求高,制造难度大,备受瞩目。

九洲航道桥是港珠澳大桥集群工程中距珠海最近的一座双塔斜拉桥,采用风帆造型,结构简洁、线条流畅,因距珠海海岸线极近,是"地标中的地标"。主塔由竖直的塔柱和弯曲的曲臂组成,钢塔约30层楼高,单塔重量约为900吨。

我国钢塔制造时间不过10余年。2005年10月建成通车的南京长江三桥是第一座钢塔斜拉桥。中铁宝桥在制造时,我国还没有一套完整的钢塔制造规范,为了保证钢塔整体制造精度,中铁宝桥特别消化借鉴了日本的技术成果。

张劲文调研后发现,国内钢塔制造起步相对较晚,在制造理念、焊接技术、吊装工艺、精细管理上,与钢结构强国日本仍存在一定差距。

钢塔是斜拉桥最主要的受力结构,决定桥梁安全的命脉之一,其寿命直接影响大桥的使用寿命。风帆塔的制造,对于中铁宝桥来讲,可谓近年来的重中之重和难中之难。

为全面达到120年使用年限的要求,中铁宝桥按照"大型化、工厂化、标准化、装备化"理念,先后投入巨资对江苏扬州、广东中山生产基地进行升级换代,对整个生产线进行技术改造,引入了自动化生产线,配装了焊接机器人。

为了降低海上施焊工作量,进一步确保最终产品质量,施工图设计要求钢塔在工厂整体制造完毕后,运至桥位进行整体安装,这在国内还是第一次。

门式多电极焊接设备、机械式焊缝跟踪传感系统、轨道式焊接机器人、群控焊接技术、便携式焊接机器人系统等一系列领先的自动化焊接技术,保证了钢塔焊接质量,提高了生产效率,让风帆塔板单元制造95%的焊缝采用了自动化、机械化生产,钢塔节段生产中85%的焊缝实现了机械化、自动化焊接。

张劲文信心十足地说:"这个比例,作为非标准产品,放眼全球也不遑多让。"

天下大事,必作于细;天下难事,必成于精。为了有效执行精细化施工管理,中铁宝桥总经理李宗民设置了专项基金,对于达到精细化管理要求的班组和工人都给予一定的奖励,违反工艺要求的工人数量明显下降。

这是一家让张劲文在工程管理方面操心最少的施工企业。当他走进中铁宝桥扬州基地时发现,操作细则和质量标准在黑板上标得清清楚楚,现场料件摆放整齐,所有的焊接设备统一标识,原料具有可追溯性。

为了保证钢结构质量,2011年6月,港珠澳大桥管理局与莫特·麦克唐纳签订了质量管理顾问合同,已过花甲之年的祝少江被公司派驻到港珠澳大桥任钢结构质量顾问。

祝少江曾负责过多座境外大型桥梁项目钢结构制造质量管理,是业内顶级的钢结构质量专家,工作重点是质量计划审核、首制件全程跟踪、质量管理人员培训等。

每每风帆塔首件制作进入关键程序,他都要循例全程在旁指出制造过程中出现的问题,并提出建设性的改进措施。

祝少江脾气倔,但本领大。他不仅善于指出问题,还善于解决问题,施工方在钢结构制造时遇到问题,只要随着他的路子走就能"药到病除"。

张劲文直言,他平生第一次见到像祝少江这样的工程师,"制造企业只要虚心按照他提出的方法,通过更新设备、创新工装或调整工艺,质量必有超越"。

"祝少江以一人之力,将港珠澳大桥桥梁钢结构的技术含量从优秀提升到卓越。"张劲文毫不吝啬自己的赞美之词。管理局钢结构管理办公室三位驻厂监造工程师与祝少江形同师徒,情如父子,进步神速。

祝少江对质量有近乎苛刻的追求,对工作是发自内心的尊重,在他的指导下,中铁宝桥技术取得了长足进步，特别是"无马组焊、无损吊装、无损翻身"工艺，彻底翻转了钢塔制造行业的传统工艺模式，避免了仰焊，实现了钢塔母材的完整性和无修补特性。

2014年6月，祝少江合同到期，张劲文设宴送别。张劲文常常问计于他，受益良多。多年来，祝少江不分节假、不舍昼夜，调试焊机时眼睛曾被电焊弧光闪伤，右手手指因公骨裂。

这位香港同胞对国家和港珠澳大桥饱含拳拳之心，他对张劲文说道："中国可以造出世界上最好的钢塔，可以造出世界上最好的钢结构！"

举杯畅饮，共享来时路的光荣与梦想。祝少江说："如果中国将来还要造钢铁大桥，只要张博士一声召唤，即使身在万里之外，也一定前来。"

海内存知己，天涯若比邻。

看青山连绵，听波涛汹涌。那一刻，张劲文已眼含热泪。

"龙爪"是如何炼成的？

如果把港珠澳大桥比喻成一条巨龙，那么钢箱梁就是"骨骼"，承台墩身就是"龙爪"，牢牢支撑起钢筋铁骨的庞大身躯。

在东莞市洪梅镇东江南支流岸边，一座现代化大型预制厂格外引人注目。作为中交一航局在南方最大的预制厂以及在华南地区的新名片，它的崛起与举世瞩目的港珠澳大桥紧密相联。

2012年6月28日，中交一航局联合体成功中标港珠澳大桥CB03标，全长8670米。项目团队由38人组成，其中90%是"80后"，项目班子成员5人，竟全是"80后"。他们是港珠澳大桥所有参建单位中最年轻的项目领导和管理团队，他们被称为大桥建设的"小虎队"。

28岁的叶建州被任命为队长。当任命文件公布的时候，公司一些人不无担忧："怎么能让一个年轻人当项目负责人？"工作9年来，叶建州先后当过测量员、质量员、技术员、技术部部长和总工程师。

面对不解，公司领导回应："这样的工程，公司哪个项目经理都没有干过，没有经验可以借鉴，既然你们处在同一个起跑线上，肯定是年轻人跑得快！"

9月份的东莞，一会儿骄阳似火，一会儿大雨倾盆，无时无刻不考验着他们。叶建州必须带领团队用4个月时间建成预制厂。他们只有一个信念：早日进行首件施工，向业主、向公司报捷。

因工期、征地等，东莞墩台预制厂一直处于边施工边设计边报建状态。由于地方道路规划与预制厂建设部分功能区冲突，施工手续办理缓慢，有关部门多次执法，要求停止施工。一边是预制厂众多人员、设备无法施工，一边是业主不断催促，那种压力使叶建州心急、焦虑到请求公司调换项目经理，但公司给的答复是"活还没干就想当逃兵，这不是你的个性"。

面临挑战，叶建州只能迎难而上。2012年12月底，面积达10万平方米的大型预制厂建设告竣，兑现了4个月具备预制条件的承诺。这里将承担72座墩台的预制和出运任务，以及3万余块扭工字块、4座岛隧结合部减载沉箱任务。

这不是普通的桥墩！墩台共分为9大类、40种型号，总共要浇筑混凝土229次，单次最大浇筑量达974立方米，单件最重达3510吨，单件最高达27米，差不多10层楼高。

港珠澳大桥对桥墩精度要求极高，预制平台精度则是影响桥墩预制质量的第一关。根据工艺要求，桥墩需符合小于$H/3000$垂直度控制标准，预制平台的平整度差需控制在2毫米以内。将20米×20米的范围做成高差不超过2毫米的平面，几乎和玻璃面一样，对于整个行业来说都是头一回，国内更是少有。

具有50余年施工经验，参与过许多国家重点工程设计、施工的中交一航局老专家乔贵春直言："这是我经历的技术难题最多、施工最复杂的工程，无论是在公司还是在中交一航局的历史上都是绝无仅有的。"

可叶建州偏不信这个邪。面对挑战，他迎难而上，在施工中以工艺品标准进行质量控制。那段时间，叶建州常常晚上睡不着觉，有时甚至靠咬自己的胳膊解压。一次，在基地饭堂，叶建州一度承受不住压力抱着项目总经理赵传林痛哭。为了鼓励和提醒自己勇敢面对挑战，叶建州改了QQ签名："这是自己的责任，就是跪着也要坚持。"

2013年1月1日，随着首件钢筋绑扎，桥墩预制进入实质性实施阶段，30天后第一次混凝土浇筑。首件桥墩预制开工了，那一天，整个预制厂沸腾了。

按照工艺要求，整体式桥墩分三次浇筑，需连续施工，以最短的龄期差完成全部混凝土浇筑，"开弓没有回头箭，只能一鼓作气，连续施工，完成浇筑"。当时正值2013年春节，为确保首件顺利完成，叶建州和团队只能放弃与亲人的团聚，他鼓励大家："要用世界第一的努力，打造世界第一的工程。"

叶建州已有7个月没回过家。春节期间，妻子带着孩子来到了工地。可叶建州早出晚归，每天都拖着疲惫的身体，更没时间陪伴家人，几乎不注意妻子的感受。妻子终于忍无可忍，愤怒发火，甚至写下离婚协议，拿到了叶建州面前。

叶建州有些无奈，随手在协议上签上了"刘翔"——这是妻子最喜欢的体育明星。叶建州以幽默的方式"对付"了妻子，却伤感地看着妻子远去的身影，"男儿有泪不轻弹，世事难两全，只能与她千里共婵娟"。

与叶建州团队相比，中铁大桥局CB05标承台墩身预制稍微来得晚了些。经过3个月的精心准备，2013年2月21日9时，中山市翠亨新区预制基地迎来了首件制承台墩身预制，每每这时，预制区总工金永忠都要进行预制前的人员和技术交底。

"大家一定要按刚才交底时所说的去操作。一是技术员一定要下到承台底层，跟班作业，随时跟踪检测；二是我们这个承台墩身钢筋绑扎很密集，振捣一定要到位，振动棒插入要快，拔出要慢，千万不要碰到模板，振动棒振捣不到位的边边角角，要用插针辅助振捣；三是承台和墩身工序转换时，一定要做好各项准备工作，尤其是测量检测一定要准确。"金永忠不放心，又赶紧补充了几句。

港珠澳大桥CB05标有承台及62个底节墩身、13个中间节墩身和62个墩帽。其中首件制承台墩身承台长为15.6米，宽为11.4米，高度为4.5米，底节墩身高14.29米，预计将耗用混凝土867立方米，总重量约2500吨。

港珠澳大桥承台墩身预制采用工厂化流水线作业方式，承台和墩身一次性整体浇筑。在预制生产线上，下料的只管下料，绑扎的只管绑扎，焊接的只管焊接。

金永忠说："以前承台墩身浇筑要先绑扎承台钢筋，完成浇筑后绑扎墩身钢筋，再进行墩身浇筑。我们现在承台钢筋绑扎的同时，墩身钢筋也在绑扎台座上进行绑扎。墩身钢筋绑扎完成后，再一次性整体吊装到承台钢筋台座上进行拼接。如此一来，效率自然提高了。"

2013年4月28日，港珠澳大桥技术专家组的6位院士和30多位专家到港珠澳大桥CB05标项目部中山预制基地调研。

"一个承台墩身多重？"在承台墩身预制区，时任交通运输部总工程师周海涛问道。

"大概2500吨！"CB05标项目经理谭国顺作答。

"哦！没有质量问题？"

"没有！"

"那个是什么，裂缝？那儿！靠近承台上面！"

"哦，那个是沙线，不是裂缝，这是在振捣、养护后出现的沙线。我跟工区讲，发现质量问题，一个奖1000块，现在打了7个，工区技术员、监理、养护工人来来回回检查了好多遍，没发现问题，我这一分钱还没奖出去。"

谭国顺笑着说。

如果说混凝土是墩台的"血肉"，那么钢筋就是"筋骨"。为了提高钢筋的耐腐蚀性，项目部采用大直径厚涂层环氧钢筋加工技术，在钢筋外表面增加环氧涂层作保护。环氧钢筋并非新鲜事物，但上万吨的总量，钢筋加工和绑扎要求1毫米的精度控制，高密度的骨架分布，高强度的涂层保护等一系列的难题，给施工增添了不少麻烦。

1980年出生的孙业发，按年龄算是"小虎队"里的老大。从中标之初，他就和副总工白虹、崔怀俊带领着全体技术人员分工协作，展开了一场声势浩大的创新之战。

"环氧涂层很脆弱，施工中稍有磕碰、剐蹭，都会使涂层产生致命损伤，影响桥墩使用寿命，因此在混凝土浇筑过程中要极其注意浇筑精度。"孙业发介绍说，以首件制为例，4.5米高的承台就分布了12层钢筋，上下贯通、水平交错，人蹲在里面都费劲，施工难度可想而知。

为了确保这个庞然大物的结构稳定，技术团队采用了预应力粗钢筋，这也是世界上首次大批量采用最粗的钢筋，直径最大达75毫米。"预应力粗钢筋最少的有36根，最多的达64根，每根的精度都要控制在几毫米。"

所谓预应力，即在结构承受荷载之前预先施加的压应力，结构服役期间预加压应力可全部或部分抵消荷载导致的拉应力，避免结构破坏。

"预应力的存在可以让桥墩在对接时，加强水平方向的受力能力，桥墩承接桥面时，桥面竖向对接桥墩，需要有预应力钢筋连接作为桥墩横向受力的支撑。"孙业发进一步解释说。

由于体量巨大，72座桥墩中，有28座桥墩不得不采用分段预制的装配式桥墩。分段预制，使单件墩台预制的体积变小了，但分段后还需要再合上，看似简单的一分一合，却使建设者们经历了极大的考验。

对这一考验，孙业发总结为"三高"：高精度、高难度、高风险。

——高精度。分段式桥墩需通过预应力粗钢筋和竖向干接缝匹配工艺实现对接。粗钢筋的垂直度、同心度、位置的精确性必须控制在0—5毫米，才能保证上、下节对接的零误差，精度要求极高。

——高难度。施工中应用的直径75毫米预应力粗钢筋和竖向干接缝匹配工艺都是国内首例，没有经验可以借鉴，加之精度极高，施工难度巨大。

——高风险。由于分段式中、上节墩身不带承台，截面小，高度大，海上船运稳定性差，安全风险突出。一旦出了问题，会对施工造成巨大影响，后果不堪设想。

为了保证预应力体系和干接缝竖向对接的精度，中交一航局成立专家组，研发出了"大直径预应力粗钢筋及波纹管定位成套技术"和"预制构件的竖向干接缝匹配模具"，最终破解了精度难题。

"工序多，精度就不好控制，每一个细节都必须到位，最关键的环节就是'三次定位一次校核'。"总工孙业发介绍说，"三次定位是对粗钢筋进行底部、顶部和中间定位，精度需控制在0—2毫米。一次校核是在混凝土浇筑前，试安装干接缝顶模，利用顶模预留的精确孔洞，校正粗钢筋位置，校核精确后进行加固，再浇筑混凝土。"

运输是分段式桥墩预制完成后面临的又一个难题。

由于分段预制，中、上节墩身不带墩台，稳定性极差。这样的大型高耸构件利用半潜驳进行海运，在中交一航局的历史上也是首次。逢山开路，遇水架桥，团队创造性研发了"大型高耸构件钢平台辅助出运加固工艺"。

这一工艺，被项目部命名为"12468工艺"，即通过"1个钢平台，2个抗倾覆外加固横梁，4条潜驳与平台加固杆，6组抗滑移顶杆，8组内加固"来实现细高桥墩的加固，保证海运稳定性。

"钢平台，就是人为给桥墩制造一个'承台'，通过加固件连成一体，能抗12级风。"孙业发说。

大直径厚涂层环氧钢筋加工技术、桥墩干接缝竖向匹配预制技术、桥梁墩柱立式出运技术……叶建州、孙业发带着这群40多人组成的"80后"团队研发出了27项新技术或新工艺，其中4项获得国家级专利，开创了桥梁基础结构施工的新局面。

如何在海底扎稳"马步"？

将"龙爪"固定在海床上，港珠澳大桥采用了钢管复合桩工艺。犹如习武之人，需"练得硬桥硬马，方能稳扎稳打"。正所谓，桩步稳则腿脚沉重，步势方能稳扎。只有"桩步"稳健，"桥手"刚硬，大桥质量才能得到保证。

从图纸上看，墩台的模样酷似印章，"印章"的底部有6个孔洞，与之相对应的是6根长60余米的钢管桩，它们是墩台安装的基础，其插打精度直接决定了墩台能否顺利安装。

5年多来，中交一航局港珠澳大桥CB03标段副总工徐波穿行于图纸之间，奔跑在施工现场。他说："6根桩任何一根桩偏了都不行，这个难度相当于6的6次方。"

钢管复合桩插打到位后，钻孔、清孔、下钢筋笼、再清孔、灌注混凝土，才算完成一根桩的施工。管理局随后会组织专门的第三方单位，对每一根桩进行取芯质检，要求100%抽检，要达到100%的合格率。

2012年11月，项目部开始打第一根桩，然而随后的质量检测结果显示，这根桩并未达到港珠澳大桥设计的质量要求。这样的结果让徐波有点儿蒙。"我们的工法是国内一流的，施工过程控制也很严格，没有出现漏洞，怎么还会不合格呢？"

问题出在了清孔上。施工方案中规定，钻岩过程中产生的沉渣、碎石等小的杂质，不能大于5厘米的厚度。经检测，CB03标的第一根桩沉渣是6.5厘米，超了1.5厘米。可是钢筋下去了，混凝土浇筑完了，怎么办？徐波和他的团队一咬牙：重做！

随后，项目部投入整整半年的时间把这根桩的钢筋一点点磨碎成粉，总结研究新的施工方案，在原桩基础上重新打下了一根桩，前后花了将近10个月的时间。

特别惊险的是，在CB03合同段，一条天然气管道斜向穿过了桥轴线，这是为香港特别行政区输送天然气的崖13-1海底管线，一旦破坏，现场10公里范围内将一片火海，没有任何东西可以留存。"管线在泥面下两米左右，这两米是浮泥，其实跟稀汤一样，如果有重物砸下来，可能就砸坏了。"徐波说。

从打桩开始，包括周边一系列的施工，徐波和团队成员就兼顾怎么保护这条管线、精心计算、设置现场作业点和船舶分布，严格按照管道管理方的建议组织施工，最终顺利走过雷区，保障施工安全的同时也实现了香港地区用气用电充足供给。

扎稳"桩步"，必然涉及预制墩台止水难题，即在将桥墩吊装到钢管桩上时，需在大海中开辟一处与水隔开的干燥作业空间。围绕止水工艺，桥梁工程的三大标段施工单位同台竞技。

中交一航局CB03标采用了钢圆筒临时围堰干法施工工艺。这一工艺已经在岛隧工程中得到完美运用。他们利用八锤联动释放的振沉力，将重达600吨、直径22米、高35米的钢圆筒插入海底，为墩台施工形成陆地。

颇具挑战的是，钢圆筒需要重复使用，CB03标共68个墩台，如果每个墩台都套一个钢圆筒，用副总工徐波的话说："这就相当于干100块钱的活儿，投入就花了1000块钱。"为此，他们一方面攻克振拔工艺，即先振后拔；一方面对钢圆筒内部结构进行"大手术"，最终创造了8次重复使用无破损的纪录。

中铁大桥局CB05标采用了双壁锁口钢围堰工艺，涉及62个桥墩施工，全长6.653公里。围堰长17.6米、宽13.4米、高23.2米，由8块弧形板组成，总重量有580吨。他们就像箍拢水桶一样将弧形钢板拼装成一圈，仿佛在海水里掀开一扇巨大的天窗。

这是一种传统的围堰止水方法，却是首次用于海上。海上围堰拼装最大的挑战是浪涌，海上钢围堰需要比江上、湖上的围堰锁口制造更加精密,以防风力和浪涌的作用致使锁口变形而无法拼装。

在首套围堰的拼装过程中,工区经理肖世波带领团队边干边学,经过半个月的努力,围堰拼装了7块,在即将成功时,却在一个晚上被汹涌的海浪打散了。

"伶仃洋上风高浪急,起吊摆动幅度很大,摇得就像拨浪鼓,在这种情况下拼装钢围堰犹如海上绣花。"经过多次挫折,肖世波带领团队一一攻克了围堰拼装、下放、封底、拔出难题,62个桥墩只用了9套围堰,每套围堰倒用7次左右,施工周期从第一轮的平均104天一套,逐渐优化到最后一轮的42天一套。

广东省长大公路工程有限公司(简称"广东长大")CB04标则坚决根据设计方案的要求攻克了胶囊止水工艺。"参与港珠澳大桥工程,是公司发展的里程碑,我们不能光满足于完成任务,更要借此实现工艺上的跨越。"广东长大董事长刘刚亮鼓励团队,"拼一下!"

新工艺有3道止水工序,最难的是止水材料的抗压性能。项目总工陈儒发带着研发团队一年多踏破铁鞋,终于锁定湖南株洲一家公司,一起研发出一种全新的止水材料,在模拟实验中可以承受20米水深的压力。

调试、失败、暴露问题、解决,光充气管道的固定位置就试了5次。分工区总工程师谭逸波吃在现场、住在现场,安装第一个沉台耗费了78天。访谈中,广东长大CB04标段党支部书记罗锦鸿自豪地说:"广东长大是地方队,但只有我们掌握这项技术,还申请了3项国家专利。"

"龙爪"已经炼成,"桩步"已经扎稳,干燥的作业空间已经开辟。万事俱备,只待墩身最后的吊装。

2013年6月18日,26米高的31号墩从预制厂出发,历经55海里(1海里约合1852米)、2天驳运,终于抵达吊装点。6根预先埋置在海底100多米深的钢管复合桩已静候多日。

为了做好这个重约2700吨、高约27米的庞然大物的安装准备工作,副总工徐波已经在海上住宿了半个月。当天早上4点起床,他特意用凉水洗了头,好让自己看起来更精神。

这是一次"针尖"上的作业。

当天，历经6小时吊装，起重船稳稳地擒住墩台，定位，对接，缓缓吊入钢围堰，最终穿过6根钢管复合桩。一番精调后，安装符合施工要求，垂直度偏差不大于1/400，水平度偏差在10厘米以内，首次安装告捷。这也是国内首个整体埋置式墩台。

一个多月后，2014年8月3日，在浪卷涛飞的伶仃洋上，首件分段式桥墩上、下节墩身顺利实现完美对接，标志着竖向干接缝匹配预制工艺在国内首次成功应用。港珠澳大桥管理局总工程师苏权科发来祝贺称："干接缝工艺必将以其高精度、高质量的无比优越性，广泛应用于今后同类工程。"

先墩后梁、搭墩架梁。

2014年1月19日，中交一航局率先起吊安装了港珠澳大桥首跨钢箱梁，迈出了我国外海桥梁建设长大构件吊装的重要一步。

当天上午，在CB03标21号和22号墩北侧，港珠澳大桥施工现场目前最大的4000吨起重船"一航津泰号"精确驻位，9时56分，项目经理赵传林一声令下，重达2815吨的"深海第一梁"被稳稳吊起。

3个小时的空中姿态调整后，钢箱梁平稳落在墩台上。随后，在数个千吨级千斤顶调位下，钢箱梁精度偏差控制在毫米级——5毫米以内。

从2013年6月首个桥墩安装至2016年6月最后一个钢塔吊装完成，共历时3年，190个桥墩连成一线。

从2012年3月开始生产，到2016年6月完成全桥合龙，共耗时51个月，283跨钢箱梁就像搭积木一样连接成桥。

在"四化"施工理念指导下，港珠澳大桥施工现场再也见不到人头攒动和"千军万马"，中国工程师们在创新中改变了"土法上马"，形成一系列"中国工法"，串联作业变成并联作业，节省了工期，保证了施工质量。

青州航道桥建设初期

非通航孔桥墩台运输途中

港珠澳大桥CB03标项目经理部总经理赵传林（左一）、工区经理叶建州（右一）陪同香港路政署领导调研桥墩预制施工

中交一航局东莞预制厂6名"80后"受邀参加庆祝五一特别节目，他们被称为大桥建设的"小虎队"。由左向右依次为叶建州、李丽军、王福元、孙业发、崔怀俊、白虹

2016年4月11日，青州航道桥中跨合龙段MCL梁段吊装顺利完成，桥梁工程CB03标成功合龙，打通了从西人工岛上桥的通道

像制药一样生产碎石料

港珠澳大桥设计的钢桥面铺装使用寿命为15年。这是工程师们为匹配"超级工程"120年设计使用寿命而制定的目标,是目前国内钢桥面铺装寿命的3倍。

港珠澳大桥主体桥梁工程长22.9公里,桥面铺装规模达70万平方米,约相当于98个足球场,其中50万平方米为钢桥面,是目前世界规模最大的单体钢桥面铺装工程。

为了回答交通运输部副部长冯正霖关于钢桥面铺装的耐久性问题,港珠澳大桥管理局组织科研院校、境内外专业施工队伍和国际咨询公司,投入上百位研究人员进行联合攻关,历经407天奋战,最终在国内首次提出了GMA浇注式沥青混凝土施工技术。

张劲文深深地感受到,先进的技术方案还要有与之匹配的管理理念和实施策划,在对国内外项目机械化施工、生产工艺和设备进行深入调研的过程中,形成了清晰的招标工作思路和项目管理思路,以及完备的施工管理体系。

在编制招标文件时,张劲文分别针对影响产品质量的"人机物法环"五大要素,首次提出了"以认证保材料,以考核保人员,以设备保工艺,以工艺保质量"的"四保"理念。

"机器、物料、环境已与日本同行处在同一水准甚至局部有所超越。"张劲文说,"但是,人员素质与工艺方法两要素却是国内同行的短板,一线操作工人素质参差不齐。"

原材料生产的质量将直接决定桥面铺装的整体质量,绝不容一丝马虎。在铺装方案确定后,港珠澳大桥管理局制定了《材料准入管理办法》以严守材料质量关,"材料,必须是业内最好的"。

为了保证桥面铺装的质量,港珠澳大桥铺装方案以细石料为例,一般道路工程对细集料的细度规格要求在粒径0—3毫米,铺装单位仅需在该范围内对石料属性进行测试即可。但港珠澳大桥项目却要求在常规范围基础上再细分3档,分别为A档(0.6—2.36毫米)、B档(0.212—0.6毫米)、C档(0.075—0.212毫米)。

逐梦港珠澳大桥

港珠澳大桥桥面铺装集料分档多、用量大、规格及质量要求高，对集料的尺寸做了近乎苛刻的规定，其细度分级标准之高史无前例。

在经过充分调研后，发现当时国内市场没有完全符合项目质量要求的成品集料，一个构想在张劲文脑海中逐渐成形：为何不自建现代化专用集料工厂？

"如果说板单元生产线让我绞尽脑汁，那么集料工厂构想可谓行云流水，因为思维已经通透了。"张劲文回忆说。

在广东长大中山集料工厂，高大的厂房内，一个个巨大的集料成品袋装满了各种型号的碎石，整个厂房一尘不染。这是一个投资5000余万元专门为港珠澳大桥而建设的高精尖集料工厂。

如何在生产中确保每一颗集料都达到精细度要求，广东长大副总工程师杨东来博士颇费一番思量。他从2014年6月起担任港珠澳大桥桥梁主体工程CB07标项目经理，负责港珠澳大桥钢桥面铺装任务。

做个匠人、修颗匠心是杨东来从小的目标，他的微信名和QQ名都是同样的两个字——专注，他常对团队说："一定要把港珠澳大桥当成艺术品一样来雕琢！"一次，当他看到药品胶囊里面那一颗颗均匀的粒状物时，其相似的形状让他突然获得了灵感。"我们借鉴了精细化工及食品加工行业的生产筛分工艺，采用密闭式钢结构厂房进行生产及储存，配置高效干式除尘设备，实现了建筑用集料无尘化生产。"杨东来说。

走进中山集料工厂，仿佛走进了医药工厂。张劲文自豪地说："中山集料工厂彻底颠覆了建筑行业集料加工模式，具有突破性的革新意义，为国内工程行业树立了标杆。"

桥面铺装是典型的"看天吃饭"工程，温度太低或湿度太高都不利于铺装，且整个施工过程中绝对不能出现降水。但偏偏南方沿海地区气候湿润多水，仅有每年10月至次年1月是旱季，是最佳铺装时间，365天中适合进行铺装的时间不超过150天。

施工单位创造性采用了"露天工厂化"施工模式，以此协调气候与施工精度的关系。在巨大的白色风雨棚中，操作人员在"房子"里对桥面进行忙碌作业，完成了防水层、铺装层的作业。

港珠澳大桥桥面最高温度超过70摄氏度，因此钢桥面铺装需要具有比普通沥青路面更高的热稳定性。但这都不是问题，"浇注式沥青混凝土施工技术"能在高温下保持较好的流动性和施工和易性，不需碾压即能达到规定的密实度和平整度，十分契合钢桥面铺装的需求。铺装成型后更能实现不漏水、抗老化，同时变形能力强，具有优良的抗低温开裂与抗疲劳开裂功能。

边带摊铺机、防水层机械化自动喷涂设备、车载式抛丸除锈、粘层油洒布机、桥面碎石撒布机……广东长大和重庆智翔铺道两大施工单位使尽浑身解数，开发出了许多助力工程的"神器"，保证了质量的稳定性。

他们对待桥面铺装就像在烹饪一道国宴菜品，对用何种"食材"、加多少"佐料"、取多大"火候"等均有细致入微的要求，多项工艺创新为国内后续钢桥面铺装开拓了新的领域，进而推动行业技术进步。

2017年7月27日，桥面铺装圆满收官。

看着完工的港珠澳大桥，张劲文仿佛看见了一个孩子的成长，他曾经日夜相伴，细心呵护。

说到孩子，当张劲文加入港珠澳大桥团队时，他的孩子才刚刚出生。14年过去了，他的儿子也为这位工程师父亲自豪，尽管年少的他并不清楚父亲具体在做什么。

一个早上，儿子用拼图拼了一座桥，送给张劲文，要他一定要带到管理局来，并说："只要是到你办公室的人，都要告诉他们，这个拼图是你儿子拼的。"

如今，大桥已经通车。曾经的小张，也变成了老张。老张也有一个小小梦想，就是亲自开车带着儿子经由港珠澳大桥到香港迪士尼玩一趟。

浇注式沥青摊铺机

港珠澳大桥钢桥面铺装现场,工程师们正在进行工地试验

集料精加工，规格细分为多个档次

专门为港珠澳大桥而建设的广东长大中山集料工厂

第五章　国之重器：钢塔千吨重　悠然空中来

不眠不休只为给"海豚""翻身"

伶仃洋上，青州航道桥"中国结"熠熠生辉，九洲航道桥"风帆塔"迎风催发，江海直达船航道桥"海豚塔"鱼跃晴空。

2016年6月2日，伶仃洋之上，最后一只巨型"白海豚"凌空跃起，与此前两只同样优美的"白海豚"遥相呼应，在蔚蓝海天间尤显动感。

"这灵巧的'一跃'，标志着港珠澳大桥主体工程7座桥塔全部吊装完工，主体桥梁工程贯通在即。"负责吊装的广东长大项目部经理余立志说，"没有中国装备的长足进步，数千吨重的钢塔吊装是不可能完成的。"

白海豚，于港珠澳大桥而言具有深刻意义，江海直达船航道桥的桥塔设计灵感也来源于此。"海豚塔"象征人类与海洋的和谐共处，是港珠澳大桥的重要标志性建筑之一。

海豚塔，观之轻盈灵动，实际上拥有超级吨位，由武船在中山基地精心打造。3座海豚塔中，最重者达3000吨，重量约等于10000只白海豚，高109米，是白海豚体长的40倍，约相当于36层楼的高度。

一开始，138号钢塔的制作按照"副塔在上、主塔在下"进行拼装，但现场施工方突然传来消息，受制于海上工况，需要将钢塔在基地"翻身"后再运往江海直达船航道桥吊装。

接到任务后的项目经理黄新明当天晚上辗转反侧，难以入眠。海豚塔重量巨大，且为不规则结构，若在"翻身"施工过程中发生重心失控，将可能使钢塔产生不可逆的损伤。

第二天一早，黄新明便开始组织人员讨论方案。"为了确保万无一失，团队从工艺研究、审定，到计划实施与成功'翻身'，经历了100多个不眠不休的日日夜夜。"

为了顺利完成这一高难度"体操动作"，项目部、专家、港珠澳大桥管理局等召开多次会议，反复研讨、考察。由于武船在中山基地没有相关设备，他们只能将海豚塔发运至中铁山桥中山拼装基地，借助其两台2000吨龙门吊实现翻身。

中铁山桥中山拼装基地占地1000亩，是全国最大的钢箱梁拼装基地，场地空旷、视野良好，满足海豚塔"翻身"的场地要求。"翻身"设备2000吨龙门吊的起重量为全国最高，足以保证海豚塔的安全起吊。

为了共同建好这座世纪工程，在港珠澳大桥管理局的协调下，中铁山桥项目部二话不说，便将这一"超级武器"借给武船使用。

这是一次必须确保万无一失的"翻身仗"。中铁山桥与武船联手，经过5个月的准备和模拟，其中包括广东省特种设备检测研究院中山检测院对它们进行了3个月的"体检"，最终他们把180度"翻身"动作分解成136个步骤。

此时，黄新明才能回家为父守灵。在138号钢塔"翻身"方案进行到最紧要的时候，黄新明家中传来噩耗，但为了完成任务，黄新明没见着老人最后一面。每每谈及此事，黄新明都百般自责。

2016年5月6日上午，海豚塔按计划运至中铁山桥中山拼装基地开始卸船，看似简单的环节却并不轻松。海豚塔离船上岸前需先将扁担梁与吊耳相连接，再将其吊起至陆地进行"翻身"施工。

项目总工阮家顺补位，担任现场总指挥。因为潮波，驳船上下浮动，用于连接两个设备的插销难以准确连接。阮家顺马上组织现场讨论，为了抓住最佳的施工时机，全场人员鼓足干劲，坚持奋战，直至第二日凌晨3点完成起吊，海豚塔成功落位。

港珠澳大桥管理局"80后"副总工景强博士全程亲历了很多工程的"高精尖"难

题，其中最让他提心吊胆、寝食难安的就是这次海豚塔的"翻身"和吊装。

这是他当天凌晨2时55分发的微信："从昨晨7点至现在凌晨2点，138#钢塔终于离船上岸了，开始为期10天的翻身之旅，今天一天真是艰辛！穿销轴困难、钢丝绳脱槽、强对流暴风雨、龙门吊计重报警……终于在凌晨就位！3000吨的玩意儿的确不是好玩的，翻了身，还有海上吊装……想起来头都大！慢慢熬！"

门吊塔尾扁担梁与钢塔吊耳连接轴拆除，门吊塔尾与L形吊架连接穿轴，门吊塔首与L形吊架固结……从5月7日到5月10日，施工现场紧张而有序地进行着设备准备及检验工作，一晃已过去5天了。

项目生产部部长华杰2014年10月到中山拼装基地，海豚塔"翻身"是他在项目基地遇到的最大困难，"哪怕是一个吊具的安装都面临多次失败"。

"海豚塔'翻身'的难点之一在于吊具的设计和安装。在那100多个日日夜夜里，我们根据钢塔结构特点，通过建立模型，分析计算节段重心位置，特地设计制作出秘密武器——L形工装吊架。"华杰充满自豪地介绍。

他说："利用起重设备配合扁担梁实现对钢塔节段的整体空中'翻身'，该技术安全地实现了钢塔小节段、大节段的无损伤空中'翻身'，不仅有效地避免了仰焊，实现了所有焊缝对称施焊的工艺要求，且具有成本投入少，生产效率高的优点。"

然而，就在安装过程中，意外却接连发生了。

在塔顶吊具顺利安装后，塔底吊具却始终安装失败，由于极其细微的误差，吊具的轴无法穿过海豚塔的镗孔。就在大家无计可施的时候，华杰主动请缨，背起十几斤（1斤等于0.5千克）重的千斤顶爬上海豚塔，在高空花了近两个小时，硬是把轴顶进了镗孔，顺利安装了吊具。

当所有人都以为可以松口气的时候，吊机连接海豚塔的钢绳却从滑轮上脱槽了。这时，两名运输部的老党员站了出来，他们提议由悬臂吊起一个铁笼，两人站在铁笼里靠近滑轮，在高空把单根重达5吨的钢绳归位。"铁笼是悬在空中的，没有稳定的支点，钢绳又那么重，这个工作其实非常费劲。"华杰说。

真正的"翻身"动作分0度—90度、90度—180度两次进行，分别于5月11日、5月14日两天进行。

在总指挥阮家顺的组织下，现场HSE（健康、安全与环境）组、监控组、监测组、技术组、起重组、设备组、协调组、支架组、钳工组、装焊组等全员各就其位、密切配合，"翻身"施工有条不紊。

"第1步，1号小车起升200厘米，2号小车起升200厘米。"

"第2步，1号小车起升1800厘米。"

…………

按照既定计划，指挥区下达指令，操作人员反馈工序无误后进行下一道指令，施工步骤一步一步走，每一步都充满挑战，他们必须小心谨慎。

海豚塔"翻身"那几天，华杰在现场全程跟踪，没有睡过一个安稳觉，累了就在工程车里躺一会儿，被监理和业主称为"铁人"。兄弟单位人员见状对华杰说："怎么白天是你们这帮人，晚上还是你们这帮人，难道不用睡觉吗？"

华中科技大学技术员实时监控钢塔运动中的各项数据，总指挥根据数据反馈进行指令决策。0度—90度、90度—180度两次"翻身"，一步一操作，一步一检验。

222步指令后，海豚塔"翻身仗"宣告成功。

阮家顺事后回忆说："2600吨钢塔整体'翻身'180度，这在国内外均无先例可循，是一项技术难度极大的挑战性工程。经过各方通力合作，此次'翻身'工程圆满完成，在国内外尚属首次。"

"任何一座桥，一定要经得住历史的检验。港珠澳大桥的有效使用期是120年，100年对于我们一个人来讲可能太长，100年以后，或许我们这些建桥人已经不在了，但是

虹起伶仃

逐梦港珠澳大桥

港珠澳大桥CB02标项目经理黄新明。他在海豚塔"翻身"最关键时刻听到了父亲去世的噩耗

海豚塔"翻身"现场

3座海豚塔屹立在伶仃洋上

中部 / 长风破浪会有时

广东长大公司董事长刘刚亮（中）每逢项目重大节点都会到现场坐镇

海豚塔在两艘起重船共同作业下"翻身"

在夕阳的照射下，海豚塔身染上一层金色

这座桥还在。1000年以后,也许桥都不在了,但桥梁史还在,我们要对桥梁史负责!"黄新明说。

中国装备:世界第一吊

巨型钢塔整体吊装在国内外都是一项技术难度极大的挑战性工程。如此庞然大物要在海上进行抬升、竖转,并精准安装,这一场景似乎不可思议。

作为国家工程、国之重器,港珠澳大桥创造了多个世界第一,其中一项便由广东长大创造——世界第一吊。

"整体吊装过程中,稍有差池就会船毁塔亡。"CB04标首任项目经理、广东长大副总工程师李志生说,"在这之前,国内外尚无如此巨型的钢塔成功实现整体吊装的案例。"

没有装备的长足进步,就没有吊装成功的可能。海上施工,尤其需要精良的装备。

为了港珠澳大桥工程,广东长大加大研发力度,2012年5月18日,浮吊能力达3200吨、最大吊高达120米的"长大海升号"起重船正式交付,成为目前国内公路桥梁以及水工施工领域最先进的同类产品之一。

首次吊装施工前,李志生带领团队进行了3次演练。他们精确记录每一个吊装步骤,穷尽所有细节来做万全准备。

2015年7月20日,第一次空载演练。演练过程并不顺利。

演练开始4小时左右,吊装现场突然出现涌浪,"长大海升号"起重船前后吊钩出现左右摇摆,起伏达到1米以上。随着起重船继续向上抬升,1个小时后,吊钩的晃动幅度加大并出现碰撞，起重船左右摇摆幅度达到两米。

"如果这一情况发生在正式吊装中，将是毁灭性的，是绝对不允许的！突发情况逼迫叫停演练。"项目总工程师陈儒发回忆说，第一次演练只完成了整体过程的三分之一左右。

但第一次演练为他们提供了宝贵的经验。项目部委托国家海洋环境预报中心，根据卫星观测对施工现场的气象情况进行超前预测，将涌浪作为一个重要的控制因素。

一周后，第二次空载演练如期进行。这一次，为了更加精确地观察涌浪的影响，工作人员在船舱中进行了注水模拟演练，注入水量与海豚塔等重。充足的准备使涌浪问题得到有效控制，除了存在一些船舶调度、沟通协调的细节问题，这次演练完成得较为顺利。

按照计划，第三次演练将使用自制钢管代替海豚塔进行模拟演练，这一次演练是最为接近真正的吊装施工的演练。但好事多磨，由于屡受台风天气影响，演练时间一推再推，直至2015年8月19日，气象条件才符合要求。此次演练的圆满完成为他们打了一剂强心针。

2015年8月23日凌晨，海豚塔平躺在"幸运号"驳船上，"长大海升号"起重船连着塔顶，"正力号"起重船托着塔底，3艘船呈一条直线抛锚定位。

这是一种双船空中竖转作业。为了让海豚塔竖直起来，位列墩台两侧的两艘起重船需要协同作业，它们对向移动，直至海豚塔与海平面垂直。吊臂很高，在竖转过程中，工作人员拿着望远镜留意着每一个细节。

竖转完成，准备移船就位之时，突然，有人报告看到钢绳的钢丝头，业主、监理、设计代表纷纷轮流察看，真是钢丝头。大家的心也跟着紧张了起来。

"当时我们都以为钢绳散丝了，如果散丝那就麻烦了，散丝的钢绳承受力不行，随时会断掉。3000吨的钢塔砸下来，产生的破坏力相当于几吨炸药爆炸。"管理局副总工程师景强回忆说。

好在虚惊一场，第一座海豚塔精准吊装。全程负责指挥"正力号"起重船的工区经理陈永青说："3100吨左右的钢塔塔身再加上吊具，要竖转90度，是一项技术难度极大的工程。这在国内外都没有先例，更重要的是，我们需要用两艘参数完全不同的起重船实现同步作业。"

第二座钢塔原计划2015年11月下旬吊装，但因参与抬吊的"正力号"起重船出现故障，不得不推迟计划。2016年1月16日，位于中间位的第139号钢塔在凌晨3点等待吊装。一切工序如旧，海豚塔慢慢在空中竖起来，眼看就要吊装成功，却突然卡住了。

要完成最后的安装，"长大海升号"起重船臂架需要从60度缓缓抬高至65度，可是就在臂架缓缓抬高至62.5度时，距离设计角度突然差了2.5度，控制键也失效。

现场紧急叫停，召开会议。担任现场总指挥的广东长大董事长刘刚亮第一时间组织重大设备技术保障专家对设备进行故障原因查找。可是，怎么查验都找不出问题。

2.5度看似微小，但对于重达3000吨的海豚塔却是致命的。每次吊装都在现场的景强博士也吓出了一身冷汗。差之毫厘，失之千里。只有当吊臂抬高至65度时，吊重才能达到3200吨的最佳状态，吊臂抬高至62.5度时对应的额定吊重则为2600吨，如果继续作业意味着超载15%。

还要不要继续？没有人敢立即拍板。摆在他们面前的局面是，必须在中午11点前完成作业，否则退潮后，钢塔将无法放到桥墩上，但如果继续作业，万一吊臂断裂，势必船毁人亡，根据相关法律法规还将追究法律责任。

我问景强博士："难道不能把钢塔再反向操作一遍，放回驳船上等下次再来吗？"

景强说："不行！整个钢塔的吊装都是不可逆的。驳船也不是想放就能放，3000吨的钢塔，驳船也在摇晃，放的位置不对，驳船失去平衡也会翻船。"

"要么继续吊，要么把钢塔扔进海底。扔进海底损失的不仅有资金,还有工期,一座钢塔从制造到安装需要1年时间。"景强博士继续说。

海豚塔"命悬一线",经过3个小时对安全系数的测算和论证,总指挥刘刚亮最后拍板,"有一定把握,继续吊装"。又是一次有惊无险,海豚塔稳稳地放在了墩台上。

那一天,港珠澳大桥管理局工程总监张劲文也在现场。再次回想这惊险一幕时,他说:"等起重船回到锚地进行检修时,还是没有发现任何问题。有些事情似乎冥冥中自有天意。"

与台风赛跑的余立志秃顶了

2016年3月,广东长大二分公司副总经理余立志临危受命,接替李志生担任港珠澳大桥CB04标项目经理,这是港珠澳大桥唯一一次中途更换施工标段"主帅"。

中途换帅是为了更好推进工程进展。当时整个项目部主要以广东长大二分公司为班底,李志生是广东长大一分公司领导,但港珠澳大桥管理局提出了一些招标需求,只有李志生满足条件。随着后期工作的开展,协调问题也开始凸显。

此刻摆在余立志面前的任务是,必须赶在台风来临之前将桥梁的豁口合龙,否则后果不堪设想。原本在2016年初提出的目标是8月底通航孔桥合龙,但后来合龙时间改为6月30日,且必须在4月之前完成最后一座钢塔吊装。

余立志代表项目部向广东长大领导做出承诺:"我们要与台风赛跑!"

不过,2016年4月5日,项目部并没有如期迎来最后一座钢塔。不少人对6月底合龙的目标失去了信心,甚至有些人认为余立志当初的承诺是哗众取宠。

余立志硬着头皮扛着,他必须带领团队保证第三座海豚塔的吊装只许成功、不许失败。

与前两座海豚塔的施工工序稍有不同,最后一座海豚塔的吊装难度最大。首先,海

豚塔的体位在中山拼装基地"翻身"后发生了改变,重心也随之改变,吊点选择必须重新计算,吊装工序也必须相应调整;其次,因增加"翻身"工序,海豚塔已在安装吊具前提前装船,吊具安装须在驳船上进行,施工人员必须在风浪影响极大的情况下保证高精度施工。

世上无难事,只要肯登攀。6月2日凌晨3时,海豚塔按计划开始吊装,7个小时后,完成60余个作业步骤,海豚塔吊装圆满完成。

此时此刻,距离6月底合龙要求仅有28天的时间,按常理计算是不可能实现合龙的。但是,余立志团队没有放弃。

效率就是生命。他们把原本需要20天才能搭设完成的施工支架的工期压缩到了7天,为不可能的目标提供了可能。

6月28日21时30分,合龙段钢箱梁被运抵吊装海域,准备工作仅用了90分钟。

23时,合龙段钢箱梁被徐徐吊起,到深夜12时40分,终于成功完成合龙,又完成了一项"不可能的目标"。

"中国桥梁,雄起!"现场的指挥员、工程师和工人们都拥到成功合龙的桥面上发出这样的呐喊,却不见工区负责人陈永青。

当余立志找到他时,这个高壮的七尺男儿正用工作服套住头,闷在里面痛哭。常规吊一片钢箱梁要五六天,如今两天即完成一片。他说:"这些日子实在太难了,一下子压力卸下了,情绪就涌上来了,没忍住。"

天下大事,必作于细。

面对台风,余立志唯有背水一战才能不负组织的重托。在施工作业条件极度受限的情况下,他带领团队在三个半月时间完成了常规模式需要半年才能完成的任务。

CB04标项目部获得交通运输部颁发的"2016年感动交

通年度十大人物"的称号,余立志被广东长大领导安排代表团队去领奖。出于重视,他特地跑去理了个发,可当理发师拿起剪子,还没剪,只用手一抓,一把把的头发就往下掉,抓一把掉一把,抓一把又掉一把……没多久,余立志满头黑发很快便落得个一根不剩。

巨大的压力让余立志谢顶了。

余立志说:"在奋战港珠澳大桥的日日夜夜,每一次吊装都是如临深渊、如履薄冰。尤其是最后那3个月,责任太大了,做得好,是应该;做不好,天翻地覆,覆水难收。所以当时真的是又累又急……"

为了让头发重新长出来,余立志家人带着他看了好几次医生,喝了不少中药,但都无济于事,医生也一度给余立志的头发判了"死刑"。然而,奇迹发生了,在大桥竣工后,余立志的头发又慢慢长出来了。

一次会议上,朱永灵见到了头发浓密的余立志,以为头发是植上去的,说:"余经理,你这头发还挺真的!"

余立志立刻扯了扯,回答:"这是真的啊!真的是我自己的头发!"

超级精度挑战伶仃洋上的"空中舞蹈"

青州航道桥是港珠澳大桥跨度最大、主塔最高的斜拉通航孔桥。镶嵌在两个索塔之间的"中国结"看上去体态轻盈、线条优美,实则是一个重达750吨的钢结构庞然大物,高50.30米、宽28.09米。

从设计、制造到安装,"中国结"凝聚着各方建设者的智慧、心血和长期艰苦卓绝的努力。

为了给青州航道桥桥塔的设计注入三地同心的文化元素,提升景观水平,孟凡超那段时间可谓茶饭不思,"中国建了那么多大桥,几乎能用的景观都想了一遍"。

从2004年工程可行性研究阶段开始，孟凡超就一直在思考反映粤港澳三地合作建设大桥的符号标识，中国结的形状逐渐进入他的视野并在2009年初步设计阶段得到了论证。"结同心，结同圆。怎么表达中国结，我们借鉴了中国画写意的风格，跟中国结工艺品似像非像。"孟凡超说。如今，伶仃洋上的一对中国结，犹如两对巨人手挽着手，面向香港大屿山，迎着初升的朝阳，阔步走进新时代。

"中国结"采用全钢异性结构，钢板最厚达40毫米，共分为5个节段进行制造，然后在现场逐段拼装成整体。值得一提的是，"中国结"不光是一个景观装饰件，更是联系两侧塔柱的结构受力件，可谓中国桥梁美学中力与美协调统一的典范。设计上，工程师采用了黄金分割，"中国结"占整个上塔柱的位置，处在0.618的比例，令人百看不厌。

与其他钢塔相比，"中国结"体量不大，但对吊装精度提出了"超级考验"。"中国结"为钢结构，两侧的塔柱为混凝土结构，索塔的施工容许误差为2厘米，而"中国结"钢结构的容许误差只有2毫米，两者的精确匹配似乎就存在先天劣势。

作为CB03标联合体施工单位，中交第二公路工程局有限公司负责长1150米的通航孔桥青州航道桥的建设。工区经理文德安将这次高难度动作看成伶仃洋上的"空中舞蹈"，难度可想而知。

"台上一分钟，台下十年功。""中国结"的吊装施工历时一个多月，而筹划准备期则长达一年之久。文德安带领团队联合武桥重工等单位联合开发专用吊机，确保既满足吊重、吊高的要求，又可实现精确调位的需要，武桥重工元老级总工程师现场指导。

为了降低吊装重量及精确定位难度，文德安将整体吊装改为分节吊装，由此一来，750吨的"中国结"，分解成了5个一两百吨的节段。在5个节段中间，则采用螺栓连接,螺栓数量达到18000余个,拼接时螺栓孔的错位误差不能超过2毫米。

3000吨的海豚塔都已吊装完成了,区区750吨的"中国结"为何还有难度?当时全程参与现场施工的管理局副总工景强说:"难就难在'栓接'二字。按照施工图设计,'中国结'两端4个连接点全部采用栓接,而不是焊接。焊接对施工精度要求宽松一些,但是在外海高空,施工质量难以保证。"

"栓接?我听说精度要控制在2毫米,为何不能放宽一些,降低施工难度?"我继续问道。

景强博士继续解释说:"所谓栓接,其实就是把螺丝拧进螺母里,如果误差超过2毫米,'中国结'就会因空隙而晃动,必然产生安全风险。其实,把'中国结'拆开看,上部结构是倒'八'字,下部结构是正'八'字,中部是个结,栓接位置就位于两个'八'字的4端,2毫米的精度范围,下部栓接完成,由于施工误差的积累,上部就难以满足,顾首难顾尾。"

这几乎是不可能完成的任务。为了解决这一个世界级难题,业主、设计团队、施工团队、监理和顾问展开了长达数月的论证,最终施工图设计方案变更为上部结构用焊接,焊接后涂上厚厚的一层防腐油漆。

2015年5月14日,"中国结"最后一个节段吊装成功。两个巨大的"中国结"遥相对望、优雅、大气、简洁的外观,与附近连接隧道的东西人工岛形成的"珠联璧合"总体造型理念完美呼应。

文德安后来回忆说,"中国结"在桥位架设时遇上雨季,台风、雷电、暴雨、大风等轮番上阵,这对困难重重的桥位架设施工来说无疑是雪上加霜。根据塔柱温度连续监测结果,每日22时至次日6时其温度较为稳定,温度变形较小。夜间在狭小的空间内施焊,对操作人员来说是不小的挑战,但他们没有退缩,而是迎难而上——加强桥位安全设施,增加专业素养较高的操作人员,加班加点完成结形撑节段的焊接工作。

"中国结"待吊装(王超英 摄)　　咱们工人有力量(王超英 摄)

港珠澳大桥管理局"80后"副总工程师景强(前右)对"中国结"成功安装发挥了重要作用

广东长大CB04标项目经理余立志在指挥现场,巨大的压力导致他脱发谢顶

在"中国结"试拼装现场,人显得很渺小
(王超英 摄)

2015年5月14日,青州航道桥索塔"中国结"吊装全部完成

"风帆"入海记：差点桥毁船沉

比起其他桥塔的安装，九洲航道桥的风帆塔吊装施工面临的挑战，不仅来自自然环境，还来自施工条件的限制。由于施工区域临近澳门机场，航空限高122米，比其他各标段航空限高都要低，而九洲航道桥的主塔却高达120米。

风帆塔重约900吨，是整个桥梁工程中首次起吊的桥塔。

不过，"风帆"的吊装并非一帆风顺。

2014年7月4日，首次执行吊装任务的是中铁大桥局向广东长大租来的"长大海升号"起重船。按理说，这个可以抓起3000吨海豚塔的中国装备，吊装重量只有其三分之一的风帆塔完全不在话下。

但凡事没有绝对。在吊装过程中，谭国顺眼看着风帆塔发生偏斜，并听见它咔咔作响。说时迟那时快，他立刻命令起重船船长把船往后挪，让风帆塔离开桥体，然后下放。当距离海平面只有2米左右时，风帆塔一头扎进了海底。

回忆施工现场，谭国顺仍心有余悸。朱永灵却对谭国顺予以充分肯定："可能是销钉不够结实，幸好谭老经验老到，及时叫停，不然很可能会发生一起桥毁船沉的安全责任事故。"

事后，风帆塔柱经检测认定已无法满足设计要求，只得重新制造。经多方会议分析，"风帆入海"案被认定为意外事故，属工程保险责任范围内，中国人民保险集团股份有限公司定损合价为27142898.19元。

首次征战失利，谭国顺带领团队另辟蹊径提出了"整体竖转"提升方案，利用"正力号"起重船，先将水平姿态的风帆塔抬升至桥面的横移滑道上，然后利用千斤顶原地牵引至垂直90度。

第一步，先利用大型起重船将上塔柱整体起吊，放置在桥面预先拼装好的滑道上。

第二步，在塔梁两侧拼装大型提升吊架，并利用千斤顶缓慢提升上塔柱，同时沿滑移轨道向前滑移使其逐步竖转，直至上塔柱与桥面垂直。

为确保上塔柱精确安装到位，项目部在提升施工前做了大量工作。比如，将提升点千斤顶的布置精度控制在5毫米以内。此外，在滑道和提升结构上设置了监测装置，可通过仪器实时掌控提升过程中上塔柱竖向位移与横向位移的同步精度状况。

在第一座风帆塔吊装前，中铁大桥局二公司工区总工程师徐瑜在现场待了3天，一共睡了不到5个小时。"毕竟之前没有经验，心里没底。在竖转前，脑子里像放电影一样，把竖转过程中可能遇到的问题都考虑了。"

吊装施工从早上8点一直持续到晚上11点，随着现场指挥一句"提升到位"，现场发出一片欢呼声，不少人眼里闪烁着泪光，大家互相紧紧握手。"确实太激动了！"

2015年5月11日，九洲航道桥第二座风帆塔整体竖转提升到位，用时比第一次缩短了6个小时，九洲航道桥从此扬起"双帆"。谭国顺充满自豪地说："整体竖转属于中国首创，填补了我国钢塔上塔柱竖转施工领域的空白。"

钢塔千吨重，悠然空中来。

"中国装备""中国制造"的长足发展创新让数千吨重的钢塔、钢箱梁和墩身不再重不可及。两天架设一片梁，其架梁速度在国内外跨海大桥的建设上可谓首屈一指。

有速度，且不失精度。中国建设者们将承台墩身安装垂直度偏差控制在1/3000以内，而以前的桥梁建设允许1/100的偏差；平面偏移小于1厘米，远远超出英美等发达国家的桥梁施工标准。

实际上，大型化、装配化、工厂化和标准化是港珠澳大桥施工的四大核心理念，要确保大型构件能够精准装配，离不开一艘艘起重船舶装备。

港珠澳大桥九洲航道桥第206号钢主塔上塔柱正在竖转中（杨崴 摄）

CB05标项目经理谭国顺正在讲解港珠澳大桥施工难点,他是港珠澳大桥较为年长的建设者

港珠澳大桥九洲航道桥段（陈金 摄）

作为港珠澳大桥工程全线年纪最大的项目经理，谭国顺已经有48年的工龄，他见证了改革开放40年间中国桥梁事业的腾飞，也为中国跨海大桥事业的进步作出了自己的贡献，其间他参建或主持建设的大桥有二三十座，最终在港珠澳大桥画上职业生涯的句号。

"四十载建桥百座树丰碑，花甲年征战南海续华章。"这是中铁大桥局集团有限公司董事长刘自明在到项目部检查工作时对谭国顺的一句评价，也是谭国顺一生的真实写照。

10年前建造杭州湾跨海大桥时，2000吨位的起重船只有1艘，而建设港珠澳大桥时有5艘，且全部为国产，最终接头时还用到了1.2万吨的起重船。先进的思维方式和生产方式，最终要靠国力的综合提升来实现。

抚今追昔，谭国顺充满感慨地说："20世纪90年代，国内起重船只有百吨左右的承载量，如今中国起重船已达万吨级承载量，中国企业已跻身全球最顶尖的起重船制造者行列。"

1942年出生的陈韶章是伴随中华人民共和国成长起来的工程师，曾担任广州市地铁总公司副总经理兼总工程师，带着赤诚与热爱一直担任港珠澳大桥管理局顾问。他说："按照以前单靠人力是无法完成世界级跨海大桥的，港珠澳大桥是一个拼装备、拼技术的项目，现在我国的综合国力为大桥建设提供了保障。"

第六章　零经验起步人工岛如何"速成"？

老将出征：一事无成？无事不成！

港珠澳大桥采用的是全桥方案，还是全隧方案，抑或是桥岛隧方案？在初步设计阶段，一时争论不休。

隧道专家提出，可以采用全隧方案。

桥梁专家认为，应该采用全桥方案，看得见摸得着，还能形成景观。

隧道造价太高，隧道单位里程的造价是桥梁的三四倍。在工程可行性研究单位首轮比选中，全隧方案便被直接否决。

在征求各方意见时，广州港务局提出，伶仃洋航道是珠三角的主航道，关系未来广州航运业的发展。港珠澳大桥建成后必须满足未来30万吨级邮轮通过的需求。

香港国际机场也提出意见，伶仃洋航道上空每一分钟至少有一架飞机起飞和降落，一天有近1800架次航班进出空港。

"依广州港务局提出的意见，港珠澳大桥修建高度需要超过80米限高，要跨过伶仃洋航道，大跨度就要竖立200多米高的桥塔，但如此高的桥塔，肯定影响香港国际机场飞机的起降。"港珠澳大桥总设计师孟凡超向专家组和盘托出自己的意见，在通航和航空限高双重"夹击"下，全桥方案成为不可能。

此时，广州军区也提出了战略性的意见：如果桥梁在遭非正常破坏的情况下坍塌，伶仃洋航道将封航。这不仅影响商船的通过，军方的舰艇也会被阻隔在外，这关系国家的防务安全。

2015年4月2日,桥隧组合方案在港珠澳大桥第五次协调小组会议上通过。孟凡超解释说:"对粤港澳三地来说,主体工程桥岛隧方案不是最佳选项,但却是三方政府都可以接受的方案。"

这是一条穿越伶仃西航道和铜鼓航道、全长6.7公里的隧道,将打破在外海施工的禁区。对中国工程师来讲,如果说港珠澳大桥的桥梁建设是由好到更好,那么6.7公里长的外海沉管隧道建设就是成与不成。

英雄不打无准备之仗。

为了确保公司中标,从2005年开始,中国交通建设股份有限公司(简称"中国交建")总工程师林鸣一面保持着与前期办的紧密联系沟通,了解工程需要的技术储备;一面带领团队去全球各地隧道工程考察调研,并寻求国内外顶尖企业合作。

读大学前,林鸣当过3年农民、4年工人,曾经到工厂做学徒,拿着锉刀、锯条,练习锉、锯、凿、刨等基本功,学当铆工和起重工,随后到西安交通大学接受了为期半年的化工方面的培训。恢复高考后的1978年,林鸣在工厂里一边工作一边复习,考入了交通部下属的南京航务工程专科学校,从此步入了如今为之奋斗大半生的交通建设领域。

珠海对林鸣有着非同一般的意义。20年前,林鸣来到珠海,首次以项目指挥长的身份,完成了职业生涯中的第一座大桥——珠海淇澳大桥的修建。这也是被搁浅的伶仃洋大桥计划的一部分。

没想到,今天历史再一次选择了他,机会再一次眷顾于他,他也紧紧抓住了这个历史机遇。港珠澳大桥管理局副局长余烈事后说:"林鸣势在必得,相比中国铁建和中国中铁,他的参与度更高,提供的方案也更契合工程特点。"

当然,林鸣团队也具有更独特的优势。中交公规院不仅是港珠澳大桥工程可行性研究报告的编制单位,也是港珠澳大桥初步设计负责单位。他们本就属于中国交建。

要建造港珠澳大桥沉管隧道,三大难点摆在了林鸣面前:在港珠澳大桥之前,全中国的沉管隧道工程加起来不到4公里;这是我国第一次在外海环境下建沉管隧道,可以说是从零开始,从零跨越;技术力量不够,经验储备也不够。

"隧道工程是港珠澳大桥最具挑战性的一部分。100多年来,全世界建了不到200条沉管隧道。其风险就在于所有的安装对接都在水下进行,不能目测。"林鸣回忆说,"如此大规模隧道工程如果施工环境不错也还好,但要命的是偏偏在如此复杂的海域。"

林鸣出发了。首站是韩国釜山,那里有他想要了解的釜山—巨济跨海通道。

那是2006年,韩国企业热情接待了林鸣一行,并陪同前往隧道参观。韩国工程师告诉他们,整个隧道在安装时全靠欧洲人提供支持,每到沉管安装时,荷兰公司的30多位工程师飞抵釜山,负责沉放对接,完成后再飞回荷兰。

要铺设沉管,需要整平海床地基。靠人工当然不行,必须依仗大型设备——抛石整平船,那是一种关系沉管地基牢固度的核心装备。然而,林鸣费尽唇舌,对方也不愿带领考察团登船参观。他只能远远地拍一张抛石整平船的照片就离开。

这是一个完全未知的领域,中国人第一次在外海做沉管隧道。难度空前,每一步都有难以预料的风险。釜山归来,林鸣更加坚定一个信心:"港珠澳大桥一定要找到世界上最好的、有外海沉管安装经验的公司来合作,把工程风险降到最低。"

2007年,荷兰阿姆斯特丹,林鸣慕名而来。

他在寻求与荷兰一家世界顶尖隧道工程咨询公司合作的可能性,希望引进他们的技术和经验,解决港珠澳大桥岛隧项目的技术难题。在会议室,对方公司高层表达了合作的兴趣和意向,同意提供20多人的团队负责沉管浮运安装施工技术咨询,不过,他们开出的咨询费是1.5亿欧元,相当于15亿元人民币。

15亿元咨询费!这可不是一笔小数目,要知道港珠澳大桥岛隧工程沉管部分的预算才6.3亿元人民币,面对捉襟见肘的工程预算,林鸣难以接受对方公司的漫天要价。

林鸣讨价还价，让翻译转达："那我们把合作精简到最需要的一部分，开价3亿元人民币干不干？"

对方感觉不可思议："那我给你们唱一首祈祷歌吧！"

"什么歌？"

"给你们唱首祈祷歌！"

这个出乎意料的回答强烈地刺激了林鸣的民族自尊心。言外之意，中国人想自己建海底沉管隧道，去向上帝祈祷吧。

其实，荷兰公司也希望获得这一订单，谈判期间甚至将价格降到了7000万欧元。但他们没想到中国在浮运安装部分的预算如此之低，让他们难以接受，对方在谈判破裂时放话说："你们要是干不成再找我们，可就不是这个价了！"

林鸣后来回忆说："从国际工程市场来看，对方公司也并未漫天要价，他们也深知港珠澳大桥岛隧工程施工的难度。15亿元人民币，这是他们对自身知识价值的定价。"

釜山—巨济跨海通道的胜利又何尝不是荷兰人的庆典。韩国人花了1.3亿欧元请荷兰人帮助做沉管浮运安装，实际上沉放船上操作的都是荷兰人，韩国人根本进不了主控室，接触不到核心技术。

林鸣乘兴而来，败兴而归。这个主持建造了中国第一大跨径悬索桥——润扬大桥的负责人辗转反侧，思虑万千。这不仅仅是1.5亿欧元的问题，1.5亿欧元买不回核心技术。只有走自主研发的道路才是掌握核心技术的根本途径。

与荷兰这家世界著名隧道公司谈判失利给林鸣招来了巨大压力。由于之前与这家公司的标前战略合作协议是排他性的，意味着不能再找其他外国公司合作，只能自己独立完成。

在林鸣的案头，摆着一本《红旗渠的故事》。20世纪60年代，林县人民战天斗地，劈山凿石，修建了举世闻名的人工天河——红旗渠。这种自力更生、艰苦奋斗的红旗渠精神成了林鸣的精神食粮。

逐梦港珠澳大桥

"修建港珠澳大桥，我们遇到了无数问题，但是没有一个问题是绕过去的，都是闯过去的。"林鸣说。

在中国交建的全力支持下，林鸣决定组建自己的沉管安装团队，同时请一些国外专家做顾问，以个人的方式进行合作。凭着一张3年前国外公司在网上公开发表的沉管隧道产品宣传单页，林鸣带领团队开启了世界级顶尖难度的技术攻关。

投标的日子终于到了。

在夜色的掩映下，林鸣只身来到广州。他没有事先通知地方公司迎接，径自走出白云机场，上了一辆出租车。每临大事有静气，他需要低调行事。

车子疾驰，不经意间，林鸣看了出租车司机的名字。

"张无成！无成？一事无成？"林鸣紧张了起来，他隐约感受到了某种暗示，立即便联想到了标书，"莫非是一种信号？！"

"你们务必再检查一遍标书，确保万无一失。"林鸣拿起手机就打给了团队。

没过多久，林鸣接到了回复。标书果然有错，错在标书封面，其上注明了中国交建的相关信息，而这是明确禁止的。犹如高考阅卷，试卷上不可出现考生名字，否则作废。

"标书可不是一两本，一个细节的改动让团队彻夜修改。"林鸣回忆说。

2010年11月25日，港珠澳大桥主体工程岛隧工程设计施工总承包招标评标结果公示结束，港珠澳大桥管理局向中国交通建设股份有限公司牵头的联合体正式发出了中标通知书。

本次招标中标价为131亿元，是迄今为止我国交通基础设施工程标的额最高的一个标。资料显示，中交联合体总牵头人为中国交通建设股份有限公司，六大成员有中交公路规划设计院有限公司、AECOM Asia Company Ltd.（艾奕康有限公司）、COWI A/S（丹麦科威国际咨询公司）、上海城建（集团）公司、上海市隧道工程轨道交通设计研究院、中交第四航务工程勘察设计院有限公司。

"天意啊！"林鸣事后对外披露了这一插曲，笑言，"原来不是一事无成，而是无事不成。"

资料显示，中交联合体的投标价是131亿元，中铁建联合体的投标价是127亿元，中国中铁联合体的投标价是130亿元。

余烈回忆说："打破'价低者得'惯例的背后，正是我们对中交联合体的技术经验储备的看重，超级工程不能仅仅考量价格因素。"

2010年11月，林鸣正式出任港珠澳大桥主体工程岛隧项目部总经理。这是中国交建历史上少有的由高层领导担任一个项目的总负责人。

刘晓东被林鸣委以重任，担任岛隧项目设计总负责人。港珠澳大桥项目筹划以来，从工程可行性研究阶段，到初步设计，再到技术难度最高的岛隧项目，刘晓东一直在负责设计工作。

刘晓东是"被迫"成为设计总负责人的。

当总经理林鸣将这一重担交给刘晓东时，刘晓东没有马上应允。毕竟，从东南大学公路与城市道路工程专业毕业后，他就一直跟江海上的桥梁设计打交道，岛隧工程对他来说是一个完全陌生的领域。

"心里没底。"但对这一世纪工程的渴望，对未知领域的好奇与探索，最终吸引了刘晓东，"道中有术、术中有道，路桥相通、桥隧相通，更何况团队还有众多高手，大家可以取长补短。"

如果说林鸣是岛隧工程的统帅，那么刘晓东就是军师。谋设计之功，集施工之力，设计施工珠联璧合，携手开创了港珠澳大桥建设史上史诗级的篇章。

钢圆筒制作

第七船钢圆筒运往珠海（沈道峰 摄）

首个钢圆筒筒内照片（陈维仑 摄）

中部 / 长风**破**浪会有时　　121

钢圆筒入水自沉

钢圆筒筑岛:"水豆腐"变"豆腐干"

摊开图纸,面对茫茫伶仃洋,林鸣没有任何岛屿可以利用。建隧道意味着先筑岛,一头牵着桥梁,一头引向隧道。东、西两座海中人工岛就相当于桥与隧的"转换器"。

前期勘察发现,港珠澳大桥筑岛之地,水下有15—20米厚的淤泥,被岛隧工程设计负责人梁桁形象地比喻为"水豆腐"。

"如果采用抛石斜坡堤法或重力沉箱法等传统施工方法,石头和沉箱抛入淤泥后,摩擦系数太低,容易滑动溜走。"梁桁介绍说。

面对困境,有工程师建议将"水豆腐"挖走或用"排水固结"的方式将"水豆腐"变"豆腐干",林鸣慎重考虑后拒绝了这些提议:"这意味着要清理800万立方米的淤泥,相当于堆起3座胡夫金字塔。"

"海上工况更不允许。"林鸣说,"伶仃洋航道航运密集,传统施工方法将给附近水域带来大量施工船舶,容易造成堵船事故,碰撞在所难免,而且还会对海洋环境造成毁灭性污染,威胁白海豚的生存空间。"

逢山开路、遇水架桥。在一次技术交流会上,一个奇思妙想闪过林鸣的脑海。"何不把一个个大圆筒插入海床固定,再填沙围成一个岛?"当林鸣提出自己的想法时,团队一度认为这是异想天开。

林鸣的灵感来自一次日本之行。那时,他在一家博物馆看到一幅东京湾横断公路图,里面有一个离岸岛,用的就是钢圆筒。深受震撼的林鸣一直梦想着,"如果将来在中国的工程中也能用上钢圆筒就好了"。

一个华灯初上的夜晚,百思不得其解的林鸣赶到了中交四航工程研究院设计大师王汝凯的办公室。王汝凯是当时我国为数不多的有过大圆筒结构实践经验的工程设计大师。20世纪90年代，他曾将钢圆筒振沉工艺用于广州南沙大酒店的护岸工程。

"这是个大胆的方案，好多人都不理解，也不敢接这个茬。王大师你有没有兴趣？"林鸣邀请王汝凯加入攻关队伍。

"这是一个好主意，但能不能行还不好说。"王汝凯告诉林鸣，"我国总共就只有这两次圆筒振沉经验，其中一次还以失败告终。"

"为何不再试一次？王大师，我可以给你3个月的时间去证明钢圆筒施工不可行！如果证明不了，咱们就开干。"林鸣使用激将法刺激王汝凯做反向研究。

已年过七旬的王汝凯接受了挑战。他同中交四航工程研究院总工程师、全国水运工程勘察设计大师卢永昌等人一道，在4个月的时间里，向8个课题发起猛攻，涉及钢圆筒稳定机理及计算、振沉工艺、止水等，并形成了完整的初步方案。

方案一旦确定，一项项新科研难题便接踵而至。

人工岛，一边牵着桥梁，一边连着隧道，它的沉降变形关系到港珠澳大桥120年的使用安全。根据设计要求，沉降需小于30厘米。

控制沉降，岛壁四周地基的加固就显得至关重要。但要在入土深度达23米的"水豆腐"上加固谈何容易。工程师们想到了挤密砂桩。何谓挤密砂桩？砂桩其实不是桩，而是一种复合地基的处理方式，可以让软硬不一的海底基床实现加固。

如果您是专业读者，可以这样理解：其原理是利用振动锤将套管振动打至规定土深，向套管内投入砂子，通过套管的反复起拔和下压并施以振动，使砂子被振压密实，从而形成砂桩。

由于砂桩的置入挤密了砂桩周围较为软弱的土层，砂桩与挤密过的软弱土层共同作用形成复合地基，从而增大了地基的强度，提高了地基承载力，防止地基发生滑动破坏。

挤密砂桩对船机设备要求很高，技术起源于日本。不过，在洽谈中日本人表示只愿出售船只，涉及关键的控制系统却不愿输出，只表示可以代为施工。

港珠澳大桥承载着中国科研的使命，更是开展科研的最大舞台，它犹如一个天然实验室，为何不以大桥为依托，开展技术创新呢？中国工程师们就是这么想的。

中交三航局副总工程师时蓓玲承担起了这一艰巨的攻关任务。中交三航局因"桩"而闻名业界。早在2006年，就研发出了第一条国产化的挤密砂桩船，并成功在洋山港工程应用。但现有的砂桩船显然无法满足港珠澳大桥的60米水深和特殊的地质条件。

作为"外海厚软基桥隧转换人工岛设计与施工关键技术"课题负责人，时蓓玲团队需要为研发新一代国产化挤密砂桩施工船而战。根据施工安排，他们需要研发3艘砂桩船。

时蓓玲介绍说："这套新型船机设备需配上一整套强大的系统，需集砂料运输、砂料提升、双导门进料、振动锤、桩管、压缩空气、施工自动化控制等七大系统于一身。"

控制系统无疑是整个砂桩船的"心脏"。下砂量的控制、置换率的控制、标高的控制都需要一套完备的控制系统。经过一年多的研究，时蓓玲团队最终如愿以偿。

作为砂桩船最核心的装备，工程对振动锤的功率要求极高，而一味加大振动锤的功率，轴承温度过高就会自动停止。团队又专门研发出一套冷却系统，保证了振动锤能在工期紧张时实现24小时运转。

2011年7月，时蓓玲团队带着"三航桩6号"进驻施工现场，并在距离东人工岛300米处进行工艺试桩。

试验当天，意外却发生了：一个传感器坏了，一根电缆线断了，几粒沙子挡住了导门，甚至连控制系统都死机，施工一度陷入停滞。

开会讨论时，有人向时蓓玲提出："还是去请日本专家来把把脉吧。"

时蓓玲深吸了一口气，稳了稳情绪，对大家说："行百里者半九十，这个关口去找日本人就失去了一次自主创新的机会。而我百分之一百相信我的团队，自己开发的程序，自己知道所有的源代码。"

横下一条心，顶着巨大的压力，时蓓玲带领团队开始对控制系统进行细节调整，每天待在船上对各个环节进行检查、排错和完善，一系列问题得到圆满解决。专业的检测机构对所打砂桩进行了标贯和取芯检测，检测结果没有发现断桩，且标贯结果完全符合设计要求。

"这套控制系统，可以自动生成当天的施工报表，实现所见即所得。"时蓓玲充满自豪地说，"仅东人工岛施工期间就打下1万多根挤密砂桩，为岛体加固立下了汗马功劳。"

绕地球一圈：小心驶得万年船

钢圆筒直径22米，其截面积几乎相当于一个篮球场。高在40.5—50.5米之间，差不多14—17层楼高。预制如此巨大的钢圆筒也是中国制造业史无前例的。

振华重工承担起了这个超级任务，它需要在9个月完成120个钢圆筒的制作。

作为中国交建的重型设备制造企业，振华重工在上海长兴岛建成了全国最大的钢结构制造中心，其生产的集装箱起重机、门式起重机、工程船舶等，一直占据全球港口机械75%的市场份额。

模具被称为工业之母，产品进入流水线生产前需要先开模。但如此体量的"巨无霸"，世界上尚无任何一个卷板机和模具能够一次完成钢圆筒的制作。

中国工程师们创造性地将钢圆筒分解成上、下筒体，共72块板单元，然后再一组组拼装、焊接完成。矛盾也随之而来：分解的数量越多，拼装误差的概率就越大，而钢圆筒的误差需要控制在3厘米以内。

这无疑是一次对中国制造精度的超级考验。但这些考验都没有难倒中国工程师们。

逢山开路，遇水架桥。工程师们在拼装时想到了内胆——一种可以防止钢圆筒变形的钢结构胎架。72块板单元在钢胎架的控制下一片片贴上去，直和圆的问题就都有了保证，误差也降到了可控范围之内。

板单元生产、卷圆固定、场外拼装、筒体总装、环形埋弧焊，一系列工艺工序逐步确定。2011年3月，钢圆筒正式开始制作，2个月后，港珠澳大桥第一个钢圆筒正式完工。

当见到图纸上的数字变成了眼前的庞然大物，工程师们无不震惊：制造完成的钢圆筒单体重约550吨，体量类似于一架空中客车A380飞机，在长兴基地犹如一座山峰。

如何将这一座座"山峰"运输到1600公里以外的伶仃洋上，也成为一次艰巨的考验。这不是一般的远洋航运。

振华重工将7万吨到9万吨的远洋运输船改造成了钢圆筒的运输船，这也是振华重工首次将远洋运输船运用到大型工程上。

重量还不是最大的难题，运输需跨越3个海区，需随时应对频发的台风，以及存在航行视线被遮挡、大船现场定位难等问题，每一项困难无疑都是致命的。

林鸣回忆说，当时不少人在心里打起了退堂鼓，怀疑大型钢圆筒漂洋过海的可行性。日本顾问也对海运表示难以置信，并力劝他放弃钢圆筒方案。

不过，林鸣在一次次会议中力排众议，一锤定音："我相信振华重工的实力！"

小心驶得万年船。振华重工制订出了包括防台风方案在内的一整套完整船运设计方案，并委托第三方运输研究所对其进行复核。交通运输部总工程师周海涛听了钢圆筒运输方案汇报后，赞扬道："内容翔实，数据充分，非常有说服力。"

就这样，8个钢圆筒一船，工程师们在轮船甲板上每隔15度设置一个三角板焊，形成一圈绑扎件，将钢圆筒固定在轮船上，使两者成为一个整体。

为了完成此次超常规的运输任务，振华重工在船头安排24小时瞭望人员,保证视线无障碍,同时每船增加一名经验丰富的指导船长随船,保障航行安全。

穿过春夏秋冬、扛过台风暴雨,每一次振华重工运输船运载钢圆筒到达目的地后,林鸣必定登船慰问。这是他给自己的一个承诺,必须遵守。

"每一船都是第一船,小心才能驶得万年船。"2011年11月30日,当最后一船围护钢圆筒由"振华16号"运抵珠海时,林鸣充满自豪地说:"为了东西人工岛,13船钢圆筒'安然准时'海上航行了48000公里,可以绕地球一圈了!"

无言的战友:天下第一锤

如何将硕大的钢圆筒振沉到30多米深的茫茫海底呢?

2002年,中国曾在长江口进行过一次振沉式大圆筒的试验性施工,圆筒直径12米,混凝土结构。尽管振沉是成功的,但由于水流和地质等因素影响,圆筒最终倒掉了。一年多之后的广州南沙,虎门大桥下游的一个护岸项目也采用了振沉式钢圆筒方式,圆筒直径13.5米,筒与筒之间出现了漏沙渗水问题,甚至有些圆筒有变形问题。

"国外的案例无法照搬复制,国内的经验只是初步探索。直径22米的大圆筒,如何能沉入深海,并保证不漏沙渗水?"林鸣果断决策,要在外海采用振沉式钢圆筒结构形成人工岛,他们必须整合全球资源,完成一次从技术体系、装备设备到施工手段上的彻底革新,这是只能成功不许失败的探索。

2010年7月,岛隧工程项目部成立了由李一勇任组长的课题组,他们向全球发出了联合开发振沉系统的邀请。53岁的李一勇是中交第一航务工程局总工程师,2014年他获得"全国水运工程建造大师"称号。

经过对美国、荷兰、日本等国家的多家公司的比选考察,岛隧项目部最终决定与美国APE(美国桩基设备)公司联合开发世界上最大的振动锤组——APE600液压振动锤组。

这是名副其实的"天下第一锤",八锤联动释放的激振力达到3960吨。这也是融入了当代多项国内先进技术而装配的振沉锤组。APE600液压振动锤的工作原理是:锤子左右"磨豆浆",磨软了再往下打。

"振沉设备必须做到八锤高频低振幅地联动,并实现液压、电、机械同步。一台锤不同步,钢圆筒就无法穿透土层。"李一勇介绍时,言语间透着欣慰和自豪。

为了尽快推进振沉系统的试验和运用,岛隧工程建设者们分别在西雅图、上海、天津和珠海4个地方设置了工作点,开展同步研发和调试。

钢圆筒的振沉必须保证精度,否则筒与筒之间的副格将无法插入。副格是连接两个钢圆筒的重要组成部分,具有止水围护的功能。打设副格,如穿针引线。

为了实现高精度的振沉,老所长邵蔚被委以重任。作为中交一航局港研院施工技术与自动化研究所负责人,邵蔚带领团队创造性提出了GPS(全球定位系统)和全站仪定位系统相结合的定位构想,经过近两个月日夜颠倒的苦熬,钢圆筒打设定位精度管理系统面世。

振沉系统为钢圆筒的振沉提供了高精度的定位,可是此次采用的国际首例"八锤联动"的振沉方式又存在一个新的难题——对振沉过程中的钢圆筒倾斜角度的掌握。这个难题在以往的施工中可能影响不大,但是在港珠澳大桥人工岛的施工中却有着关键性的影响。

试想什么样的仪器能够在8台APE600液压振动锤同时冲击的环境下长时间提供可靠的数据呢?普通的倾角测量仪器肯定会被震得粉碎。他们绞尽脑汁,产生了采用超声波液位计的灵感,这个设备精度可以达到毫米级,受震动环境的影响也不大。

但在模拟试验中,他们发现液位计里的水在受到冲击后,起伏居然高达十几厘米,无法得出准确的数据。经过反复试验,最终决定采用一种特殊的油料代替水,这个问题迎刃而解。

八锤联动方案在天津的试验也曾差点毁了整个钢圆筒筑岛计划。

那是一个冬天,在试验过程中,大锤一开动,副格就被振裂,仿佛撕纸一般。屡次试验,凡振必裂,就这样整整"撕"了一个星期。

工期日益逼近,钱也花得心疼。如果试验不成功,人工岛将成为泡影。此时,连林鸣也开始怀疑这项技术是不是老天爷不让中国人开发成。

就在所有人都濒临崩溃时,钢圆筒被查出是美国人搞错了,同步齿轮标准都是31,他们把其中的一个弄成了32。

当美国人把齿轮调换过来,再试立即成功。试验现场,30多个汉子抱头痛哭。那是无数次绝望后的喜极而泣,是濒临绝地后的一次胜利反击。

2011年4月12日,从美国发出的21个集装箱陆续到达振华重工现场。振沉班组仅用10天就完成了振沉系统的整体组装,比预计时间整整缩短了1个月。23日,振沉系统空载试振一举成功。

养兵千日,用兵一时,所有的试验只为那关键一战。经过6天6夜的日夜奋斗,长82米、宽28米的"振驳28号"船载着整个锤组系统和第一个钢圆筒在2011年5月8日来到了施工海域。

"80后"李凯随船到达施工现场时,看不到彼岸繁华的香港,只有那朦胧的大屿山和永不停息的海浪发出的涛声。第一天,伶仃洋就给船舶班组送来一个"见面礼"。

当天下午5时左右,在海流、暗涌作用下,李凯突然发现船舶走锚了。这是船舶定位最危险的状况,况且船上装着巨大的钢圆筒,如果迟点发现就有可能偏离航线、搁浅或发生碰撞其他船舶的危险。

"呼叫交工71""呼叫锚艇168",一场抢险迅速展开,但船还是不能完全稳住,三航拖6001也赶紧前来"保驾",经过一番紧张的忙碌,直到晚上10点多才成功抛下新的定位锚。此时,李凯6人早已饥肠辘辘,一餐方便面后,钻进集装箱铁皮房倒头就睡。

随后是为期一周的设备调试。5月15日，伴随着一场小雨，港珠澳大桥西人工岛的第一个钢圆筒终于迎来它的终极使命，经过5个多小时的起吊、振沉，如定海神针般沉入海底30多米的深处，振沉垂直精度达到1/1000。

"大孟，立即写一篇文章刊登在项目网站上，以《每一个都是第一个》为题。"钢圆筒施工现场，当同事们欢呼雀跃时，林鸣从背后一把拉住了孟凡利。

孟凡利，岛隧项目Ⅰ工区常务副经理，被人们称为西人工岛的"岛主"。思绪在孟岛主脑海中翻飞，带他回到了历历在目的过往现场。那时，当他接到电话要负责港珠澳大桥西人工岛工程的时候，公司已为他订好了飞往珠海的机票，不容他有半点商量回旋余地。

是啊，每一个都是第一个，每一次都是第一次。每一次振沉孟凡利都严阵以待，每一次振沉他都提心吊胆。因为每个钢圆筒都面对着不同的天气、潮流和地质情况，振沉前必须超前思考、周密部署。

Ⅰ工区副经理郭保华每天起床后，首先想到的都是振沉设备；每次振沉前，他都会认真检查振沉系统的各项性能。为确保设备能胜任高负荷的施工任务，林鸣从大局着眼，将振动锤的保养列为工作重点，并与Ⅰ工区项目部签订振动锤正常使用考核责任书。

一天下午，郭保华正组织对锤组进行振沉前的紧张检查，眼看着施工窗口时间马上就到，一旁的年轻技术员有些不耐烦："上午施工完成才对锤组进行了检查，现在还有必要再查一遍吗？"

郭保华的脸一沉："不管检查程序有多少遍，没有一次是多余的。身为技术人员，心里绝不能有一丝一毫的侥幸，这既是对工程负责，也是对自己负责。"

渐渐地，振动锤成了年轻技术人员的"心肝宝贝"。8个复杂的振动锤、40根胳膊般粗的油管、400个接头，他们日复一日，从不遗漏任何一个检查环节。直到拆卸前，该锤组仍光洁如新。

"在实践中,'每一次都是第一次'渐渐成为了岛隧项目部的核心文化理念。"林鸣说。

工欲善其事,必先利其器。大型工程建设必须要投入精良设备。建设者们不会忘记那221个振沉的日日夜夜,更不会忘记与他们同甘共苦、共创奇迹的船机设备。

在钢圆筒振沉战役中,"振浮8号"与"振驳28号",一个负责起重,一个负责定位,两者相互辅佐,共同完成了东西人工岛120个钢圆筒的全部振沉任务。

秦汉文是突然被上级任命为"振浮8号"船长的。当他带领21名船员到达港珠澳大桥西人工岛施工海域时,伶仃洋已到了炎炎夏日。为了凉爽,他们习惯性地穿了短袖。几日过去,看着彼此身上被晒到脱皮的皮肤,他们又无奈地穿上了长袖。

每一船钢圆筒振沉时,振华钢圆筒运输项目经理部经理姚正华,必定会前往"振浮8号"现场。每一船钢圆筒运抵时,他都要亲自乘起锚艇指挥协调系浮驻位工作,在温度高达50摄氏度的甲板上一待就是两三个小时。

年近五十的他,工作起来却与年轻人无异,为了靠前指挥,他在轮船上爬上爬下,在船与船之间跨来跨去,皮肤早已跟船员一样被海风吹成了古铜色。

上下一心、精诚合作,钢圆筒振沉终于在8月27日创下了日沉3个的世界纪录。

9月11日,伶仃洋海面彩旗飞扬、鞭炮齐鸣,西人工岛最后一个钢圆筒完美入海,61个钢圆筒形成了坚实的壁护——西人工岛成岛。在落日的余晖中,建设者们看着蚝贝形的钢圆筒人工岛,一种从未有过的满足感油然而生,多少艰难困顿都随海风飘散。

每一次海上施工都是人与大自然的斗法,不容有半点掉以轻心。钢圆筒振沉期间,最为棘手的问题出现在东人工岛施工上。

由于东人工岛更靠近深水区,地质更为复杂,埋深较浅且厚度较大的黏土层导致振沉中钢圆筒定位比较烦琐,原来西人工岛只需短暂时间即能完成的步骤,在东人工岛却显得尤为繁复。

在9月22日东人工岛首筒振沉当天,振沉不久,钢圆筒就出现偏位。这可急坏了施工人员,一双双焦灼的眼睛,目不转睛地盯着钢圆筒上的刻度线。

此时,台风"纳沙"正直逼珠江口,而"振华23号"上仍有钢圆筒尚未振沉。现场所有人都绷紧神经,他们必须在台风来之前将钢圆筒全部振沉,让"振华23号"返航以避开台风。

为了彻底攻下这一难关,林鸣多次专门召开讨论会。项目部决定将原来的单纯自沉定位改进为自沉与点振相结合的定位方式,并结合施工区域地质情况,持续改进工艺,保证东人工岛振沉施工稳步推进。

实际施工中,当钢圆筒自沉至黏土夹层顶面时,钢圆筒发生倾斜,指挥长下令停止自沉,并将钢圆筒上拔,直至垂直度和偏位满足设计要求后,继而采用开锤振沉的方式,不断调整扒杆变幅和左右钩的吊重,直到振沉成功。

与台风赛跑,他们最终跑赢了台风。参建人员战风斗浪、严细组织、一鼓作气,"一日三筒""日沉六格""一月三船",纪录不断刷新。

2011年12月7日,东人工岛最后一个钢圆筒合围,两周后,第242片副格稳稳插入海底。建设者们历经221个风雨日夜,造就了"当年开工,当年成岛"的工程奇迹,完成了曾经以为"不可能完成的任务"。钢圆筒技术由此也在我国重获新生。

钢圆筒全部打下后,还要抽干内部海水,填入200万立方米海砂,并进行深层地基排水固结等一系列处理,排出内部海水,夯实压紧达到设计要求的基础强度。钢圆筒外围则抛石加固,形成挡浪墙,安装扭工字块,守护着人工岛。

12月21日是特殊的一天。一年前,岛隧项目签订施工合同。一年后,粤港澳三地政府共同组织成岛仪式,祝贺中交联合体岛隧项目部实现"当年开工、当年成岛"的目标。

此时,不远处的"振驳28号"上的八大锤威武雄壮,远远望去像一头静卧在伶仃洋上的雄狮。饱经风雨的八大锤是港珠澳大桥建设的功臣,是中国科技创新的符号,是大桥建设的见证者、参与者。

岛隧项目部党委副书记杨增林陪同林鸣一起登上"振驳28号",并与八大锤合影,留下永久的纪念。站在大锤前,林鸣凝视许久,抚摸着锤头不忍离去。

面对着这个为人工岛建设立下赫赫战功的"无言工友",林鸣在心底默默地说:"辛苦了,今天来慰问员工,也是来看看你,大桥建设者是不会忘记你的。"

船徐徐开出,人们不时回头看看大锤。大锤就要光荣退役,它一声不吭,静静地等待被"处理"。一想到将有人拿着焊枪对大锤进行切割、拆卸,大家更有一种道不明的滋味。上船前,人们欢声笑语,这时,却静默无语。

"八大锤就这样结束了它的使命?它昔日的辉煌与现今的境遇相比,落差怎么如此之大?就像老兵退伍,两年下来,人熟了,感情深了,成为老兵了,却该复员了。战友们彼此有可能一辈子再也见不上面了。"在返回施工总营地的路上,杨增林陷入了久久的沉思。

林鸣安慰说:"八大锤,不能只看它的现在,要看它的影响和价值。虽然它只工作了200多天,但却留下了深海施工难得的宝贵经验。到目前为止,八锤联动是世界上最大的振动锤组,也是最成功的锤组,在全球水工作业中名列前茅。"

杨增林沉默不语,心里想着:"八大锤,无言的工友,你太累了,该休息休息了。我们项目上还有很多有声的无名英雄,他们还在默默地工作着。"

2011年5月15日，Ⅰ工区首个钢圆筒振沉完毕后起锤

2011年12月7日，东人工岛最后一个钢圆筒准备振沉

2012年5月6日，西人工岛全景

第七章 "千人走钢丝"成就滴水不漏沉管隧道

"香港工程界要向你们学习！"

2015年12月，港珠澳大桥隧道工程迎来一位特殊的客人——香港土木工程拓展署前署长刘正光。

来访前一天，他给林鸣打电话："参观隧道需不需要穿雨衣和水靴？"

林鸣答："完全不需要！"

第二天，刘正光没有穿雨衣，但还是有点不放心，特意穿了一双雨鞋。随后刘正光从西人工岛进入隧道，从入口处乘坐电瓶车，一直到达E24沉管处。

出乎他的意料，24节沉管的192个接头没有一点渗漏的痕迹，整个隧道内没有"雨"更没有"河"，甚至连水印都没有。

走出隧道，他紧紧握住林鸣的手，竖起大拇指说："滴水不漏啊！我还没有看到过海底隧道不漏水的沉管。"

港珠澳大桥打破了常规，给刘正光呈现了一个全新的局面。要知道，全世界节段式沉管漏水率平均值为10%左右，10个接头中有1个漏水，目前尚没有沉管隧道100%不漏水的纪录。

刘正光被称为"香港桥王"，是获得英国桥梁硕士学位的第一位华人，获过我国桥梁工程界的最高奖——茅以升奖，曾设计建造了香港青马大桥、汲水门大桥、汀九大桥等世界级桥梁。

他对林鸣说："你们做到了！香港工程界要向你们学习！"

全长6.7公里的港珠澳大桥沉管隧道不仅世界最长，还属于外海深埋隧道，其最深处在水下达40多米、海床下达20余米，而国际既有案例均为浅埋，都是贴着海床或者河床面建设的。

深埋与浅埋，一字之差，意味着对既有沉管结构体系的挑战。

过去沉管制作只有刚性和柔性两种结构。刚性结构，犹如一整条长积木，优点是接头少、漏水概率低，劣势是如果受到压力，面对不均匀沉降，沉管容易开裂漏水；柔性结构，好比由小积木组成的长积木，应对不均匀沉降具有优势，但缺点是接头多，容易漏水。

中国工程师们通过大量计算分析发现，在20多米的覆盖层下，采用传统的刚性或柔性结构体系，沉管结构安全都得不到保障。面对这样的难题，国际隧道专家提出两种"深埋浅做"的方案：一个是在沉管顶部回填与水差不多重量的轻质填料，这需要增加10多亿元预算；另一个是在120年运营期内通过维护性挖泥，控制回淤物厚度，这需要花费数十亿元的维护费。

"深埋浅做"的两种方案都是从减轻隧道上方荷载的角度考虑，但这两种方案都花费巨大，而且工期不可控。林鸣于心不甘，直觉引导他应该从结构体系的角度进行研究，然而整整一年都没有什么进展。

念念不忘，必有回响。

一天夜里，躺在床上的林鸣辗转反侧，一个又一个画面在眼前交替出现，忽然看见一排管节散成了一堆，就那么七零八落地躺在海底，林鸣一下子从梦中惊醒。脑子里突然蹦出一个念头："如果刚和柔都不行，能不能搞一个半刚性结构来解决问题？"

"尝试一下半刚性吧！"第二天一早林鸣给刘晓东发来短信。那是2012年11月7日凌晨5点。

"什么叫半刚性？"刘晓东一早醒来，看到"半刚性"时蒙了。桥梁工程出身的刘晓东本能地想到了高速公路路基"半刚性"概念，却从未想过沉管隧道如何"半刚性"。

林鸣提出了自己的构想：半刚性结构，即将180米长的沉管分为8个小节段来制作，然后用钢绞线将它们串在一起。犹如用小积木块拼成长积木的同时，在每两节小积木中间用松紧带连接起来，让它们实现既有分离又有联系。如此一来，港珠澳大桥沉管隧道既避免了刚性结构的整体式沉管的缺陷，也避免了柔性结构的多接头沉管的问题。

随后，刘晓东带领设计团队用了30多天完成了《半刚性沉管结构方案设计与研究报告》，半刚性结构的提出开创国内外先河，在与设计、监理、顾问讨论时，质疑与反对之声此起彼伏，甚至有人怀疑，是不是承包人迫于目前的工期压力，用这种变更来获取更多的时间和费用？

那段时间，林鸣与刘晓东面临巨大压力。2013年春节前后，他们4次赶赴远在武汉的中交二航局实验室，进行模型试验，从原理上对半刚性结构进行验证。试验结果最终得到了与设计相符的数据，这让他们信心大增。

随后，林鸣委托清华大学、同济大学、中交公规院、中交四航院、日本NCC公司等5家高等学府或科研单位进行"背对背"分析论证。3个月后，好消息传来，研究结果证明了半刚性结构的可行性。

在论证中，8个多月的时间过去了，其间他们3次提交专家会讨论，3次被否决，林鸣团队经历了200多个备受煎熬的日子。2013年8月19日，业主提请交通运输部召开第五次专家会，经过多次讨论，受困两年左右的半刚性结构突出重围。

荷兰沉管隧道专家汉斯·德维特是港珠澳大桥管理局选聘的第三方设计施工咨询专家。对于"半刚性"的思路，他一直不太认可，更不愿在变更后的设计方案上签字。

新生事物的出现难免遭遇波折，对中国工程师来讲，所有的批评都是鞭策，凭着敢为天下先的勇气和不懈探索的精神，在久经考验的数字面前，汉斯最终签上了他的名字。

2017年4月，汉斯·德维特在中国接受《桥梁》杂志的采访时表示："中国工程师们真正将这个方法提升到了另一个台阶，实现了真正的创新。这是项目挑战促使技术创新的一个很好范例。"

牛头"梦工厂"：金刚不"裂"之身

如此巨大的沉管如何制造？在现今制造行业内，从未有过如此规模的制造产品。即使是欧洲厄勒海峡隧道，其沉管体量也只有港珠澳大桥沉管的一半，更何况港珠澳大桥还有曲线管节。

珠海桂山牛头岛，有"超级工厂"之称的沉管预制厂应需而生。工厂占地面积达56万平方米，约相当于78个足球场。

这是中国工程师的一次大胆畅想，更是中国交通行业一次开创性的挑战。基于港珠澳大桥120年设计使用寿命和巨型沉管管节混凝土需一次性浇筑的要求，沉管隧道不可能在海上现浇，必须采用工厂预制法。

选址牛头岛是港珠澳大桥管理局翻遍了图纸后得出的结果。既要地域开阔满足大面积建厂的需求，又不能距离施工海域太远，海上运距越长，风险就越大。牛头岛当仁不让。

2011年，那里一片乱石沙地，无水无电，是名副其实的荒岛。接到沉管预制厂的设计任务时，刘晓东、梁珩及其设计团队有些茫然，他们手上只有一本英文参考书 The Tunnel，里面仅有不到30页关于预制工厂的介绍。

面对信息缺乏的情况，1000多名建设者采取"边勘察、边设计、边施工"的高强度作业方法，短短14个月，让一座世界最大的现代化沉管预制工厂拔地而起，两条集成沉管生产、加工、运输全部工序，长达300余米的流水生产线面世。

全断面液压模板成套设备是沉管预制的重要组成部分，如同预制厂的心脏，模板设备好坏直接决定沉管制造的成败。向国外购买并不现实，价格远远超出工程预算。

中部 / 长风**破**浪会有时 141

世界最大的现代化沉管预制工厂

岛隧工程项目部决定立足自主研发，吸收国际先进技术。振华重工与德国公司携手，完成了一套世界上精密度最高的自动化模板制造设备，为沉管制造构建了骨架支撑。

沉管有着无懈可击的硬朗之身，由钢筋混凝土制成。

"24小时不间断连续浇筑3400立方米的混凝土土方量的沉管节段，如何保证混凝土不开裂？"

"沉管隧道深沉海底，如何保证不被海水腐蚀，'防腐'难题如何解决？"

都是世界级难题。

早在沉管预制厂投产前，岛隧工程项目部便设立了沉管预制厂中心试验室，以承担寻找最优混凝土配合比的使命，林鸣将试验室誉为"桂山岛上的一颗明珠"。

张宝兰，中交四航院建材所副所长，已研究混凝土20多年。2011年5月，她被委以重任，被派往牛头岛负责大桥沉管预制厂混凝土试验室工作。

混凝土配合比是保证沉管质量的关键，沉管预制厂中心试验室必须试验配制出强度、耐久性、施工性、抗裂性都符合设计指标的高性能混凝土。

为了寻找这个重要的"混凝土配方"，张宝兰带领30余人组成试验团队，历经近一年时间进行了海量的试验，生产了100多吨混凝土，用坏了4台搅拌机，才研制出具备抗裂性能的"超级配方"。

夜已深，沉管预制厂中心试验室一楼混凝土成型间的灯总是亮着，不时传出混凝土搅拌机运转的声音，一群人紧张地忙碌着。

"混凝土的泌水率还是没有降下来啊，增稠剂的用量还能再增加一点吗？"

"不能加了，混凝土已经有点流不动了！"

"那我们还是换回前天那种增稠剂吧，整体效果比这个强！"

仅仅为了解决沉管混凝土在自重作用下的泌水问题，张宝兰就带着团队忙了差不多半个月时间，每天从早上上班开始一直忙到深夜。

在混凝土浇筑阶段，"抗裂战"仍不可松懈。严格控制混凝土入模温度是防裂的重要一环，入模温度夏季控制在25摄氏度，冬季控制在23摄氏度。然而，沉管预制厂处于亚热带季风气候区，夏季长、气温高，要保证稳定的入模温度并非易事。

降温就开空调、开冷风机，保温就捂"棉衣"，把混凝土当作"娇娃娃"般呵护，岛隧工程建设团队最终让混凝土实现了从原料到生产、输送全过程的温度控制。

与此同时，关于沉管的拖曳试验在武汉理工大学的拖曳池内进行。沉管重量，犹如一架航空母舰，在珠江口台风频发的地区实现顺利浮运又何尝不是一个世界级难题。

武汉理工大学对864个工况进行了模拟，确定了施工过程可能遭遇的海况条件。根据这个试验结果，中交四航院开发了管节施工气象窗口预报系统，直接指导港珠澳大桥沉管浮运工作。

同济大学丁文其团队则承担了"沉管隧道接头张开位移量控制技术研究"。针对沉管接合部的薄弱环节，他们需要计算沉管安放之后各管节之间、各节段之间在不均匀沉降条件下的位移情况，并提出应对方法。

在两年多的时间里，课题组多次前往施工现场，通过理论分析和数值模拟，计算了数百种组合工况下节段式沉管隧道的接头张开位移量，确定了管节与节段变形特性与张开量控制指标，探讨了地震和温度场对于沉管隧道接头张开位移量的作用，有力支撑了工程实际采用的节段接头半刚性方案的实施。

基础不牢，地动山摇。

沉管隧道所处地质为厚软土地基，极易产生不均匀沉降。在整个伶仃洋海底，有一片二三十米厚的淤泥层，刘晓东习惯把这片淤泥层形容为"水豆腐"。

在沉管沉放之前，需要精挖出一条深达20米、宽48米的梯形海沟，谓之"基槽"。海

底地基有些地方软，有些地方硬，如何让整个基槽处于同等刚度水平？按照初步设计方案，隧道基础用桩基，这是一种常规地基处理方式，但不能满足工期的要求。

最让人头疼的是岛隧过渡段的隧道基础，在绘制施工图时，梁桁接到要将差异沉降控制在厘米级以内的要求后，整夜睡不着觉，"这原本不在我们设计范围内"。

林鸣团队想到了挤密砂桩，也就是为人工岛岛壁加固的施工工艺。这一大胆设想在港珠澳大桥隧道基础施工中成为现实。6公里的海底大约打了6万根挤密砂桩，确保差异沉降不超过2厘米。挤密砂桩作为地基处理应用于大型施工建设填补了国内技术空白。

地基经过处理后，还需要先铺上一层2米厚的大石块，再铺上一层1.3米厚的小碎石。在漆黑的海底，它们若是高低不平，沉管对接精度就难以保证。

2006年，林鸣一行到韩国釜山—巨济跨海通道考察未果，只带回了一张站在200米开外拍的抛石整平船照片。林鸣回国后，只好依靠自己团队的力量研发抛石整平船。

"核心技术靠化缘是化不来的。"林鸣将这一攻坚战再一次交给了装备研发经验丰富的振华重工。经过艰苦攻关，国内精度最高的抛石整平船——"津平1号"由此诞生，依靠4条直径2.8米、长90米的"巨腿"撑起工作平台，平台可以根据水深调整升降高度，全面负责铺设水深10—50米范围内所有沉管管节的抛石基床，在不移动船身的情况下抛石铺设整平作业范围可达48米×25米，作业精度可达误差在正负4厘米之内，超过了韩国抛石整平船的正负误差在5厘米的性能，成为加入岛隧施工行列的核心装备。

陆续突破的沉管制造、浮运、安装技术难题最终需要细化成一张张施工图纸。为了更加有效地开展研究讨论，2012年2月，林鸣要求总工办主任高纪兵把工区的所有技术人员召集到项目总部集体办公，"每次讨论会都要有实效，讨论不出一个令人满意的结果决不收兵"。

林鸣还邀请了荷兰海工专家林内坎普、日本海工专家斋藤每月到项目部工作5天，就安装技术、工艺、设备制造等方面给予具体指导，全力以赴进行交流。后来又专门聘请参与过土耳其马尔马拉海底铁路隧道和东京湾水隧道工程的著名日本隧道专家花田幸生担任项目部的技术顾问，就每一个步骤进行具体探讨。

一时间，这几间小房子仿佛成为外海沉管隧道施工成套技术的"孵化基地"。在差不多一年时间里，技术团队进行了将近350次专题讨论，恨不得一天当成两天用。经过一次次的否定，一次次的优化，《外海沉管隧道施工成套技术方案》成功出炉。

深海"初吻"：鏖战96个小时

千斤顶安装、注水箱就位、止水带固定、距离感应器安装，经过10多个小时的舾装，"光秃秃"的沉管在深坞完成了"精装修"，在最后水密性测试过关后，首节沉管整装待发。

2013年5月2日，E1沉管正式浮运。出发前，林鸣带领全体将士集体祭海，洒酒江海，为神秘的大自然带来人类的问候。

首节沉管比标准管节要短一些，长112.5米，宽37.95米，高11.4米，吃水深度约为11.1米，总重量为44000吨，露在海平面上的面积相当于10个篮球场。

从图纸到现实，历经9年筹划与设计，港珠澳大桥隧道沉管安装迎来最具实质性的时刻，这对林鸣是第一次，对朱永灵是第一次，对所有建设者都是第一次。

这对海事人来讲也是第一次，他们需要负责一线封航警戒，为沉管浮运保驾护航。广东海事局局长梁建伟必须坐镇指挥。

广东海事局出动了"海巡31"和1架直升机在珠江口把守，这是世界上船舶交通最为繁忙的水域之一，为了沉管安全浮运，必须临时封航。

广州海事局以"海巡1503"为指挥船，以"海巡1551""海巡1516""海特1503""海特1505"组成核心警戒组，紧密守护在沉管周围，其外则是由4艘船组成的预警组，仿佛一支"航空母舰编队"。

11时，在8艘总功率超过4万马力（1马力等于735.499瓦）的拖轮牵引下，E1沉管在2艘我国自主制造的水下无人沉放对接系统操作平台——"津安2号""津安3号"两大安装船的提带下，缓缓移出船坞，驶向榕树头航道，这是海事部门专门为其开挖的临时航道。

8艘拖轮与安装船紧密连接，护送沉管走完浮运航程。外围的12艘海警护卫船，专门为沉管安装清理航道，保证施工现场畅通无阻。

梁建伟说："沉管吃水深，只能准确沿着窄窄的航道走，稍有偏差，就会搁浅或者碰撞，造价上亿元的沉管将损坏作废。"

为了确保贵重而脆弱的大块头——大桥隧道沉管浮运万无一失，岛隧项目部与海事部门一起，于2013年1月28日至2013年4月9日精心组织了4次浮运演练。

演练场面十分宏大。"穗港消拖1""穗港26""穗港23""穗港引15"等拖轮拖带着模拟沉管的长140米、重4万多吨的平台船"招商重工1号"，谨慎前行。"起锚艇15""港珠澳3号""水平8"等大批锚艇、测量船、交通船四围守护，以防万一。

如今，这支"航空母舰编队"需要随时准备拦截动态不明或影响船队安全的无关船舶。

"'海巡1551！''海巡1551！'指挥船'海巡1503'呼叫！"

"'海巡1503！''海巡1503！''海巡1551'收到！"

"'海巡1551'，你船左前方约1海里处正有1艘拖网渔船驶近我编队，请你立即出动予以拦截！"

"'海巡1551'收到！"

在8艘拖轮的合力拖拽下，船队破浪前行。在安装指挥船上，指挥室内9名船长通过沉管浮运导航软件和现场观测数据下达指令，通过变换拖拽角度和拖力大小，应对海上潮水、流速流向的变化，保证沉管安全平稳。

沉管浮运安装需要精准的遥控、测绘、超算，其难度堪比航天器交会对接。港珠澳大桥特地建立了一个全球导航卫星系统（GNSS）基站，在2万米高空收集数据，引导施工。

指挥船船长刘建港解释说："在软件显示屏上，我们可以看到航道被切割成绿色和黄色两种范围，绿色部分显示航道有160米宽，绿色范围两边各有40米，标为黄色。只要沉管在绿黄范围行驶，沉管就安全可控；越界就很危险。"

过榕树头航道，经伶仃临时航道，穿越伶仃航道和龙鼓西航道，首节沉管历经13.5个小时，在"龟速"前进中抵达沉管隧道基槽系泊作业点。

系泊、锚定、沉管箱体注水……沉管开始下潜，每5米一次停顿检查。一切都按照程序走。林鸣搬了一个凳子静静坐在安装船的甲板上，注视着海平面，纹丝不动。

然而，意外还是发生了。5月3日22时50分，第一管节终于沉放完毕。检测结果报告传来：船体上浮3厘米，高程误差11厘米，所有人的心都往下一沉。

安装出现高差出乎大家的意料，指挥舱内弥漫着紧张的气氛。

林鸣保持一贯的冷静，给大伙打气说："沉管安装方案经过了多次专家会论证，理论上肯定可行，毕竟是第一次安装，肯定有挫折，如果轻轻松松安装了，还叫什么'超级工程'？"

此时，安装已进行了30多个小时。林鸣吩咐道："后方送点提神的东西来，西洋参、咖啡之类的统统送来。还有烟，虽然我一直不准在安装船上抽烟，今天可以破例。"

由于海流复杂，在沉管运输那短短10多个小时里，珠江水裹挟着大量泥沙出海，随着珠江口江面变宽，水流速度变缓，部分泥沙沉降，回淤至位置较低的沉管基槽里。

当时，大型清淤设备还未研发出来，作业空间十分有限。在漆黑的大海里，22名潜水员只能轮流下海，用双手一点一点把淤泥清理掉。负责基槽整平的张建军带人在水下一垄一垄、一条一条地进行检测。

12个小时后，清淤工作完成，中午时分安装工作再次进行。林鸣站在指挥舱操作人员的后面，和安装船的三位船长开起了玩笑："你们都是我们的宝贝，一个姓刘，一个姓阎，一个姓王，合起来就是'刘阎王'，阎王在此，小鬼闪开。"

阎志辉负责"津安2号"，王汉永负责"津安3号"，刘建港则在"津安3号"上负责主船、副船之间的协调。刘建港是一个典型的山东大汉，体重达100多千克，是林鸣特地挑选出来的。这次沉管出坞前的带缆和绞移已经熬了十来个小时，连续地紧张施工让刘建港非常疲惫。林鸣时不时拍拍他的肩头，"坚持，老刘，再坚持一下，你一出错，大家都要跟着出错咯"。

没想到，第二次安装又差了11厘米。这和设计要求必须控制在5厘米以内相比，有不小的差距。

现场的气氛越来越紧张。大家都是新手上路，心里都没底。此时大家已经熬了两个通宵。为了保持清醒，他们用凉水洗脸，往脸上抹风油精。海事船上的"护卫"们连尿都憋着。

还要不要来第三次沉放？

大家似乎都干不动了。但监理负责人胡昌炳接受不了这个偏差。作为业主代表的副总工钟辉虹也不接受，他是管理局唯一有过内河沉管隧道施工经验的博士，"如果第一节偏差就如此之大，后面32节管节的整体偏差就更难控制了"。

为了让林鸣获得最大的指挥权威，避免额外增加施工压力，朱永灵没有上安装船，一直在西人工岛观察着。这时，他接到了钟辉虹的电话：

"朱局，现场沉放不太理想，需要您过来一趟……"

在安装进行到72小时的时候，朱永灵于凌晨1点到达安装指挥船。此刻，映入眼帘的是疲态尽显的指挥员和施工人员。

朱永灵听完汇报，再仔细查看施工图纸。首节沉管需要与西人工岛的暗埋段钢端壳对接，整个管节需要放在斜坡上，他发现前两次操作，都是最后一刻前端往上翘。"能不能再来一次？我们可以换一个思路，先接头，再对尾巴。"朱永灵对大家说，"如果大家实在太累了，就先回去休息一下，明天下午3点我们再来接着放。"

此时，朱永灵百感交集：72小时连续作业，疲劳驾驶固然容易出错，但如果回去休息第二天再来，士气就散了，远在北京的交通运输部副部长冯正霖也在密切关注沉管对接"首战"。

见大家走又不甘，不走又似乎信心不足，朱永灵最后鼓励大家："要不咱们再放一次，如果还不行，我就认了。"

在朱永灵的鼓励下，E1沉管开始了第三次安装。

"津安3号"安装船船长刘建港又一次在太阳穴上涂上了风油精。他缓缓地移动操纵杆，沉管缓缓下降……

2013年5月6日12时，历经5天4夜安装，E1沉管成功与西人工岛暗埋段钢端壳对接，偏差只有5厘米，符合设计要求。历史性的沉管隧道对接，终于完成了。

在宣布成功的一瞬间，现场所有的施工人员一扫疲惫，欢呼雀跃，而健壮的刘建港却一头倒在了指挥室的沙发上，睡了个昏天黑地。至此，他们已经96小时没有合眼，这是不平凡的96个小时，这也是中国工程师们不得不付出的代价。

林鸣后来在电视节目《朗读者》上回忆说："首次安装就像一个从来没有人教过，也从来没有驾驶经验的新手司机，要把一辆大货车，开上北京的三环。"

朱永灵说："尽管我们在工程可行性研究阶段做过详细的环境影响评估，在隧址位置开挖了试验基槽了解回淤和边坡稳定情况，在三角岛和九洲岛建立了测风塔观测风的变化规律，在桥位附近投放了波浪仪试图找出风、浪、流的关系，论证工作不可谓不严谨，不可

沉管抵达安装作业区（黄育波 摄）

E33沉管浮运安装途中（黄育波 摄）

沉管安装受阻,总经理林鸣召开现场会议

历经96小时鏖战,E1沉管安装成功

谓不全面,但始终有太多的不确定性让我们心有余悸。我们只能在摸索中前行,保持对大自然的敬畏,保持对环境变化的敏锐性,不放过任何可疑的现象,方能到达胜利的彼岸。"

E15沉管:三次出征两次返航

第一节的成功并不意味着后面32节管节安装都可以简单复制,严苛的外海环境和地质条件,使得施工风险不可预知。

每一个都是第一个,每一次都是第一次。

2014年11月15日18时,E15沉管按计划起航。沉管在第二天早上6点到达施工区域,然而当潜水员在进行沉放前的潜水检查时,基槽又出现了回淤,比E1沉放时更为严重,回淤有5厘米,"用手都拨不开"。

淤泥,又是淤泥!上一次E1沉管安装因为回淤,大家不眠不休鏖战了96小时。泥沙问题是海洋工程的关键,海洋工程师们都把它戏称为一门"玄学"。

这是一次突发回淤,回淤量明显超过了自然回淤。12日,E15沉管碎石基床刚刚铺设完成。如往常一样,他们不断进行多波束扫测查勘基床是否有异物等问题,13日垄沟轮廓清晰,通过了监理方负责人胡昌炳的验收。短短两天,就出现了状况。

回拖还是继续安装?总指挥林鸣召开紧急会议。

"一个月就几天风平浪静,适合安装,拖回去成本太高,又影响工期。"

"现在沉放的不确定因素,比我们往回拖的不确定因素更大。"

"到底撤不撤,这个方案要早点定出来,因为海事部门还在封航保护。"

"我们以前也没有回拖的预案,现在回拖是否会影响沉管结构?一旦出现任何意外,不仅价值上亿元的沉管会报废,还将危及航道安全。"

"不可抱侥幸心理,8万吨的沉管一旦沉入海底,以前基床的碎石垄沟有缝隙,沉管尚可再次浮起,如今基床上有5厘米厚的淤泥,真空效应产生强大吸引力,世界上就没有任何一台装备可以把沉管提起来了。"

这一讨论就是6个小时。

基础不牢,地动山摇。林鸣最后敲定:"中止安装,沉管回航。"

数百人一个多月的日夜辛劳付诸流水,整个浮运安装团队士气低落。林鸣特地找来一台摄像机,让关键岗位的负责人一一对着镜头立下军令状,提振士气:"保证完成任务!"

"有没有信心?"

"有信心!"

11月17日18时,E15沉管返航。返航途中,冷空气如期而至,风力已经超过6级,流速接近拖航上限,海浪有一米多高,"80后"技术人员宁进进数次被拍倒在沉管边上,差点被卷走。

冒着寒潮、大风和巨浪,经过24小时的连续战斗,E15沉管最终毫发无损地回到了牛头岛的深坞内。起重班长徐兆温含泪欢呼:"回家了,回家了,我们终于回家了。"

为了提振士气,项目总经理部召开了隆重的表彰大会,林鸣亲手为返航作业中的相关人员戴上大红花。站在麦克风前,一句"感谢"还未说完,干了一辈子工程、经历了无数艰难曲折的林鸣哽咽了,泪水在眼眶里打转,久久不能说出一句话。台下众人早已泪流满面。

在交通运输部的协调指导下,25位常年研究珠江口泥沙、潮汐和气象方面的顶级专家组成了技术攻关组。在第一次专家会上,年近八旬的王汝凯大师说:"我们不是来这里做科研的,而是要用大会战的方式解决工程遇到的问题。"

大海找沙——专家组围绕伶仃洋区域转了一遍又一遍,水体含沙量试验做了一次又一次,经过对300余项问题和风险的排查,结合卫星遥感监测,他们发现隧道基槽以北20公里范围内有一二百艘采砂船正在作业。

与此同时,工程应对措施也在同步推进。清淤施工和挖掉已被污染的碎石基床,都需要大型船舶在已安好的E14沉管钢封门前作业。40多米深的海底,钢封门承受着10000多吨的压力。在重型机械面前,钢封门犹如一张薄纸。为保证已安隧道的安全,建设者另辟蹊径,在隧道端头加装保护装置,给沉管戴上"金钟罩",确保已安装沉管安全。

经过两个多月的奋战和大量数据分析,技术攻关组得出了统一的结论:海底突然出现的回淤,主要来源于上游海域采砂船采砂、洗砂产生的悬浮物。

然而,他们都是合法作业,能叫他们关停吗?一般来讲,采砂许可证办理并不容易,采砂证规定了采砂范围、有效期和累计采砂量。

面对难题,社会主义制度的优越性再次显现。香港顾问后来对朱永灵说,此事若是发生在欧美国家,他们或许无计可施。

时任广东省常务副省长徐少华参与协调,并召开部门现场协调会。2015年2月11日,7家采砂企业共近200艘船舶在不到两天的时间内全部撤离现场。

其间,朱永灵和海事部门配合海洋局围绕补偿方案,一家一家拜访,一家一家谈判。尽管采砂证有"总量控制",但通常难以监管,不少企业存在越限开采问题。如果采取现金补偿,双方就采砂量难以达成一致,最终确定了"耽误1天、补偿1.5天"的补偿方案。

如同卫星发射需要天气"窗口",沉管安装也需要在风平浪静、海流舒缓的时间段。国家海洋环境预报中心总工程师王彰贵带领团队给每一节沉管定制了一段精准作业"窗口期",一个月中只有两个。

"超出5级风、0.8米浪高、海流0.6米/秒的临界值，沉管浮运安装就没有窗口可言。"王彰贵说，"浪高增加0.1米或者水流流速每秒增加0.1厘米至0.3厘米都是关乎成败的临界点，所以预报准确率必须达百分之百。"

2月24日，中国农历大年初六，"窗口期"不期而来，E15沉管再次起航。中国建设者又一次放弃了与家人团聚的机会。

一阵鞭炮齐鸣，沉管预制厂的工人们自发来到坞门顶挥手送行。浩荡的编队由8艘拖轮拖带，2艘备用拖轮随行，14艘海事船舶形成巨大的保护圈。

上午11时，正准备召开系泊前现场决策会的林鸣接到报告：隧道基床东北部又出现大面积异常堆积物，一只胳膊都插不到海底淤泥的底。

基槽边坡出现了雪崩式坍塌！潜水员潜底发现，回淤厚度达60厘米，完全不具备安装条件。

返航！再返航！已经走了三分之二路程的沉管再次返航。那一刻，面对变幻莫测的海洋，所有人都哭了，一线工人哭了，经理哭了，林鸣也眼角有泪。近4个月里，他们做了多少准备，耗费了多少精力，多少人不眠不休啊！

正在办公室等待消息的朱永灵接到电话后，也忍不住大哭一场，"真是天人交战，磨人的E15不知下次安装又要到什么时候"。

当天，徐少华已计划来工地给大家庆功拜年。朱永灵不敢直接打电话给徐少华，他担心自己会情绪失控，便只发了短信，如实相告。

没想到，徐少华很快将电话打了过来，说："你不要为难，我还是按照原计划来珠海。越是这样，我越要到现场，给大家鼓劲啊！"

朱永灵的眼泪再次夺眶而出。理解，是对前方将士最好的鼓励。那段时间，他为了工程"脱困"，自己家中老人一直在病危中抢救都没来得及尽心尽孝。

2月25日上午10时，E15沉管再次回坞。上午11时，徐少华如约来到刚刚回坞的沉管安装船现场，慰问施工人员，打气加油，召开现场办公会，作出了"坚定信心，尊重科学，扎实推进港珠澳大桥"的指示。

第二天，中交股份总裁陈奋健率领各参建单位领导赶赴岛隧项目总经理部，召开指挥长现场办公会，要求精心组织好E15沉管安装攻关战，在确保安全、质量的前提下全力推进工程建设。

现场决策组很快弄清了再次受阻的原因：原来早期采砂船带来的回淤物不断在基槽边坡淤积，达到一定量以后出现了整体的滑落。如果说第一次突淤神秘莫测，这次则完全是一个意外。

那段时间，整个港珠澳大桥项目都面临巨大的舆论压力，引起了社会广泛关注，港珠澳大桥能否顺利建成甚至成为一个巨大的问号。在广东省"两会"上，省发改委主任甚至不得不出面辟谣。

全力以赴，从头再来，清淤、精挖、整平……很快，一条新的基床又建起来了。两个月后，2015年3月25日凌晨4点左右，E15沉管开始了第三次踏浪出征。

"这次一定要成功，我们只能成功，不能失败。"安装船船长刘建港像第一次沉管一样，脑子里不断重复着浮运安装的细节，生怕出现一丝差错。

经过25个小时的连续作业，在完成绞移、千斤顶拉合对接、止水带压接、覆土回填后，3月26日凌晨5点58分，E15沉管在海底精准对接。

愈经历挫折，对成功的渴盼愈强烈。胜利是最好的兴奋剂。没有比胜利更提振士气的方式了。面对这场异常曲折而艰难的胜利，所有人用含着泪的微笑相互祝贺，压抑了近半年的闷气和晦气随着胜利一扫而光。

E15沉管安装完的第三天，林鸣赶赴天津看望病房里的老专家杨树森，要亲口告诉他这个好消息。2014年11月底，杨树森接到岛隧工程泥沙突淤难题攻关任务时，同时还接到肝脏指标异常的体检报告,医生说:"如果不能及时找到匹配的肝源,最多还能坚持一个月。"

他毅然选择南下。两个月后,当难题初步解决,杨树森回到天津复查时,已确诊为肝癌晚期。林鸣希望与这位为解决港珠澳大桥回淤问题作出了巨大贡献的可敬的老专家分享胜利的喜悦。

林鸣:我喜欢出发!

失败是成功之母。这是一句老话,但老话藏有至理。

每一次困境,林鸣带领团队迎难而上,找问题,搞整改,创新设备、工法、工艺。全新的泥沙回淤预报系统建立起来了,全球首个在海底隧道基床清淤的设备研制出来了,沉管安装保障系统建立起来了,水下可视系统更加优化了,基槽海流流向监测系统建立起来了,沉管运动姿态实时监测系统建立起来了,世界第一艘具备清淤功能的整平船"津平1号"改造成功了。

中国的深海沉管安装技术取得了质的飞跃。沉管做到4000米时,更是创下了1年10节的"中国速度",硬是将最终接头安装偏差从17厘米降至2.5毫米,达到了毫米级的安装精度。

从2013年5月2日首节沉管开始安装,到2017年3月7日最后一节沉管成功对接,港珠澳大桥海底隧道33节沉管安装历时整整1405天。

1405天乘风破浪、1405天顶风冒雨、1405天海底绣花、1405天逐梦伶仃,矗立风口浪尖的"弄潮儿"与海浪共舞,与回淤赛跑,与28场台风竞速,一米一米构筑了近6公里长的沉管隧道,取得了540多项技术专利,形成了40多项创新成果。

2017年5月4日,最终接头吊装,一番精调完毕,隧道合龙,标志着港珠澳大桥主体工程全线贯通。

那个曾经对半刚性结构不太认可的汉斯·德维特在见证完整个吊装后过程发来了贺

信："港珠澳大桥沉管隧道超越了之前任何沉管隧道的技术极限。因为港珠澳大桥沉管隧道的建成，中国从一个沉管隧道建设技术的相对小国发展成为国际沉管隧道技术的领军国家之一。"

沉管浮运、安装、对接，可谓步步惊心。港珠澳大桥不是一个工程师的工程，也不是一个英雄的工程，世界最长深埋沉管隧道背后是一支海事护航队伍、一支填补技术空白的科研队伍、一支精益求精的工匠队伍。用林鸣的话说，犹如4000人6年集体"走钢丝"，每走一步都如履薄冰、如临深渊，始终秉承"每一个都是第一个，每一次都是第一次"的理念，他们逢山开路、遇水架桥。

"每一次沉管安装的成功，不是取决于我这个总指挥、总工程师，而是取决于这几百个工序的所有环节。只要有一步出问题就会导致全线崩溃。"林鸣说。

E15沉管延期安装，带来百日停工，1000多名建设者饱受等待复工的煎熬。培养这些熟练工人颇为不易，恰逢春节假日，一旦流失无疑是雪上加霜。林鸣要求党支部"以心换心"，按时、足额发放工人工资，比武、拉练、竞赛，最终做到了"骨干人员一个都不流失"。

在人工岛房建工程中，面对因初步设计考虑不周、施工招标后又遭遇消防法规变化、防风标准提升导致设计变更的审批一波三折、工期一再延误的情况，林鸣带领团队发动"百日冲刺"和"奋战四十天"专项劳动竞赛，如期完成任务，用心浇筑的清水混凝土成就了岛上房建工程的建筑传奇。

在岛隧工程"第四战役"总结表彰大会上，局长朱永灵毫不吝啬赞美之词，动情地评价说："在林鸣总经理的带领下，建设者已经把大桥作为情感依附和精神寄托的载体，大家不愿见到工程上有任何瑕疵，每个人都不满足于现有的质量标准、不满足于现有的功效指标，主动返工，精益求精,一件更比一件好,一处更比一处靓。"

林鸣的担当品格,早已成为土木工程业界的一面旗帜。2000年,林鸣负责建设时为中国第一大跨径悬索桥的润扬大桥时,就在施工人员望而却步的环境中,毅然拿起小板凳坐在基坑底陪工人们一起施工,被工友誉为"定海神针"。

大型基础设施建设最像"作战",需要统筹协调各部门各领域实施大兵团协同。整个岛隧工程建设就分成了"四大战役"。排兵布阵,难免遇到困难。林鸣每当心情低落的时候,就喜欢到施工现场走走。虽然他脾气不好,但从来不骂一线工人。从这些工人师傅默默工作的场面,他能汲取到新的力量。

铁骨铮铮,柔情绵绵。林鸣始终依靠一线工人队伍,也善于团结基层队伍。在"背水一战排除万难坚决实现年底具备通车条件目标"誓师大会上,林鸣当场撤掉了主席台上的桌椅板凳,全程站着,开口第一句就是"尊敬的一线工友同志们……"。

在一次带队出海到现场考察,看着为隧道基础抛石夯平立下汗马功劳的"振驳28号"平台上,满是铁锈的食堂窗口、破破烂烂的地板和狭窄的生活区,林鸣仿佛心如刀绞。

在一次带队到沉管预制厂检查工作,看到上千工人使用的厕所内污水横流、臭气四溢,冲凉房还是冷水,林鸣心里仿佛打翻了五味瓶。

林鸣说,经费再紧张也要给大家改善环境。"港珠澳大桥是质量工程,细节决定成败。品质背后需要一个个建设者对细节吹毛求疵的付出。如果建设者生产生活的地方都没有尊严可讲,谈何工匠精神的发挥。"

于是,"振驳28号"新装上了2间厕所和4个浴室,配备了专用的洗衣间和洗衣机。厨具换成了不锈钢,房间安装了新空调,改造后的多功能厅增设了跑步机和乒乓球桌。沉管预制厂的卫生间焕然一新,贴上了白瓷砖。

如果把岛隧项目部上千人的队伍比喻成大家庭,那么林鸣就是"大家长"。在他的关心下,2016年12月,在东人工岛上,他们共同为宋奎、吴平、李晨、金秀男等4位来自生产一线的员工举行了一场别开生面的集体婚礼。一年春节,岛隧项目部为一名大学毕业后就一直漂泊在海上的小伙举行了一场特别的求婚仪式，这位"家长"现场对其女友说："一个血气方刚的小伙能够在大海上经受住这样的煎熬和寂寞，你就放心嫁了吧。"

投桃报李。工人师傅们在这位"大家长"的感召之下，严格要求自己，眼里"容不下一粒沙子"，在"看不见"的隐蔽之处发力。为了保证1毫米精度，他们把广场砖、路缘石装了又拆，拆了又装；横截沟收面、在灌缝施工，抹了一遍又一遍……

33节沉管和1个最终接头，林鸣是永远的现场总指挥。E7沉管安装之后，林鸣因劳累过度，鼻腔大量喷血。为了止住血，林鸣在4天内进行了两次全麻手术。病床上的他醒来后第一句话就是：沉管安装准备得如何了？

不顾医护人员的劝阻，E8沉管安装时，他又重新回到了指挥船上，指挥船同时也迎来一位新面孔——随船医生。这次安装持续了30多个小时，这是林鸣对自己的承诺，每一节沉管他都要亲临现场坐镇指挥。

作为大桥的"创造者"，林鸣与"大桥动议"的提出者胡应湘也有着不解之缘。

2006年，为了探讨双方合作投资建设港珠澳大桥主体工程的可能性，林鸣所在的中国交建派遣他带领专业团队专程来到香港拜访胡应湘。在位于湾仔合和中心的办公室里，林鸣第一次见到了胡应湘。

2018年2月4日，胡应湘应邀参加港珠澳大桥岛隧工程景观设计暨工程美学研讨会。那一天，也是胡应湘提出伶仃洋大桥构想35年后第一次看到几近完工的港珠澳大桥。

那天，东人工岛桥头已安放好4个青铜鼎。林鸣向胡老解释说："我们一直在寻找一种具备时代标志、能被粤港澳三地接受、又能承载大桥精神和建设者寄托的创作，而铜鼎是中华民族的杰作，也是中国古代重要的礼器，安放在大桥人工岛上成为寄托祝福港珠澳大桥百年平安的象征。"

83岁高龄的胡老兴致高昂，连连称赞港珠澳大桥"伟大"并感慨道："40年前，内地修桥的施工经验设计水平还不行，但现在已经是世界领先水平，而且建设成本更低，非常有竞争力。"

此时，林鸣刚满60岁。大桥建成后，林鸣独自一人在港珠澳大桥跑了一次马拉松，过去15年的建设里程何尝不是一场人生的马拉松。

遥看即将展现在世人面前的东、西人工岛，林鸣久久不愿离去，大桥就要交工验收，他仿佛老父亲"嫁女"般，有着太多的不舍。

2018年10月23日，大桥正式开通仪式举行。这一天，胡应湘应邀在珠海出席大桥的开通仪式。林鸣则作为大桥建设者代表受到了习近平总书记接见。同一个时空，两代工程师就此因缘际会。这是工程师大有作为的新时代。

林鸣喜欢跑步，一跑就是10公里。他说，跑步可以舒缓情绪，可以放松自己，可以整理思绪，多少次灵光闪现就是在跑步中跑出来的。

《我喜欢出发》是著名作家汪国真的名作，也是林鸣最喜欢的一首诗。"我喜欢出发，凡是到达了的地方，都属于昨天……世界上有不绝的风景，我有不老的心情。"

林鸣又一次整理行装出发了。

2018年6月13日，悬浮隧道工程技术研究在广东珠海正式启动。林鸣担任中交悬浮隧道工程技术联合研究组组长。这是继跨海大桥、海底隧道后又一种实现深海峡湾跨越的重大交通运输工程，也是中国科协2018年发布的我国面向未来的12个重点领域60个重大科学问题之一。目前仅有挪威、日本、意大利等国家开展过相关研究，但尚未有悬浮隧道建成的先例。

从跟跑、并跑，再到领跑，中国已踏上"交通强国"新征程。

林鸣说，港珠澳大桥使中国从"桥梁大国"成为"桥梁强国"，悬浮隧道的研究和建设将使中国成为世界桥梁的先锋和开拓者。

2018年2月,两代工程师代表林鸣与胡应湘在港珠澳大桥相见

人工岛建筑一角

中部 / 长风**破**浪会有时 163

东西人工岛成型后的全景图，倾注了林鸣等建设者的大量心血

下部

Hong Kong-Zhuhai-Macao Bridge

人间正道是沧桑

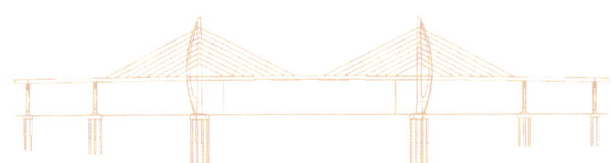

第八章 弱势业主还是强势业主？

和谁攀登"珠峰"？

港珠澳大桥是我国继三峡工程、青藏铁路之后又一项重大的基础设施建设项目，被英国《卫报》誉为"现代世界七大奇迹"之一。

因其结构复杂、施工难度大、技术要求高，一生阅桥无数的港珠澳大桥管理局局长朱永灵，将其形容为是中国桥梁工程领域的"珠穆朗玛峰"。

攀登"珠峰"并不是一件容易的事。有了好的初步设计和技术支持，还要有好的施工队伍实施，以及监理团队护航。否则，一切都将是"纸上谈兵"。

谁具备参与的能力？又是否具有参与的意愿？如果没有，怎么激发参建企业的热情？面对技术盲点，如何利用全球资源？面对未知风险，如何处理业主与承包方关系？

围绕选择合作伙伴的一系列问题排山倒海般向朱永灵涌来。珠澳人工岛口岸附属工程已率先开工，他必须带领团队尽快开展大桥主体工程的招投标管理工作，"如果企业做不到，一切都白搭"。

抱着"离开机关，干点实事"想法的高星林于2008年加入港珠澳大桥管理局。此前他曾在工程一线工作7年，随后在广东省交通运输厅工作3年。

结合过往经历和经验，高星林成为管理局计划合同部的一员，他从主管做起，直至局长助理兼计划合同部部长。他对招投标合同、基建程序、法律政策较为熟悉。

朱永灵给高星林布置的第一个任务就是思考和规划港珠澳大桥的招标管理。接到任务后，高星林开始对国内典型项目招标管理进行调研。

此时,作为计划合同部部长的张劲文也没闲着。自港珠澳大桥工程可行性研究报告启动,他就一直在思考一个问题——要建成怎样的港珠澳大桥?

时任香港特首曾荫权给出了一个初步的答案,他在致国务院的信中提到:"希望将港珠澳大桥建设成为三地品质最优的跨海通道。"

颇具战略性思维的张劲文是一个解题高手。他想到了香港青马大桥,这是业内公认的世界一流大桥。"那么港珠澳大桥需要建成世界一流甚至是顶级的桥。这应该是港珠澳大桥建设的初步目标。"

在层层递进的思考和团队激烈的思想碰撞中,模糊的目标愈加清晰。在2009年12月15日举行的第二次中央专责小组会议上,港珠澳大桥愿景和目标得到确认。

愿景:"一国两制三地"的伶仃洋海域建设一座融合经济、文化、心理之桥梁,使得香港、广东、澳门成为世界级的区域中心。

目标:建设世界级跨海通道、为用户提供优质服务、成为地标性建筑。

结合港珠澳大桥的特点和技术需求,高星林提出了四点建议:充分的市场调查、完善的合同机制、不断的持续改进和理性的工作方法。

"没有调查,就没有发言权。在国内乃至世界范围内找到最强的单位做其最擅长做的事情。"

"通过合同,建立互相尊重的伙伴关系、互信共赢的合作关系、互有约束的履约关系、友好协商的谅解关系来实现共赢和多赢。"

"不断完善、持续改进。虚心听取参建各方对合同执行的意见,要理性、客观地进行分析,对于不合理的部分予以协商处理。"

"围绕目标,完成一件事情有不同的工作方法。有的方法完成非常省力、高效、低

成本，而有的方法却异常复杂、曲折、代价高昂。"

在办公室，当着管理局领导，高星林一一陈述他的理由和见解。

港珠澳大桥是三地共建的跨境工程，从一出生就具有国际工程的背景和环境。尤其是香港特区政府作为港珠澳大桥主体工程的投资方，已向朱永灵提出要求，希望香港的企业也能参与到大桥项目的建设中来。

朱永灵不敢怠慢，但很快陷入困惑。按中国内地的法律环境，境外企业能参与港珠澳大桥的咨询、监理及施工吗？"既要整合全球资源，又要保证招投标合法合规；如果存在法律问题，在招标结果公示后，投标人就会提出异议。无论最终异议是否成立，均会加重管理局的处理工作。"

接到管理局的任务后，广东君信律师事务所曾亦军律师团队很快投入港珠澳大桥法律实务研究中，并为港珠澳大桥三地联合工作委员会及港珠澳大桥管理局选任参建单位提供了多种招标模式：有面向全球的国际招标，有面向内地及港澳地区的公开招标，有面向内地的公开招标。

"根据相关规定，在监理方面，境内的建设项目原则上应当委托内地监理企业监理。在施工方面，外国企业无法直接承接内地建设工程项目，必须在内地注册成立子公司。只有在工程设计方面，境外企业可与境内符合资质的企业合作联合投标。"曾亦军向朱永灵提交了研究报告。

"没有例外吗？"

曾亦军答："也有，要解决境外企业在内地施工资质的法律问题，需要国家层面特批。"

工期的限制，容不得层层上报。最终，管理局决定主体桥梁工程只能采用面向内地的公开招标的方式。

为激发市场竞争力，保证项目工期，全长22.9公里的主体桥梁工程被划分为7个标段，其中CB01、CB02为钢箱梁采购与制造标，CB03、CB04为土建工程标，CB05为钢混组合梁标，CB06、

CB07则为桥面铺装标。

无一例外，所有中标企业均为国内优秀企业。他们有的被称为"钢桥摇篮"，有的则被誉为"筑港摇篮"，有的已跻身"中国建桥国家队"。

为了实现大桥愿景与目标，又不能因一些限制性规定而错失境外的优秀资源，管理局在现有法律规定的边界条件下，创新性地提出"施工＋境外顾问"的模式，即施工企业为境内企业，但要求施工企业聘请境外的施工管理顾问。不仅施工单位配顾问，管理局也聘顾问，并贯穿设计、施工、运营全过程。不得不说，这是一支深谋远虑和心思缜密的管理队伍。

在港珠澳大桥主体工程完工后，高星林在总结境外参建单位时发现，由管理局、承包人或分包商聘请的"外脑"，共计有15个境外单位或自然人顾问参与。

在结集成册出版的港珠澳大桥的法律实践图书——《融合与发展》中，高星林坦言："管理局的策划性招标方式，既做到了依法依规，又实现了引领境外技术资源为项目保驾护航。"

台湾世曦工程顾问公司总经理张荻薇一直希望参与港珠澳大桥工程，2010年10月，他找到中国船级社博士程志虎，表达了联合投标的愿望。但受制于监理不接受境外公司的法律规定，张荻薇引以为憾。然而，他的热情和执着触动了程志虎："一个台湾同胞都如此热衷，我有什么理由不参与？"

港珠澳大桥钢结构工程对监理方负责人提出了极其苛刻的要求：55岁以下；高级工程师；担任过三座特大桥梁以上总监的经理；持有交通运输部的监理证书；必须是本单位职工；总监需保证每月21个工作日常驻现场，否则将遭曝光和严厉处罚。数来数去，中国船级社只有程志虎满足条件。

一旦中标，身为中国船级社实业公司总经理的程志虎根本无法兼顾每月在现场21天的

要求。为了不让公司失去这次巨大的机会,程志虎毅然在标书中承诺:一旦中标,本人肯定辞去总经理职务,全身心投入履行建设港珠澳大桥项目总监的职责。

最终,中国船级社以领先优势拿下了港珠澳大桥SB01合同标段。为了港珠澳大桥,50岁的程志虎一诺千金。2012年2月9日,中国船级社正式免去他的总经理职务。

法人"新思维"与承包"旧习惯"

招标工作的完成只是开始,合同的执行才是重头戏。

港珠澳大桥钢结构工程,是大桥建设史上第一个招标及工程管理一体化的项目。按照"大型化、工厂化、标准化、装配化"的设计施工理念,张劲文颠覆性地提出用流水线的作业方式来生产钢箱梁,以化解短工期、高质量的矛盾。

2012年6月,当中铁山桥已调试完毕第一条板单元自动化生产线时,而武船却处于水深火热之中,各项准备工作严重滞后。

武船是国内规模最大的桥梁钢结构制造企业之一,但与中铁山桥相比,它尚未承接过境外桥梁钢结构制造项目,对国际工程的质量标准、合同管理也不熟悉,已习惯于按照国内行业惯例开展工作,管理水平一般,产品质量起伏较大。在投标阶段并无明显优势的武船却以黑马姿态杀出重围,公司上下欣喜若狂。

中标后,武船开始落实招标文件承诺,在武船双柳基地建设了全新的板单元生产基地,研发购置了先进的板单元生产流水线,硬件水平国际一流,开创了武船"全新厂房、全新设备"的新局面。

然而,一流设备并未带来一流产品。武船板单元生产流水线上调试初期的板单元焊接质量甚至不如以前的手工焊接产品。武船内部由此出现激烈的争论,不少技术人员和管理人员对新生产线持怀疑态度。

开局不利,负面情绪从一线工作人员到高管,再到参建各方间迅速蔓延。到6月底,各类会议冲突频发,甚至一拍两散。有人认为武船"旧习难改",将导致港珠澳大桥钢梁制造退回"旧时代",并提出需提前考虑武船不能执行合同的极端情况。

管理局钢结构办公室驻场监造代表也纷纷向张劲文反馈不利信息。通过管理程序的回溯,棘手的难题再次移交到了张劲文手中,他需要将武船从泥淖中拉出来。

7月3日,张劲文抵达武船双柳基地。他清晰地记得那个场景:驻厂代表、总监、项目经理和总工四人列队迎接,却没人跟他打招呼,个个面无表情,情绪低落。

他们内心充满疑虑:"前面各方做了那么多工作都无济于事,你张总监应该就是例行公事吧。"

本着力求对管理系统作出诊断、寻求解决之道的初心,在接下来两个月时间里,张劲文每周往返于珠海和武汉,通常周一布置完局里工作,就奔赴双柳基地,一待就是两三天。

经过一个月的调研,张劲文在座谈会上肯定了武船的前期工作:"武船上下对本项目的重视程度甚至可以用空前绝后来形容,主观上应该说非常想做好这个项目。"

那么,究竟是什么导致了巨大的矛盾冲突?

在仔细梳理武船履约情况,分析研究开工准备条件以及存在的困难后,问题的本质逐渐显现。原来,武船固守国内传统工程管理之道,对港珠澳大桥的特殊性和难度认识不足,契约精神尚需提升,软硬件严重不匹配。

张劲文给武船总协调人、副总经理杨少稀列出了问题清单:"U肋自动化生产设备缺失;项目经理部需独立运转,成员不能兼职;重要材料品牌不可变更;工艺技术指导必须跟上;总拼场地不可非法分包。"

弄清楚问题症结后,张劲文开始靠前策划指挥,以开工准备为落脚点狠抓资源落

实,以设备调试为抓手确保产品质量。通过一系列有针对性的管理措施,迅速、有效地解决核心问题。

在第一次各方参与的现场办公会上,杨少稀全程与会,经过严肃而紧张的讨论,武船当晚就订购了一套U肋自动化生产设备,并承诺一流品牌原材料原则上不更换。随后,又加强组织机构建设,抽调了被称为武船生产管理第一人的副总经理吴跃波专门负责板单元生产调试工作。

7月18日,中铁山桥顺利开工投产,张劲文组织武船相关人员赴中铁山桥学习交流。杨少稀着急了,从7月中下旬开始每周都会提出开工要求。同为央企的武船压力剧增。

"你们的设备、人员、材料准备、工艺等方面均未达到合同要求。"张劲文拉着杨少稀促膝长谈,"现在开工,不是在帮助武船,而是在毁掉武船一次历史性跨越的机遇。"

两个大男人坦诚相见。一席长谈,打开了双方通力协作的局面。张劲文借助杨少稀的内部资源达成了建设目标,杨少稀借助张劲文的外部力量整顿了内部管理。

2012年8月14日,在管理局与武船的共同努力下,主要关键设备调试工作完成,整个调试可谓破釜沉舟,武船耗费钢板近500吨,是中铁山桥调试量的10倍。9月28日,武船板单元生产线首制件制造完成。

在10月16日召开的评审验收会上,认定板单元质量全面超越武船之前所有产品质量,开创了武船钢结构制造史上"新纪元"。自此,依托港珠澳大桥,武船进一步奠定了其在国内钢桥市场上的主力地位。2013年9月,武船获得了缅甸博茵瑙二号桥订单,这成为武船获得的第一个境外钢桥项目订单。

张劲文在坚守合同底线的同时,始终怀揣"与人为善"之心,相互扶持,他向吴跃波开玩笑说:"武船的旧习惯和管理局的新思维发生了激烈的碰撞,虽然一直跌跌撞撞,但从未跌倒。"吴跃波说:"是啊,我还从来没见到一个项目法人如此信任一个承包企业。不然,我们早就分道扬镳,武船也难以成长起来。"

武船副总经理兼项目经理黄新明每次提及业

主，都会提到正是管理局的要求为自己的团队带来了质的变化，"正是有了业主这样一个'严师'，才会有CB02标这个'高徒'"。

既能当主角，也能当配角

在整个港珠澳大桥工程中，岛隧工程是控制性工程。当时中国工程师们并没有建造深埋式沉管隧道的经验，外海沉管隧道核心技术和建造经验也掌握在少数几家境外公司手上。

纵观国际，能与港珠澳大桥岛隧工程匹配的绝无仅有。美国切萨皮克湾大桥、丹麦—瑞典厄勒海峡通道、韩国釜山—巨济跨海通道等类似项目，其规模和建设难度都不及岛隧工程的体量和难度。

基于这样的认识，朱永灵认为，如果不整合中国乃至全世界最好的设计和施工资源，岛隧工程难题将难以攻克。最终，岛隧工程采用了设计施工总承包模式，目的是把一部分权利让渡给承包人。

按传统模式，一般是由管理方在设计方案完成后再去找施工单位，但这容易造成设计和施工的脱节，设计方做的方案，施工方可能无法实现。

在朱永灵的设想中，设计施工总承包模式可以充分发挥设计与施工的潜能，其核心要义是十二个字："设计施工联动、施工驱动设计"。设计和施工的联动性增强后，能够有效减少管理的界面，发挥总包的积极主动性，减少业主的工作量。

那时，珠澳人工岛口岸已经开工。港珠澳大桥管理局全体人员处于巨大的喜悦中，历经前期的策划与准备，终于迎来了实质性的建设阶段。为谋求境内外最优秀的资源参与这项超级工程，管理局希望岛隧工程投标人以中外单位组成的联合体来参与竞标。

作为管理局唯一的法律专业人士，刘刚需要确保领导的想法是合法合规的。他于2008

年11月19日加入前期办。他查阅《中华人民共和国招标投标法》时发现,"联合体"并没那么简单。根据规定,投标人可以基于增强投标竞争能力,弥补自身技术力量的相对不足等目的组成联合体投标。但是否组成联合体投标是投标人的权利,投标人既可独自投标,也可组成联合体投标,招标人不得干涉。

经过对项目特点和技术需求的详细分析,在广东君信律师事务所的协助下,管理局确定了最终的招标方案:投标人可以以中外合作联合体形式投标,联合体主办人应该是中国境内企业,联合体境外设计、咨询企业可为多家,并需要符合多项资质条件。如此一来,既符合法律要求,又保证项目需要。

2010年7月26日,港珠澳大桥管理局对外公布了港珠澳大桥岛隧工程设计和施工将进行公开招标。新华社在当天播发的通稿中称,这是港珠澳大桥主桥价值最高的招标之一。这也是港珠澳大桥管理局作为项目法人和招标人首次对外发标。

此次招标接受联合体投标,包括施工团队和设计团队。其中,施工团队包括总牵头人和施工管理顾问等团队,设计团队包括设计牵头人和国际设计合作方等团队。其中要求国际设计合作方及施工管理顾问要有丰富的境外大型工程经验。

对于有如此体量和难度的岛隧工程,我国境内能承担起施工任务的企业就很少,如果不提前了解市场需求,可能导致最终竞争不足而流标,从而增大管理局招标成本,影响项目进度。

朱永灵也意识到了这一点。在设计招标方案及流程时加入了市场调查的环节,以充分了解潜在投标人的技术储备和需求,从而相应优化招标文件。

他们首先瞄准了"中字头"的大型央企,他们必须依靠行业权威。但如何调动"国家队"的积极性呢?老练的朱永灵带队一一拜访,开始了游说之路,不断刺激他们的胃口。

不过,国家对于招标前的市场调查工作未有相应指引,高星林在对潜在投标人进行市场调查时常常感觉如履薄冰,担心稍有不慎就落个违法招标之嫌。

回首那段日子，高星林感觉自己时刻游走在法律的边缘。现实情况往往复杂多样，法律并不能穷尽。

为了激发施工企业的投标热情，管理局还在招投标文件中设有"补偿条款"，给予投标企业资金补贴，以提高他们投标的积极性。按照规定，如果投标企业不达到3家，岛隧工程招标工作将难以继续。

经过长期而周密的调研、走访，综合考虑企业外海施工综合实力和跨境工程施工技术储备能力，港珠澳大桥管理局从10余家建设企业中遴选出中国交建、中国铁建和中国中铁3家领军央企牵头的联合体。

最终，经过由13人组成的三地评标委员会评标，中国交建联合体脱颖而出，中国铁建联合体和中国中铁联合体落选，分别获得了600万元、400万元的补偿。

面对"乙方"，跟承包商打了30多年交道的朱永灵接受了张劲文的提议，首次提出了不做"强势业主"，要跟施工企业形成"合作伙伴关系"。

在访谈中，朱永灵解释说："合作伙伴关系"是所有管理制度的基石，它跳出了传统的"甲方优势"观念约束，可谓是当前国际上先进的工程管理理念。尤其是国内超大型项目，实施过程中可能发生超预期的情况，更需要平等的合作环境才能保证工程实施。

事实证明，患难与共、风雨同舟的合作伙伴关系理念在"史上最难"的岛隧工程多个重大节点中得到了淋漓尽致的体现。港珠澳大桥代表国家形象，体现国家实力，承载着大家的共同的使命感、责任感和荣誉感。人的责任感一旦调动起来，就不愿得过且过。

在历经3次浮运两次返航的E15沉管安装总结会上，交通运输部副部长冯正霖直言："岛隧工程顺利与否决定了港珠澳大桥的成败，也决定了港珠澳大桥在世界工程史上的地位。"在2018年2月举行的岛隧工程总结表彰大会上，林鸣当着全体建设者，对朱永灵团队表达了自己的感激之情："如果没有岛隧工程设计施工总承包这个伟大的构思和设想，我们就没有创造辉煌的梦想舞台。"

本着"合作伙伴关系"的初衷，张劲文借鉴日本关西国际机场第二跑道建设经验，倡导建设施工总营地。2011年10月，位于珠海唐家湾的总营地正式挂牌成立，既有利于各参建单位互动和技术交流，还通过共用生活设施和出海码头，节省了工程成本。

唐家湾总营地还迎来了海事部门的"上门服务"。由于港珠澳大桥跨越广东海事局辖区的多个海事行政区域，经与广东海事局协商，海事部门迅速建立了以大桥办为窗口的统一监管服务体系，2012年2月，大桥办进驻总营地，让曾经需要跑135公里去深圳海事局办手续的距离缩短为350米。

让施工单位"拎包入驻"，这是管理局副局长余烈给自己工作目标赋予的功用。余烈有在交通行业主管部门及地方政府挂职的工作经历。在前期办期间和管理局成立之后，他理所当然地承担起了与地方政府打交道的众多协调工作。

抛泥区选划、海砂开采区选划、施工船舶临时防台风锚地选址、施工营地码头炸药运输协调、石材开采协调……为了办下这些建设手续，余烈就像一头老黄牛一样跑遍了政府部门，国土、建设、水利、港务、公安、军队、林业、海洋、渔业……

这些耗费了他巨大精力和时间的工作，本可以由承包单位进驻现场后再自行去办理。诚然，这样做有考虑工期紧张的需要，如果等承包方入驻后再去办证会拖时间。但这何尝不是一种伙伴关系，为了共同建造大桥，管理局从一开始就站在承包方角度想问题。

在朱永灵的主导下，管理局成立后很快就组建了工会部门，党委副书记、行政总监韦东庆兼任工会主席。他们又很快与全国总工会取得联系，费尽唇舌为施工各方争取各种国家级荣誉。

在港珠澳大桥第一批"五一劳动奖章"获得者中，林鸣排首位。他或许并不知道局长朱永灵在荣誉背后付出的心力。

由于林鸣已跻身中国交建的高层领导——总工程师。按全国总工会的意见，项目经理部具有参评港珠澳大桥CB05标九洲航道桥进入主塔施工关键时期，后方为主墩施工人员将饭菜和绿豆汤送到船上，大伙席地而坐用餐，小憩片刻后，马上投入施工

涂装（王超英 摄）

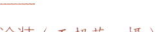

2017年7月13日，海上生活平台（王超英 摄）

清砂工八姐妹（王超英 摄）

打磨工合影（王超英 摄）

朱永灵（右十一）、曾亦军（左七）、孟凡超（右九）、高星林（右八）、刘刚（右五）在《融合与发展——港珠澳大桥法律实践》发布仪式上

资格，而林鸣不是工人而是领导，显然不适合。

朱永灵不甘心，将电话打到了全国总工会经济部，说："林鸣是领导不假，但他在港珠澳大桥也是干活儿的。建设期间，他不在营地上，就在海上。如果林鸣不参评，我们港珠澳大桥全体员工就不参加全国的劳动竞赛了。"

知易行难，当伙伴关系真正落地时，却让管理局不少员工产生怨言，有人埋怨管理局领导太过软弱，有的员工甚至觉得"憋屈""受窝囊气"。

一些不满的情绪在管理局逐渐蔓延。

"强势业主对简单工程是可行的，但是对港珠澳大桥却是无能为力的。业主能力有限，面对史无前例的挑战，在多种方案可行的情况下，我们需要照顾承包人的风险偏好。"朱永灵形容大家就像老鼠钻到风箱里，两头受气，"对内，同事认为我们太软弱。对外，三地政府认为我们没有尽到管理责任，有官员甚至怀疑我们与承包人有利益关系。"

朱永灵进一步解释说："不做强势业主，也不做弱势业主。大型项目容不得意气之争，如果一味按合同办事，工程将一拖再拖，成本失控、质量失控。只要能建成建好大桥，谁的方案性价比高，我们就听谁的。人生嘛，既要能当主角，也要能当配角。"

有单位就有本位，有利益就有博弈。随着工程的推进，管理局与承包人之间的矛盾和冲突越来越多，甚至有承包人"客大欺店"，不尊重业主，不响应业主的合理要求和合法指令。但在质量和安全问题上，朱永灵则展示了强硬的一面。

2014年，朱永灵发现有涂料供应商擅自更换产品并严重短斤少两，好在监理及时发现，没有对工程的产品质量造成重大影响，事后管理局对有关供应商进行了通报批评。

在得知E10沉管对接偏差严重超出设计允许偏差后，管理局立即下达了停工令，并书面要求岛隧项目部马上评估这类偏差对结构安全、水密性、耐久性以及隧道线形、内装的影响程度，在有了初步评估结论后，朱永灵及时申请港珠澳大桥技术专家组召开专门会议进行咨询，提出处理意见和改进措施，同时借助交通运输部质量安全综合督查的契机，督促岛隧项目部规范了沉管隧道施工的相关程序和工作流程，完善了管理制度与质量控制要求，制订了管节脱开、起浮再对接或拖运回坞的应急预案。

尽管岛隧项目部一开始不理解管理局的要求，有抵触情绪，但在管理局的坚持下，岛隧项目部没有意气用事，而是认真分析偏差产生的原因，积极寻找解决方案，在国家海洋环境预报中心和中国航空工业集团第304研究所（简称"304所"）的帮助下，创新性地提出"对接窗口"概念，并将这一概念转换成沉管对接的控制性参数，同时借助304所的技术支援准确掌握了沉管沉放过程中的空间姿态以及三维摆动幅度，有效保证了沉管对接精度。

"宁做丑人，不做罪人。"朱永灵屡屡告诫，"推行伙伴关系和服务型业主的理念符合时代潮流，但有些同事对这些理念的理解出现了偏差，对承包人一味地忍让和迁就并不能获得良好的管理效果。当承包人不按程序操作导致出现严重缺陷时，当承包人消极怠工、恶意违约时，当承包人不履行合同随意更换管理人员时，我们总是考虑施工单位的声誉，不愿作出严肃处理，甚至在信誉评价时都不想伤到他们的面子，其结果是承包人对管理局的指令可以不执行，对已经批准的方案、图纸想改就改，进度计划做到哪里算哪里，合同只是摆设，有利的就执行，不利的就推翻，似乎违约没有成本，失信不需承担责任。我们不必追求强势业主的地位，但我们负有统筹全局的责任，必要的权威必须树立。决不因为承包人给脸色看就违心地接受不合格产品。"

对桥梁文化和工程哲学有所涉猎的刘刚律师将合作伙伴关系解读为"工程社会化"现象。他在发表的论文中如此写道："工程社会化表现为一个工程参与者范围不断扩大的过程，从匠师、工程师、建筑师扩展到会计师和律师，在环评阶段甚至出现全员参与。这就意味着工程不仅是业主的，也是承包人的;不仅是工程参与者的,也是利益相关者以及全体公众的;不仅是当代人的,也是后代人的。"

资金危局:全面建设还是全面停工?

建设工作稳步推进。2014年港珠澳大桥主体工程全线建设进入高峰期,应该是上百家单位的"百团会战"。

然而,意想不到的"资金危机"发生了。

2014年11月的一天,朱永灵将张劲文叫到办公室,希望他代替副局长余烈负责工程现场管理。

"余局怎么了?"

"他爱人给我打电话,说余烈最近精神压力很大,感觉要崩溃了!"

此前,张劲文主要分管钢结构工程、桥面铺装和交通工程三大任务。余烈分管现场施工协调和环保、安全工作。

资金是一切建设工作的保障。如果资金不到位,工程师们也只能"望洋兴叹",空有理想和能力也无法施展。从2013年开始,陆续有参建单位反映施工资金严重短缺,希望管理局重新审核对比实际成本与合同价。

2014年,"资金危机"进一步蔓延。整个主体工程就有4个合同段现场资金出现异常紧张,如果资金问题不能得到及时解决,工程极有可能全面中止。

张劲文回忆说:"港珠澳大桥工程的规模实在太过庞大、技术实在太过复杂、工期实在太长,这一切都超出了业主方前期的预判和施工方的既有经验预估。"

施工现场恶劣的海况、复杂的地质严重影响了施工作业效率,设备费用超支严重。工期长达9年,材料费、人工费大幅上涨。签订合同时人工工资定额为69.2元/工日,实际施工期间人工日均工资已达到280元,涨幅高达3倍。

港珠澳大桥管理局副总工景强博士说:"地质复杂,孤石、漂石、探头石遍布,有些钢管底口都打卷了,锁口打红了。最先遇到施工难题的是广东长大CB04标,当时在打设钢管桩时遇到了风化岩,一个墩台6根钢管桩,基本上每个桥墩都会遇到钢管桩变形问题。"

我查阅过相关材料,说道:"是啊,人工费用也上涨了,材料费用也水涨船高。"

"你说的还不全对。一般高速公路建设,材料、设备、人工按6∶3∶1比例分配建设成本,但海上施工最大的成本是设备费用。海上施工船机装备租金都是按小时算钱的。"景强博士继续解释说,"以长大海升号为例,这个船舶没有动力,它需要4台大马力拖轮来移动它,一天油费就要几十万元。一船人停在茫茫大海,东不着村西不着店,吃喝全靠交通船来回补给。钢塔3000吨重,用专门的驳船运输过来。所以啊,海上施工最烧钱的就是设备了。加上伶仃洋环境复杂,费用超支就在所难免。"

港珠澳大桥是一项巨型的,涉及多专业、多工种、多主体参与的,复杂的系统工程。越是复杂的工程,工序衔接、界面协调越是困难。在港珠澳大桥施工过程中,前后工序衔接不畅,导致停工窝工的现象时有发生,由此对工期、质量、造价产生重大影响。

东、西人工岛上有既有的沉管安装作业队伍、管内装修装饰队伍,也有新进的房建施工队伍和交通工程队伍,东、西人工岛空间就这么大,没有高效合理的施工组织,各项作业都难以顺利推进。CB02标运梁顺序与CB04标吊梁计划没有协调好,运到桥位的一节钢箱梁在海上漂了整整43天,造成CB02标局部出现停工。

120年设计年限标准,也远远超过国内100年设计年限标准。总工程师苏权科坦言,由于缺乏对应的设计使用寿命为120年的定额体系,港珠澳大桥工程造价只能参考现行公路工程造价定额标准编制,概算出现偏差是必然的。

港珠澳大桥建设以来,余烈从未像2014年那段日子那般煎熬,其间九洲航道桥上的风帆塔第一次吊装还失败了。工期迫在眉睫,但资金不到位,参建单位也难以有效组织施工,工程时断时续在所难免。

余烈事后回忆说，调换岗位也是一种权宜之计，是朱永灵向参建单位释放的一种信号，"余烈因为工作推进不力被我们撤职了，希望参建单位也克服一下困难"。

2014年无疑是建设过程中最难熬的年份。1月26日、27日，连续两天农民工围堵管理局讨薪，群体性冲突事件一触即发；3月24日，E10沉管沉放对接的偏差远远超过设计要求；5月28日，162#平台6根桩全部被撞；6月3日，86#平台2根桩遭夜航船碰撞损毁；12月4日，由于CB04标不能按计划完成吊梁任务，CB02标的钢箱梁大节段无处存放，出现窝工情况，继而影响后续标段的施工计划。

一连串的问题对整个管理局团队是精神上的折磨，也是对其意志和毅力的考验。12月1日，工程管理部部长辞职，离开了共同奋斗6年的团队。朱永灵尽管特别注意锻炼身体和疏解压力，也还是经常出现失眠、暴躁、心神不宁、浑身无力等症状。看到关键岗位的同事承受的压力接近临界状态，朱永灵只能用命令的方式强迫他们休假。

临危受命的张劲文开始失眠了。以前他可是"倒头就睡"，闹钟都叫不醒的人。现在，不到5点就醒。他推开门，点支烟，在阳台上远望沉思，直至天明。

上一次因为资金问题可以追溯到2006年，当时整个前期办因为投融资问题差点就地解散。如今，资金问题再次告急，施工企业负责人轮流到管理局"讨债"，"不给钱就不开工"，总经理林鸣甚至也当起了"上访户"。

一天，林鸣带着干粮，和财务负责人到管理局融资财务部办公室，他们抱着"非暴力不合作"的态度，一坐就是一天，中午到了饭点，就吃饼干。但资金对双方来讲都太难了，钱还是要不回来。

为保证工程进度，朱永灵没有墨守成规、踌躇不决，而是积极争取三地政府的同意，在不改变合同框架及合同价款的前提下，积极采取增加施工单位的现金流、提高支付效率、提高预付比例等各种措施缓解资金压力，如此度过了2014年。

但随着工程的推进，朱永灵越来越意识到，过去的手段都是"缓兵之计"，"资金危局"远未过去，管理局必须直面问题并彻底解决。

"合同价格的调整、超过3000万元的工程变更首先必须得到三地政府的同意，这在程序上是绕不过去的。但决策参与方多，决策链条很长，港珠澳大桥的决策层由三地9个部门的成员组成，并不是每个成员都具有工程管理的背景，尤其是港澳成员对内地社会转型期项目管理的一些特点不容易理解，严格要求按合同执行。如今要变更合同相关内容，管理局就面临很大的难题。因为三方都有否决权，我们需要找各种理据与各方沟通，与我们相处时间长的官员沟通起来相对容易，新接触的官员很自然会怀疑我们跟承包人有利益输送。"朱永灵说。

为克服这种三方相互制约的管理架构缺陷，他们只能把问题考虑在前，加强与三地政府的沟通，留出足够的时间供三方决策。2015年新年伊始，在朱永灵的主导下，管理局就向国家发改委、交通运输部、港澳办反复汇报，跟三地政府反复沟通、协调、解释，提出了合同费用评估的工作方案请求，最终港珠澳大桥专责小组第七次会议确定了"尊重合同，深入评估，严格程序，合理调整"的原则。

随后在三地政府和广东省交通工程造价管理站的指导下，管理局分三阶段对施工单位的人工地材、船机设备、大型措施费用进行评估并调整差价，成功保障了港珠澳大桥主体工程的建设资金到位。

在资金缺口困境出现时，施工单位也自行承担融资成本垫资渡过资金缺口难关的责任。中国交建更是将港珠澳大桥岛隧工程列为"零号工程"，多次在工程陷入资金困难时，周转数亿元资金进入项目部账户。

根据《中华人民共和国合同法》规定的原则，"严守合同"是合同履行的基础。但面对出现的风险，管理局没有一味"按合同办事"，不顾实际情况，将成本上涨的全部风险转嫁给施工单位。

正是充分的信任与合作，最终实现了港珠澳大桥主体工程建设完工的目标。互相尊重、共担风险，即使是生死抉择时也不例外。

精调！那一刻他们成为命运共同体

时间重回2017年5月2日，那一天，在100多位记者的见证下，最终接头起吊安装，历经16个多小时的安装，重达6000吨的最终接头在晚上10点左右稳稳地接在了E29与E30沉管之间，依据现场卫星、声呐测量数据，横向偏差只有3—4厘米，符合设计要求。

林鸣回到营地后，一直在等待"贯通测量"数据——一套以光学测量方法建立的测量系统所得的数据，也是最终将被承认的数据，这个数据只有打开最终接头的钢封门后才能获得。以往，获得这个数据只要两个多小时。

第二天早上6点多，还未接到贯通数据电话的林鸣开始感到不安，他拿起电话打给贯通测量负责人刘兆权问道："数据出来了吗？"

刘兆权有些支支吾吾道："贯通数据……对接出现了十几厘米的偏差，可能有17厘米。"

林鸣心头一紧："什么？！"

两个数据相差有点远，刘兆权不敢上报，他颤巍巍地补充说："但仍在可控范围内，沉管安全不受影响。"

17厘米，对于壁厚1.5米的沉管来讲，似乎也不是一个问题。根据设计要求，沉管对接精度应控制在7厘米以内。林鸣召集大家紧急重返现场。

朱永灵也接到了林鸣的电话："对接不理想，请朱局也一并到现场研判。"朱永灵

拿起电话就拨给了总工苏权科和总监张劲文："走！我们到最终接头现场去看看。"

施工以来，为了给现场指挥充分的自主权，减轻施工方的压力，朱永灵通常不会去现场，而是在办公室密切关注着。但当承包方出现重大问题的时候，他都必须奔赴现场，这是他给自己定的规矩。

"津安3号"安装指挥船上，大家神色凝重，几小时前这里还在举行庆典，烟花绽放。项目管理方、施工方、设计方、监理方、设备提供商代表围坐在一起，最终接头还要不要精调一次？大家各抒己见。

"17厘米偏差也没啥问题，只要后期铺装做好，完全看不出来，也不会影响行车。"

"最终接头安装也需要'时间窗口'，不是想什么时候安装就什么时候安装。如果'时间窗口'错过了，再安装风险就很大。"

"如果再来一次，万一结合腔里的压力与隧道外水压不平衡，沉管的关键部位顶推系统，密封门就会受到冲击。虽然理论上，最终接头可逆向操作，但我们对逆向操作过程中带来的风险也没有实操的预案。"

"厄勒海峡隧道就曾发生过类似事件。施工中，尽管工程技术人员一步步按照技术规程来操作，但鬼使神差，一段管节就是因为密封门破裂而沉入海底。"

"新华社、中央电视台等中外媒体已经向全世界播发了成功合龙的消息，再来一次会不会认为我们昨天失败了？"

"将GINA止水带重新再压缩一次，从理论上说水密性是没有问题的，但是我们的纵向间距、平面转角、竖向位置、竖向转角、GINA止水带压缩情况及止水效果都很完美。为了一个精准对接度，意味着将这些来之不易的完美结果全部重新置于不确定性之中，所以我倾向于不要再重新对接了。"

精调并没有那么简单，它意味着顶推系统、止水带、临时止水闭合腔等一系列的逆向操作，在深不可测的茫茫大海，操作安全是否可控，稍有不慎，就会万劫不复，7年辛苦的成果可能毁于一旦。

岛隧工程副总监理周玉峰说："最终接头安装既没有先例，也没有国家标准可以参照，如果管理局和总设计师允许这样的偏差值并且放行，作为工程监理，我也会同意。但是，根据港珠澳大桥验评标准，在信誉评价的时候要对工程扣质量分。缺陷就是一个不合格项，势必成为5.6公里沉管安装的败笔。"

这一讨论就是7个小时。最终决定权交到了朱永灵、林鸣手上，他们的大脑也在高速运转。

林鸣对细节有着近乎偏执的"执念"，他不希望看到自己的工程在最后关头留下"败笔"，他希望交出一份完美的答卷。他坚决推倒重来。

终极压力传到了朱永灵身上。

作为项目业主负责人，朱永灵可谓进退维谷。如果不同意精调，他可以签字画押向上交差。如果他同意精调，出了事故责任将由他承担。

就在前一天晚上，他已经编发短信报告了国家发改委和交通运输部，"顺利对接，满足设计要求"。这意味着中共中央办公厅、国务院办公厅也获悉了消息。

要不要上报呢？

如果上报，领导会很重视，可能成立专家组过来分析论证，专家组的结论可能还要等更高层级来拍板。那时间可能拖得更久，打乱了工期。

殷鉴不远，E10沉管安装后横向偏差为9厘米，超过设计标准4厘米，一度超出了当时科学的认知范畴。上级部门成立"督察组"，这是交通运输部自成立以来第一次对一个工序进行督查，林鸣、刘晓东、高纪兵总工办主任3人需要配合调查。4个月里，陪调研、递材料、解释，无休无止的配合甚至让高纪兵提出"不干了"。后来查明是深水深槽内海流出现了"紊流"变异现象带来的水平错位造成的。

伶仃虹起　逐梦港珠澳大桥

林鸣

林鸣指挥最终接头安装

"振华30号"巨大的吊臂吊起重达6000吨的最终接头,将其平稳吊离"振驳28号"运输船,吊臂开始旋转

朱永灵

2017年5月2日,港珠澳大桥沉管隧道最终接头顺利吊装(李建束 摄)

此时，留给项目部的"时间窗口"并不多。负责三方协调的余烈也一次次接收到香港机场方面的询问："既然对接成功了，为什么还不移走'振华30号'？"由于吊装最终接头的"振华30号"吊臂超出航空限高，香港机场依然处于航空管制之下。

如果不上报，朱永灵属于自作主张。时机虽不耽误，但风险是，万一事情搞砸了，大桥将陷入不可挽回的困境，"知情不报"将追究朱永灵个人的责任，甚至给他扣上"欺骗中央"的大帽子。

抉择时刻显担当。朱永灵决定：暂不上报！他要支持林鸣。

作为旁观者，现在已很难再现当时朱永灵局长与林鸣总经理复杂的心理状况。就这样，在确保液压顶推系统与密封止水系统可逆向操作无误后，本着对历史负责、对大桥负责、对完美负责的两位主帅达成共识：同意精调，责任共担。

那一刻，他们成为命运共同体。

"重新对接"的逆向操作，意味着把已经沉放的最终接头重新吊起来，工程师们要做的第一件事是把已经打开的钢封门重新焊死，往结合腔里重新注满海水，使结合腔的水压与外部海水的压力相同。

躲藏在暗处的风险伺机而动，没想到精调第一步就让人胆战心惊。当结合腔灌水加压至16米时，一扇封门焊接处崩掉了一个缺口，海水见缝就钻，水柱有5—6米高，就像高压水龙头一样，工人冒着生命危险，就着地上的雨衣、棉衣去堵水。林鸣紧急下令暂停灌水，并将已经注入的400多立方米水排干，重新焊接封门。第二次注水加压时，海底突然传出"砰砰"巨响。事后监测是一处钢板被水压得变形了。现在听来是故事，但当时分分钟都可能酿成事故。

经过40个小时的连续施工，4日20时43分，最终接头以2.5毫米的偏差实现了一次完美对接。"史上最难"的岛隧工程至此基本成型。

回首过去，林鸣已数不清与朱永灵发生过多少次争执，拍过多少次桌子，动过多少次肝火，犹如火星撞地球。

一个如火，严厉、执着、强势，眼睛不容沙子，他是林鸣。

一个如水，柔和、沉稳、包容，管理充分放权，他是朱永灵。

无数次，面对超出合同范围的环境变化，林鸣都可以撂挑子不干了。

无数次，面对林鸣的不依不饶，朱永灵可以不闻不问，让他自生自灭。

不过，他们并没有。在争执中，他们放下意气之争，坚持着自己的坚持，只为了同一座大桥，为了一个辉煌的目标，将港珠澳大桥建成世界一流的桥梁标杆。

2018年1月16日，庆功宴上，朱永灵突然举起酒杯，走向林鸣。

两位豪杰将酒杯郑重地碰到了一起。林鸣对朱局的感激溢于言表。英雄重英雄，好汉惜好汉。

有人评价，林鸣对施工细节的执着，对完美的苛刻追求，为港珠澳大桥树立起高标准的质量标杆，成就了港珠澳大桥在世界上的影响力。

有人评价，朱永灵宽广的胸怀和管理模式，提供了一个辉煌的舞台，成就了林鸣和岛隧工程。

兵无常势，水无常形。

回顾实现宏伟建设目标的过程，不得不承认，建设目标实现的第一步且是最为关键的一步，是成功选择优质的实施单位并构建同舟共济的合作伙伴关系。

朱永灵说："工程是人造物，造物先造人。"

张劲文说："工程管理，照见人性、格局和境界。"

第九章 "一流品质"背后的国家科研力

低造价如何确保120年使用寿命?

这是一次深谋远虑的谋划。

这是一次高瞻远瞩的航行。

历经15年筹划与建设,港珠澳大桥已成为当代中国桥梁领域的里程碑,开启了桥梁强国的新征程。

习近平总书记说:"发展是第一要务,人才是第一资源,创新是第一动力。"(据新华社2018年3月7日报道)港珠澳大桥就是中国坚持发展是硬道理的结果,更是创新驱动发展集大成的体现。

2004年7月,42岁的苏权科被任命为港珠澳大桥前期工作协调小组办公室技术负责人时,内心激荡,又有稍稍不安。

激荡的是,港珠澳大桥充满诱惑,是每一个工程师都想攀爬的高峰。他曾参加了厦门海沧大桥、汕头海湾大桥、台山镇海湾大桥等3座跨海大桥建设,就是为了储备经验圆自己的"中国梦"。

不安的是,他还缺乏沉管隧道方面的经验储备。又何止是他,绝大部分中国工程师在沉管隧道面前都是青涩的。为了弥补隧道建设经验的不足,他第一时间就找到了广州地铁总公司总工程师陈韶章,向他讨教。

港珠澳大桥技术之难,世所罕见。作为总工程师,苏权科需要主持工程在设计、建设等不同阶段的技术管理和科学试验研究工作。

作为横跨三地的跨海大桥，港珠澳大桥的设计应该采用什么标准？这是苏权科必须直面的首个问题。

苏权科说，确定标准体系，犹如搭一个框架，只有框架确定了，原材料性能、施工规范、运营维护、费用造价等下一级标准才能随之确定。

经粤港澳三地政府商议，本着"就高不就低"的原则，港珠澳大桥采用了香港标准——120年设计使用年限。围绕120年反复论证，苏权科带领团队提前做了五个标准——设计标准、施工规范标准、质量检验评定标准、运营维护标准和费用标准，然后逐步细化完善。

"'120年'可不是一个数字变化那么简单，它意味着对国内一整套既有桥梁标准的修订，否则将来项目验收时将'无标可依'！"苏权科说。

我问苏权科："既然香港沿用英国标准，我们可以采用'拿来主义'直接套用在港珠澳大桥身上吗？"

苏权科笑了笑，说："如果照搬照抄香港标准，我们先不说技术是否合适，但至少造价就超标了。香港造价的成本是内地的2.5倍。"

"既然要造这么一个举世瞩目的工程，充足的预算也是应该的吧？"我继续问。

苏权科答："每个项目都有自己的定额体系，我们把港珠澳大桥的各个指标输入一套软件系统，会自动输出工程概算。如果我们的造价超过了这个标准，工程可行性研究阶段可能大桥项目就立不了项。所以这是一对很大的矛盾，需要我们去攻克。"

毋庸置疑，21世纪之初的中国已经是一个桥梁大国，在世界大跨度悬索桥、拱桥和斜拉桥跨径排行榜上名列前茅，数量也居于领先地位，但结构变形、墩台开裂等一些常见问题也不容忽视。苏权科在担任广东省交通工程质监站副站长期间，一些工程的质量更是让他触目惊心。

前期办深深地感觉到，如果按照既有的技术和管理水平来建设一座超级跨海大桥，上述问题只会愈演愈烈。苏权科是中国第一批监理人，曾牵头制定了广东省监理行业规范和标准。在参与汕头海湾大桥等3座跨海大桥的监理过程中，他越来越深刻地认识到，如果要建好一座桥，必须要求业主方保持高远的境界和品质意识。

在一场又一场的调研、一次又一次的座谈中，苏权科和他的同事发现，中国与世界一流的跨海大桥的差距是系统性的，从建设理念、规范水平、材料差异，到施工方法、工艺设备，再到管理、维护策略。

——我国当时桥梁设计规范所采用的承载能力仅为国际通用设计规范给出的2/3左右，再加上公路车辆违规超载十分严重，更加促使桥面结构过早损坏。

——在反复冻融和盐类侵蚀的环境中，钢筋保护层最小设计厚度尚不到国际通用规范规定的一半；对结构材料的品质、公差等方面的要求较宽。

——与国际通用的设计规范相比，按我国规范设计的混凝土结构锈蚀的实际使用年限，除了室内长期干燥的环境条件外，大概仅及国外的1/4。

——国产钢筋的强度等级偏低，国外的主体钢筋强度要比我国高出约100 MPa。钢筋过密直接导致振捣不充分严重影响混凝土质量。

——混凝土技术落后，混凝土生产仅能提供强度和坍落度两个指标，难以提供不同技术性能的混凝土，无法满足不同用途和不同环境条件的需要。

——整个设计界长期重计算、轻方案，忽略细节，过分依赖规范，不大善于根据工程的具体特点去解决问题。

——跨海大桥的主要施工设备还是依赖进口，同时在大型设备的掌握、运用和管理方面，仍待加强。

——我国土建工程施工一线工人的素质较低，施工管理水平不高，难以及时有效消除人为差错。

…………

"更具挑战性的是，可供研究的基础资料缺乏积累和梳理，"苏权科有些无奈，"我们根本无法从不同环境作用下已有的工程实践中，得出系统的较完善的经验性结论供相同区域后续工程参考。"

"业主的境界和眼光决定了工程的建设水准。"苏权科想起了交通运输部副部长冯正霖的嘱托。为了完成国家交代的任务，他需要和团队一起制订一套有境界、有眼光的技术方案和标准。

改变从港珠澳大桥开始，苏权科和他的团队将他们的雄心壮志全都寄托在港珠澳大桥身上。此刻，经过改革开放近30年的发展，中国经济快速增长、科技水平和装备制造能力不断提升，给了他们底气以世界眼光谋划这座大桥。

毫无疑问，港珠澳大桥的建设历程见证了中国日益增长的实力。从多快好省的建设理念到精品工程的目标追求，这一转变的基础是国家经济实力的提升：国内生产总值从2003年近14万亿元增长到2018年突破90万亿元，高铁、公路、桥梁、港口、机场等基础设施建设快速推进，青藏铁路、杭州湾跨海大桥、高速铁路网等诸多超级工程建成，天宫、蛟龙、天眼、悟空、墨子、大飞机等重大科技成果相继问世。经济实力的增长是中国特色社会主义道路优越性的成果。国家综合实力的保障，做精致的传世工程成为管理者和建设者追求的共同目标。

港珠澳大桥是品质大桥，有"质"更要有"品"。品位是一个民族审美在工程领域的集中体现。

苏权科不仅要考虑大桥的坚固、耐久、安全、经济、适用，还要考虑桥梁的景观价值。换句话说，既要耐用还要好看。"千桥一面"是港珠澳大桥前期团队无法向民族交代的，也是无法向历史交代的。

"这意味着在前期论证阶段，我们就必须重视工程的结构设计，注重新材料的应用，采用先进的施工装备，改进传统的施工工艺，设计、施工、护养各个环节都要做好规划和控制工作，关键瓶颈则通过立项搞科研的方式解决，最终形成港珠澳大桥的专用标准。"苏权科如是说。

"前期科研工作看似'凌空蹈虚'，实则具有引领性、前瞻性之效，可谓牵一发而动全身。"为了应对港珠澳大桥建设和运营过程中可能出现的风险，尽量减少意外损失，并提高工程质量和水平，苏权科带领团队编制出了涉及150多个课题的《港珠澳大桥科研规划纲要》。

高强钢筋及耐腐蚀钢筋研发、精确测量定位技术、混凝土抗渗等级、原材料料源规划……一系列涉及的关键技术、工艺工法和材料列入了论证和研究中。

风、浪、流、腐蚀等恶劣的海洋环境条件，对桥梁建设的常规方法、设备、工艺和材料等提出了革命性的挑战。为了获得长序列数据，在苏权科的超前谋划下，一座座测风塔在海中建起，一个个测浪仪沉入海底。

"土壤、大气、海水这些基础性数据非常重要，关系后面的科研攻关和设计标准。"苏权科说，"工期紧张，我们不可能在建设时遇到困难了才想着去找参数，那工期就来不及了，一切都要前瞻性布局。"

从钢箱梁、承台墩身，到沉管隧道、人工岛，港珠澳大桥工程最终都被分解成一个个可施行的设计施工方案。谁能想到，工程建设背后已开展了一项项科研论证，他们仿佛在试验中再建了一座港珠澳大桥。

夏日的夜晚，迎着轻缓的海风，伴着起伏的涛声，绵延不见终点的灯带静静地斜穿洋面。

港珠澳大桥前期策划和准备的那段日子，苏权科没日没夜地与研究设计单位的人员待在一起，每一个计划方案的敲定都伴随着科研保驾护航。

在整个港珠澳大桥工程可行性研究阶段，51项课题在苏权科的总负责下被一一攻克，涉及水文、气象、地质、地震、测绘、环境、工程技术标准及要求，设计施工及营运管理规范等各个方面，形成了4个项目专用技术标准。

从香港大屿山俯瞰港珠澳大桥（郝晓天 摄）

总工程师苏权科在岛隧工程段调研

俯瞰港珠澳大桥沉管隧道，如神龙摆尾

港珠澳大桥（文燕 摄）

沉管隧道过渡段减光罩（郝晓天 摄）

承台深埋：只为10%的阻水率

相比现场施工的"战风斗浪"，港珠澳大桥的技术攻关少了一些"刀光剑影"，似乎也缺乏惊心动魄的时刻。但没有关键技术的阶段性突破，港珠澳大桥施工或将徒留勇气，诚如林鸣所说，"始终要保持对科学的敬畏"。

时隔10余年，苏权科依然对那段与珠江水利委打交道的日子记忆犹新。

阻水率，是珠江水利委对港珠澳大桥设计方案提出的要求，这也是他们无法绕开的技术门槛。伶仃洋是一个典型的弱洋流海域，江水每年从珠江口夹杂着大量泥沙奔涌入海。在这里建桥，桥墩会像一道道挡水篱笆，影响水流的通过。阻水率超过一定限度，泥沙就有可能被阻挡沉积。

苏权科代表前期团队与珠江水利委反复沟通。由于缺乏既往案例和经验，珠江水利委对阻水率红线也没有具体要求，只是原则性要求前期办提出方案后再进行比较。

为了最大限度降低阻水率，苏权科带领团队先后与珠江水利研究院、南京水利科学研究院和天津水利科学研究院一一进行对比研究，不断优化桥岛隧方案。从桥梁各部件看，影响阻水率的为人工岛、桥墩以及隧道。由于隧道为深埋可忽略不计，真正影响阻水率的就只剩下人工岛和桥墩了。

"隧道模式决定了人工岛的长度。盾构隧道要求人工岛长度超过1公里，而沉管隧道显然更短。"苏权科回忆说，"采用沉管隧道技术后，岛屿长度控制在了625米，比最初设计方案降低了400米，岛屿形状也呈流线型。"

此时，港珠澳大桥对珠江水文环境的影响也引发了轩然大波。2008年，11名水利专家联名上书国家发改委,认为港珠澳大桥的建设会导致泥沙堆积,让伶仃洋在岁月流逝中变成一片冲积平原。

苏权科团队加快了步伐,再次带着10多项优化方案向珠江水利委汇报,供他们决策参考。在不断磋商中,迫于外界压力的珠江水利委提出了一个更为苛刻的条件:阻水率不能超过10%!

"当时我们也蒙了。在我们提供的阻水率方案中,有各种排列组合,没想到珠江水利委不在方案内做选择题,而是另外出题。"苏权科回忆说。

头皮有些发麻的苏权科只得带领团队继续优化方案。人工岛长度已经一缩再缩,桥墩个数也一减再减,从300多个减少为224个。经过无数次商榷,"深埋承台"方案产生,将连接桥墩的承台全部深埋到海床以下。

10%阻水率由此解决。但一环套着一环,"埋床式"承台方案确定后,如何施工又成为苏权科不得不考虑的新课题。

苏权科团队想到了"钢管复合桩"技术,当然,这并不是港珠澳大桥的独特发明,国外一些大桥也用过,但没有考虑钢管与混凝土的共同作用。如此体量和如此水深的海上作业,复合桩技术需要采取新的设计和工法。

要知道,将6根直径超过2米的钢管插入海床以下近百米深,还要保持极高的垂直精度,否则,任何一根钢桩的偏离都将导致预制的承台无法穿孔而入。

传统桥墩的建造是先打桩再现场浇筑,桩左右偏离一些,不会影响到桥墩的放置。现在采用预制桥墩承台的方式,承台在工厂里预制好,桩打好后再把承台套上去。如此一来,桩稍有偏离,承台就套不上去,因此对打桩的精度提出了更高的要求。

他们想到了液压振动锤振沉技术。穿孔问题解决了,止水问题又来了……

"每走一步都是新的一步。"苏权科常常感叹,"港珠澳大桥任何一个细节的变动,都是一场巨大的技术攻坚。"

如今，俯瞰港珠澳大桥，大桥蜿蜒，逶迤曲美。"这何尝不是阻水率的考虑，"苏权科说，"珠江口每一处的水流方向都不一样，在工程建设时，就必须将桥墩的轴线方向与水流的流向大致取平，取平才能最大限度减少阻水率和避免船撞。"

伴随项目的推进，苏权科担负的科研协调工作愈加繁重。2009年3月，港珠澳大桥工程进入初步设计和技术设计阶段，一项项施工方案、施工标准都需要建立起来，比起前期勘察设计，此阶段任务要求更细、更紧张。

不知多少个夜晚让苏权科一筹莫展，烟点了一根又一根，"烟瘾"越来越重了。港珠澳大桥规模实在太过庞大，遇到的技术难题也实在太多。苏权科和初步设计牵头单位中交公规院也意识到，仅仅靠业主与设计单位的力量，不足以攻克。

那段时间，苏权科和中交公规院总工程师徐国平一道，专程到北京拜访交通运输部科技司副司长张延华，坦承技术难度和工程风险，争取国家层面的支持。

与此同时，苏权科也开始谋划在全国范围邀请科研单位、施工单位参与课题方案研究。就海中人工岛这一课题，他首先把电话打给了中交三航局局长方彦。

苏权科说："课题方案研究没有报酬，管理局最多只能出一些会务费。"

"没问题，这是世纪工程，能够参与是三航局的荣幸。"方彦打消了苏总工的顾虑，并安排了得力干将副总工程师时蓓玲负责。

就这样，在港珠澳大桥的"光环效应"下，中国桥岛隧工程领域的设备制造单位、材料供应单位、科研单位云集北京，围绕港珠澳大桥面临的世界级难题开始了课题方案初步研究。

"看不见"的国家科技支撑

2010年7月,国家科技支撑计划"港珠澳大桥跨海集群工程建设关键技术研究与示范"由交通运输部和科技部联合立项实施,项目共5个大课题19个子课题。

"这是国家举全国科技之力来应对港珠澳大桥关键技术和关键装备的突破。"苏权科表示,"这也成为交通运输行业第九个得到国家科技支撑计划支持的项目。"

苏权科被任命为国家科技支撑计划项目领导小组办公室主任。参研单位包括21家企事业单位和8所高等院校,形成了以企业为龙头,产学研结合,覆盖桥岛隧工程全产业链的500余人的研发团队。

五大课题包括:

一、外海厚软基大回淤超长沉管隧道设计与施工关键技术,课题负责人是徐国平。

二、外海厚软基桥隧转换人工岛技术与施工关键技术,课题负责人是中交三航局副总工程师时蓓玲。

三、海上装备化桥梁建设关键技术,课题负责人是中交公规院副院长、设计大师孟凡超。

四、跨海集群工程混凝土结构120年使用寿命保障关键技术,课题负责人是中交四航工程研究院总工程师王胜年。

五、跨境桥岛隧集群工程的建设管理、防灾减灾及节能环保关键技术,课题负责人是苏权科。

3个月后,交通运输部又成立了港珠澳大桥技术专家组,中国国际工程咨询公司原总经理、原交通运输部副部长胡希捷担任技术专家组顾问。交通运输部副部长冯正霖担任专家组组长,交通运输部总工程师周海涛、徐光,原总工程师凤懋润为技术专家组副组长。

由41名成员组成的技术专家组中,内地专家37

名、香港地区专家2名、国外专家2名。分设桥梁组、隧道组、人工岛组、水上安全组，成员囊括了7位特邀院士。技术专家组办公室就设在港珠澳大桥管理局总工办。

苏权科既要兼顾设计、材料、装备等各领域，带领团队解决技术难题，又要组织协调，听取各方面意见制订方案，让研究者了解一线实际，让建设者跟踪科研进展，推动科研与生产一线的沟通交流。

8年间，应对大桥建设挑战，5个课题、57项专题获得了突破行业技术瓶颈制约的研究成果，形成了包括设计与施工技术、设计分析与施工控制软件、设计与施工指南、工法与专利、跨境项目管理等跨境桥岛隧集群工程建设与管理的核心技术，在超级工程建设中发挥了独有的科技支撑作用。

8年间，技术专家组共召开了10次会议，协助攻克了高精度钢管桩打设、大体积墩台安装、大型钢圆筒吊装、异型钢索塔吊装施工方案等技术难题，在干法施工、双船吊装等关键工艺的实施中给予了非常宝贵的意见。90多岁高龄的孙钧院士，更是30多次深入项目现场，为大桥排忧解难。

混凝土结构120年寿命耐久性课题由王胜年负责。他是中交四航工程研究院总工程师，从事混凝土耐久性设计研究20多年。

港珠澳大桥位于环太平洋地震带，又长期暴露在高湿、高盐、高温的海洋环境下，耐久性和抗震性是设计施工首先需要解决的技术问题。

港珠澳大桥工程最重要的两大主材是混凝土和钢结构。在海洋环境下，钢筋锈蚀和混凝土开裂海蚀早期破坏是行业通病，要建成一流工程，必须借助科研的力量来攻克这两大行业痼疾。

"如果依靠传统经验和规范来设计混凝土结构，港珠澳大桥120年的寿命将无法保证。"苏权科与老前辈潘德强等人反复商讨了研究目标和技术路线，将科研攻关的重担交给了王胜年。

在海洋环境下，潮汐、浪溅、盐雾及温湿度等影响混凝土耐久性因素较大，侵蚀过程复杂。作为项目总负责人和课题负责人的苏权科与王胜年，对影响工程耐久性的根本问题梳理排查，带领团队进行了广泛的试验和充分的论证，决定用可靠度理论进行耐久性设计。

要做可靠性设计，就必须建立寿命计算模型。由于海水中的氯离子在混凝土渗透中遵循菲克第二定律，研究团队需要通过实验获得氯离子的渗透参数。

湛江港暴露试验站就有他们需要的"宝贝"。20世纪80年代，不少建成不满30年的海港工程，纷纷出现严重腐蚀问题。混凝土的耐久性问题引起了国家重视。随后交通部在华北、华东、华南建立暴露试验站。

年逾八旬的潘德强，是交通部重点实验室首席专家，中交四航工程研究院原院长。早在汕头海湾大桥建设时，他便与苏权科合作研究混凝土抗腐蚀性问题。

潘德强是最早建议建立暴露试验站的先锋，也是湛江暴露试验站的第一代维护者。没有经费支持，凭着一份责任心，湛江暴露试验站被他保存了下来。他坚信，耐久性涉及国家基础设施寿命问题，意义重大。

王胜年属于湛江暴露试验站的第二代维护者，参加工作至今，经常驱车600公里前往那里。30年来，湛江暴露试验站里陆陆续续放了100多种、2000多件混凝土试件，至今已积累了上万组实验数据。

在薪火相传中，湛江暴露试验站的数据终于有了用武之地。因为两地的地理位置、气候、水文、水质及腐蚀环境都极为相似。近30年积累的数据可以为港珠澳大桥混凝土长寿命计算模型提供准确的参数。

根据这些宝贵的数据和成果，清华大学教授李克非和助手李全旺带领科研团队开始了基于可靠度理论的港珠澳模型计算。

港珠澳大桥主要混凝土构件有沉管、承台、桥墩、箱梁等8种，这8种构件的14个主要部位又分别处于大气区、浪溅区、水位变动区和水下区4种不同的环境。

经过一年的艰苦努力，王胜年团队获取了与寿命具有定量关系的主要参数，并确立了保护层厚度和氯离子扩散系数之间的对应关系。港珠澳模型由此建立。迎面而来的却是与设计联合体成员单位——英国合乐公司的技术交锋。这是一家国际知名的工程咨询公司，具有欧美多个桥梁工程的设计经验。首次交锋大家各执己见，谁也无法说服对方。

苏权科紧急召开课题组会议，必须要找到充分的证据。他们发现，英国合乐公司提供的报告数据主要是基于室内试验获得，而港珠澳大桥工程一定要基于工程所需的环境和原材料，且欧美海洋环境与伶仃洋也不同，因此不可能将欧美模型复制过来。

找到问题症结后，双方就计算模型参数进行反复对比分析，经过10余次交锋，在翔实的数据面前，英国合乐公司和设计联合体牵头单位中铁大桥院最终认可了课题组的研究成果，其他设计单位也陆续认同并采用了课题组提出的设计方法。

科技创新是港珠澳大桥的"灵魂"。除了列入国家科研支撑计划的五大课题，港珠澳大桥管理局、设计单位、施工单位均设立了多个科研攻关项目。

苏权科说："港珠澳大桥没有为了创新而创新，每一个创新都是逼出来的结果。创新依托于项目，最终又服务于项目，是将创新与实践结合得最紧密的工程了。"

从西人工岛缓缓而下，经过短暂而流畅的遮隧道入口减光罩顶，一条全长约6.7公里的海底隧道豁然出现在眼前。隧道内恒温，通风标准与公路隧道无异。同时，隧道内全部采用LED灯照明，光线柔和，用户行车见光不见灯，感觉舒适。

隧道分左右各三车道，中间的服务管廊也是紧急通道。行车洞两旁侧壁上方每隔一段距离就有一节红色消防管道，上面每隔一米左右就有一个智能喷洒龙头。一旦隧道内烟雾或温度到达一定程度，这些消防水龙头就会通过感应自动打开。

为了解决港珠澳大桥运营安全问题，苏权科联合招商局重庆交科院展开科技攻关，他们将工程防灾减灾难点聚焦在海底沉管隧道上，为此专门修建了一条150米长的足尺沉管隧道进行试验。

隧道发生火情如何控烟？如何控制火势蔓延？首席专家蒋树屏带领团队开始对大巴、中巴、小汽车轮番进行燃烧试验，并安装了491个温度传感器、10路摄像机和15路烟雾流速仪，从而快速采集隧道内的温度、烟雾流速和烟雾厚度等一手数据。

"做第一遍时，三分之一的仪器都坏掉了，于是停下来，再做一遍。我们把不同火灾工况下的试验规模从最初的20兆瓦一直提高到50兆瓦，一做就是3年多。"蒋树屏回忆说。最终形成了港珠澳大桥防灾减灾的成套关键技术，确保了使用者的安全。

在这支庞大的科研队伍中，处处都闪烁着同济大学、清华大学、中山大学、华南理工大学、西南交通大学、东南大学等数十家高校人员的身影，这些高校的顶尖专家孜孜以求、挑灯夜战，支撑了港珠澳大桥的建设。

谢永利教授在长安大学地基沉降实验平台做隧道管段接头试验时，对沉管模型浇筑倾注了大量心血，很少有人知道他的两位亲人正是在这期间相继离开人世，而他却仍然坚守在科研岗位，没想到第一次沉管管段模型浇筑以失败告终，上百万元的资金和几个月的研究时间付诸东流。

同济大学教授白云首次利用红外温差成像原理，通过模拟试验，研发了一套沉管隧道接头渗漏水的"智能监测"设备。他们利用水温与隧道环境温度的差异，在红外成像后通过数字化处理，从而辨别沉管是否漏水。

止水带是沉管隧道的生命线。湖南株洲时代新材料公司自主研发出了使用寿命达120年的氯丁橡胶止水带，填补了国内空白。尽管最终没有中标岛隧项目部，但它的横空出世，让荷兰公司大幅下调了价格。与此同时，该公司还研发出了世界上尺寸最大的高阻尼橡胶隔震支座，有效降低了桥墩与桥面面对台风、地震产生的冲击力，仿佛"定海神针"。

....

在举国关注下，港珠澳大桥创造了无数个"世界之最"：世界最长的跨海大桥、埋深最大的海底沉管隧道、超长钢结构、"桥—岛—隧"集群方案、世界上最大的沉管预制工厂、世界首创的深插式钢圆筒快速成岛技术、世界首创的海底隧道半刚性沉管结构、大型钢塔整体吊装……

给大桥装上智能的"眼睛"

2017年12月31日是一个非常特殊的日子，这一天晚上6点半，港珠澳大桥管理者、建设者代表在东人工岛珠海与香港分界线不远处举行了一场简短而热烈的"港珠澳大桥主体工程全线亮灯仪式"，这也标志着港珠澳大桥附属交通工程正式完工。

如果说壮观的桥、岛、隧是港珠澳大桥的"骨架"，那么供电、照明、通信、收费等系统就是大桥的"灵魂"。

港珠澳大桥的交通工程十分庞大和繁杂，包括收费、通信、监控、通风、照明、供配电、给排水、消防等12个子系统。正是它们给大桥擦亮了眼睛，装上了耳朵，畅通了神经，使大桥变得美丽、畅通而智能。

在以往的工程项目中，交通工程通常采取单项招标的模式，但港珠澳大桥却采取集成招标方式，这意味着搭建这个整体"巨型系统"的重担统统落在了一个单位的头上，这对承建单位绝对是高难度的挑战。

"由于大桥体量巨大、系统复杂，系统之间数据相互交叉及设备之间的接口众多，连接复杂。项目开工前,项目部即展开项目攻关,并与港珠澳大桥管理局形成共识,决定首次将高铁四电系统集成技术移植到公路大桥的机电安装工程中。"蔡俊福说。

中国铁建电气化局副总经理蔡俊福,2014年出任港珠澳大桥交通工程CA02标项目经理。他有近10年的"修高铁"经历。2009年,蔡俊福上调集团任副总工程师,协管全局客运专线的施工生产,几乎参与了集团公司所有350千米/时高铁客专(客运专线)的施工生产管理。高铁"系统集成"的复杂程度为行业所公认,蔡俊福通过这段经历积累了颇多经验。

为把最先进的高铁系统集成技术与高速公路机电系统有机衔接,项目部研发构建了专属于港珠澳大桥的全寿命周期集成BIM(建筑信息模型)系统。他们历经两年时间,补充了数以万计的数据将系统逐步完善。

"如果某个点发生火灾,视频监控将随时捕捉,信息传递到监控终端,警报在几秒内就会响起。"蔡俊福说,"这一BIM系统不仅能满足施工需要,未来还将在运维方面继续发力。"

收费系统兼容内地与港澳三种模式是技术人员必须克服的一道难题。内地车牌格式统一,港澳车牌五花八门;内地车辆实行ETC(不停车电子收费系统)国标收费模式和人工收费模式,而香港车辆实行快易通收费系统。

"两种模式的制式完全不同,而在桥上混跑的三地车辆又必须一次快速完成计费。"蔡俊福说,"两种收费模式的软件和代码区别很大,要使二者兼容,如同在血型和组织相容性较低的两人间进行器官移植,难度可想而知。"

为实现两种制式兼容,项目部租赁了两辆香港、澳门牌照的车辆,在驻地进行收费车道第一阶段测试。测试内容包括单车道16种跟车测试、单车道各种倒车情况测试、各种异常交易情况测试和车牌识别系统测试。

"收费系统兼容说起来容易,做起来非常复杂。收费系统的接收发射天线放在什么位置,如何避免相邻车道之间的信号干扰，如何做到兼容内地与香港车辆的不同设计，这些都要经过上万次的测试。"蔡俊福说。

经过反复测试及软件修改，港珠澳大桥收费系统创造性地在ETC车道兼容了香港快易通和国标ETC，在同一车道设置国标ETC和香港快易通两套天线，这在国内尚属首创。

经过累计1110次的模拟测试，车牌平均识别率从不到30%提高到96.7%，平均识别时间从500毫秒缩短到337毫秒。收费系统也成为大桥交通工程三项顶尖技术之一。

港珠澳大桥上的青州航道桥，巨大的"中国结"造型蔚为壮观。很少有人注意到"中国结"附近桥面，有一片是用长约1.7米、与大桥等宽的折叠式材料铺设的。

受大风、温度、车辆等多种负荷作用，大桥会发生一定位移，必须要每隔一定距离设置伸缩缝。而各种电缆在通过桥梁伸缩缝处时，会承受较大的张力，易造成金属护套断裂与绝缘损坏，给大桥的通信与照明带来故障。

蔡俊福团队联合相关设计院和设备厂家展开攻关，破解了一个又一个难题。通过对定制的电缆伸缩装置进行大幅改进，并运用各类试验手段，历经5个月的安装调试和近一年的运行观测，使应用于港珠澳大桥的4种伸缩量、7种安装形式的74套电缆伸缩装置全部满足设计要求。

"如今，装配在港珠澳大桥上的电缆伸缩装置，既能满足桥梁的自身条件，又能满足电缆弯曲半径、设备抗震要求，在国内外同类型产品中处于较高水平，填补了国内广东长大桥梁电缆相关技术空白。"蔡俊福说。

从锂电池（EPS/UPS）大型应急电源系统，到桥梁超大伸缩缝供水管道伸缩方案，再到桥梁翼缘下侧给排水管道安装作业平台车，蔡俊福领衔成立了7个科研课题研发组，申报专利数十项，多项课题填补了国内空白。

苏权科表示，创新需要保持开放思维，大桥的意义不仅是突破了本身的建设难题，为未来海上交通工程的建设也提供了成功的经验,"今天我们已经成为技术的领跑者,无论是技术基础、人才素质、建设规模,都已是'首屈一指'了"。

目前港珠澳大桥已进入营运期,习近平总书记指示要用好管好大桥,为粤港澳大湾区建设发挥重要作用。副总理韩正批示,将港珠澳大桥打造为连接粤港澳三地的民心桥,成为港澳和内地协同创新、融合发展的纽带,在一流桥梁、一流口岸的基础上,为三地居民提供一流的营运服务。(据新华社2018年10月23日报道)

然而,港珠澳大桥集桥、岛、隧于一体,工程体量庞大,技术体系复杂,主体结构处在高温、高湿、高盐海洋腐蚀环境下,其运营阶段面临22.9公里钢结构桥梁及世界上最长海底深埋沉管隧道监测感知能力不足、安全管控难度大等技术难题,依靠传统的交通土建技术已很难取得根本性突破,亟须引入如人工智能技术等新型创新驱动力来解决。

为做好港珠澳大桥运维工作,科学技术部、交通运输部高瞻远瞩,于2017年9月签订了《"科交协同"合作协议》,并推动在国家重点研发专项"综合运输与智能交通"中设置研究项目,项目名称为:港珠澳大桥智能化运维技术。

交通运输部党组书记杨传堂、部长李小鹏均要求,以科技创新为核心动力,以人工智能为抓手,切实提升大桥运维水平,为粤港澳大湾区建设贡献更大力量,并在2019年全国交通运输工作会议讲话中要求跟踪新一代人工智能、新材料、新能源等重点领域科技进展,推动港珠澳大桥智能运维技术研发及应用。

随后,苏权科带领团队,积极推进研发筹备,编制实施方案,成立了由港珠澳大桥管理局牵头、香港理工大学和澳门大学联合共建的省级研发机构——粤港澳大湾区交通建设智能维养与安全运营工程技术研究中心。

作为交通运输行业首个粤港澳三地联合共建的科研机构,该研究中心将充分发挥粤港澳三地科研优势,秉承互利共赢、合作共享的原则,整合三地科研力量,以首次共同承担国家重大专项为契机,从跨海集群设施全息立体感知技术与装备、跨海集群设施服役状态评估及智能维养关键技术与装备、智能交通运行与应急处置关键技术和港珠澳大桥运行管理智联平台构建技术等方面开展科研攻关工作。

"科技攻关将解决港珠澳大桥运维过程中的突出问题，降低大桥综合运营成本，提高大桥运营服务水平，突破交通行业长期想解决又没能解决的过江跨海大型桥隧项目运维管理技术瓶颈，研究成果将在粤港澳大湾区交通基础设施运维中推广应用。"苏权科说。

让"港珠澳大桥标准"走向世界

2018年2月6日上午，香港路政署、澳门建设发展办公室、广东省交通运输厅、港珠澳大桥管理局及主体工程各参建单位等共43家单位150余名代表前往九洲桥、江海桥、青州桥、海底隧道和东人工岛实地察看工程现场，了解掌握工程外观质量。

当天下午，会议成立了以港珠澳大桥管理局总工程师苏权科为主任的交工验收委员会。最终会议认为，港珠澳大桥主体工程质量保证体系完善，符合设计及技术规范要求，工序控制严格，工程质量可靠，具备通车试运营条件，同意交付使用。

交工验收为多年的建设画上了圆满的句号，港珠澳大桥以伟岸的身姿定格在伶仃洋上，成为连接粤港澳大湾区东西两岸的重要枢纽。

2018年9月16日，超强台风"山竹"正面袭击珠海，其中心最大风力达17级。这是一次史无前例的考验。超级工程能否抵御超强台风牵动着全社会的心弦。

一夜肆虐，港珠澳大桥管理局的结构健康监测系统记录了桥岛隧全线工程主要结构部位的响应数据，均在设计范围之内。17日一早，苏权科就带领技术人员上桥进行全面检查，结果显示，桥梁及隧道结构完好，主要设施功能正常，个别房间出现局部门窗渗漏和个别室外灯具损坏。东、西人工岛扭工字块防浪效果良好、状态正常。

这已经不是港珠澳大桥第一次经受强台风考验了。

2017年8月23日，强台风"天鸽"在珠海金湾区沿海地区登陆，其中心经过的附近海域及地区风力达14—15级，阵风达16—17级。

8月27日上午9时，强台风"帕卡"再袭珠海，其中心经过的附近海域或地区风力为11—12级，阵风可达13—14级。

"双强台风"一周内接踵而来，挑战极大。虽经受严峻考验，但大桥主体工程除部分临建工程和设备设施受损外，主体结构依然稳如磐石。

苏权科事后笑着说："这仿佛就是上天进行的'超大规模的全尺模型风洞试验'，他们想看看我们是否说了谎话，现在我敢说港珠澳大桥经受住了检验。"

据不完全统计，围绕这座世纪工程，自2003年前期研究工作至今，全国先后有100多家科研单位、上千名科技工作者以国家科技支撑计划项目研究为主线，围绕港珠澳大桥的建设，共开展科研专题研究300余项，发表论文逾500篇，创建工法逾40项，形成专用技术标准、规范63本，终于托举起这座世界级工程。

作为各项技术标准、重大施工方案的最终审定者，为了超级工程的超级质量，苏权科常常扮演"锱铢必较""吹毛求疵"的角色。任何一个首制件做出来之前，他都要找专家顾问反复研究测算，有时甚至为了一个方案召开十几次论证会。

筹备6年，施工9年，苏权科先后主持开展了100多项专题研究工作，组织审查了几十万张图纸，反复论证修改了几百本设计施工方案。施工中，他和团队成员严把技术质量关，敦促十几家同时施工的单位紧密配合，协调联动。

14年来，苏权科在全国二三十个城市来回跑，几乎天天开碰头会，推动各个领域的最新科研成果在港珠澳大桥上得到集成。单是主持和组织大大小小的技术论证会就将近1000场。

这些年，苏权科几乎没有睡过一次午觉。超大的工作强度常常让他透支了身体。2011年元旦同事聚会，苏权科在餐桌上突然休克，被送到医院检查，身体多项指标异常，医生只是简单地说了句："没什么大毛病，就是太累，需要休息。"

一次，在一个试验桥上检查科研方案效果的时候，苏权科一脚踏空，脚踝骨折。本应卧床休息3个月的他，想着大桥的技术难题没解决，拄着双拐就上了船，奔波在热火朝天的现场。后来，骨折的部位还留下了后遗症。

如今，港珠澳大桥已经开通运营。它傲然屹立在伶仃洋上，以气贯长虹的"中国跨度"，穿越沧海百年的历史风云，展示着当代中国的雄健风采。

港珠澳大桥建立了防浪、防风、防地震处理的具体参数、设计标准、施工标准、验收标准以及运营维护标准。标准共有63册，叠起来大约有1米多高，其中大部分已经被中国公路学会转化为团体标准，将在"一带一路"沿线国家和地区进行推广使用。

对于苏权科来说，还远远不到功成身退的时刻，他还是一如既往地忙碌。他正带领同事们，对建设过程中取得的创新成果进行系统总结，形成专用标准体系，进行全面推广，在行业内共享研究成果。

20世纪80年代，日本为建造本（州）—四（国）联络桥，提前20多年组织研究，花了10年时间制定了"本四标准"。这几十年来，全世界修建跨海大桥的工程师都将它作为首选的参照。

光阴荏苒，岁月如梭，从西岐大地上当年那个贫寒少年，到世界超级工程的总工程师，57岁的苏权科遇上了好时代，与一群有梦想的人一起拼搏奋斗，实现了几代桥梁人的"中国梦"。

作为新当选的全国政协委员，他说，希望"港珠澳标准"能够跟"本四标准"相媲美，得到更多国家的认可，代表中国标准走向世界。

2016年6月29日航拍的港珠澳大桥主体桥梁合龙现场（梁旭 摄）

港珠澳大桥海豚塔

第一个管节浮运到西岛时，副局长余烈（中）与工程部同事吴泽生（左一）、朱定（右一）留影

自2011年起，中华白海豚国家级自然保护区管理局组织专业监测团队采用相片识别法和截线调查法对珠江口中华白海豚资源持续开展监测，目前已累计识别中华白海豚2381头，约占全国总量的一半

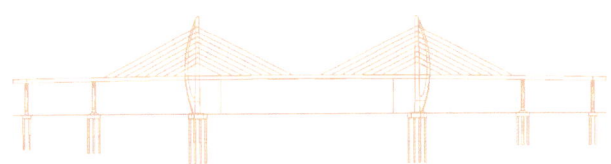

第十章　大桥建成通车　白海豚"不搬家"

临时穿越：差点夭折的大桥计划

站在"海豚塔"向下望去，如果你足够幸运，或许可以见到海豚嬉戏的场景。听闻，见到海豚，就会有幸运之神眷顾。

曾几何时，海豚保护与大桥建设这对尖锐矛盾一度无法调和，港珠澳大桥工程甚至面临夭折的风险。

白海豚被称为"海上大熊猫"，是我国一级保护动物，也是世界濒危海洋哺乳动物之一，因其数量稀少曾在1988年被列入《中国濒危动物保护红皮书》。

2004年8月6日，工程可行性研究单位中交公规院向港珠澳大桥前期工作协调小组办公室发出了《关于港珠澳大桥线位有关问题的函》，表示根据当时设计的港珠澳大桥线位走向方案，港珠澳大桥建设进入珠江口中华白海豚自然保护区将不可避免。

接到报告后，前期办开始意识到问题的严重性：中华白海豚问题可能延后港珠澳大桥项目立项报批时间。为尽量降低中华白海豚保护区问题处理对港珠澳大桥项目推进工作的影响，朱永灵决定在编制港珠澳大桥工程环境影响报告书之前，就对白海豚问题作专题立项研究。

"实际上，从2005年工程前期评估至大桥工程开建之前，工程备受关注的质疑之声从来不曾间断。"朱永灵回忆说，"香港国际机场建设过程中，曾发现工地附近有19头白海豚陈尸海岸。"

三地政府逐渐意识到中华白海豚生存环境问题的重要性，决定委托中国水产科学研究院南海水产研究所就港珠澳大桥项目建设对中华白海豚的影响问题，从海洋生物生存与保护的角度进行专题立项研究。

经过对法律法规的反复研读，面对"白海豚保护困局"，摆在前期办面前的主要有两大解决方案：要么调整大桥线位走向，要么申请调整保护区区划。

"当时，桥位方案已经确定，这已是三地反复博弈、综合考虑的最优方案。"副局长余烈回忆说，"如果让大桥绕行，工程建设难度及工程建设成本都会激增，必将影响港珠澳大桥项目建设总体目标的实现。"

余烈自2004年加入港珠澳大桥前期工作协调小组办公室，就一直跟白海豚"打交道"，算是整个团队最懂白海豚的成员之一。

如此一来，调整保护区区划就只剩下"华山一条路"可走了。根据国家有关规定，重点项目因受自然条件限制，必须要穿越保护区，可以对保护区的功能区域、范围、界限进行适当调整。港珠澳大桥是国家重大跨境基础设施，调整应该不会有法律障碍。

一场严肃的讨论也在前期办和工程可行性研究单位之间展开。

"调整白海豚功能区只是表面上令大桥项目建设合法化了，其实并没有真正解决白海豚保护的问题。"工程可行性研究负责单位代表孟凡超认为只是单纯调整功能区犹如掩耳盗铃。

"确实如此。我们的工作要经得起历史的考验，不能做历史的罪人。"朱永灵深表赞同，"海洋环境与陆地环境千差万别，陆地上可以调整自然保护区，对被保护动物进行有效迁移，但海洋环境我们做不了。"

"现在整个珠江口也没有调整的空间了。"余烈在跟政府部门沟通过程中被告知，白海豚保护区附近已经布满了各种海洋功能区，包括航道、锚地、码头、经济开发区等，如果调整白海豚保护区，就要调整其他功能区域。

"如果调整可行，那我们的工作量就大了，还有一系列补偿问题……"段国钦插话道。他也是2004年便加入前期办，后来一直担任管理局安全环保部部长。

…………

2005年5月15日，中国水产科学研究院南海水产研究所联合香港鲸豚研究计划向前期办提交了研究报告，报告也认为采取调整保护区后再施工建设的决策不利于保护白海豚和其他海洋生物，不可取。

在这份《港珠澳大桥工程对中华白海豚的影响前期预研工作大纲》中，海洋生物专家对大桥在保护区建设并未完全持反对意见，"认为直接在保护区实施港珠澳大桥建设的方案如能落实相应的环保措施，反而更有利于保护白海豚和水域生态环境"。

拿到报告后的朱永灵顾虑重重，保护白海豚具有十分重要的科研价值。1997年7月1日，香港选择白海豚作为回归祖国的吉祥物。如果港珠澳大桥建设直接穿越中华白海豚保护区会不会引起环保人士的激烈反弹？如果直接向国家主管部门申报，法律上可行吗？海洋专家建议的方案会被采信吗？

天下难事，必作于易；天下大事，必作于细。朱永灵致电曾亦军，也希望广东君信律师事务所研究与白海豚保护有关的全部法律依据及问题，并提出详细的法律意见。

经过连续一个星期的工作，2005年5月24日，君信律师事务所向前期办提交了《港珠澳大桥法律分析报告之五——珠江口中华白海豚》。

报告综合《中华人民共和国环境保护法》《中华人民共和国海洋环境保护法》《中华人民共和国野生动物保护法》《中华人民共和国环境影响评价法》等法律法规分析认为，严重污染的工业生产项目禁止进入自然保护区，而一般建设项目进入自然保护区时应该采取有效措施控制污染物的排放量或使用有效措施保护自然资源。

拿到报告后的朱永灵紧急组织团队一起讨论。

朱永灵说："假定港珠澳大桥是污染项目，

如果项目建设采取有效的自然环境保护措施使得港珠澳大桥在建设及运营过程中对环境的污染程度不超出有关规定的标准,那么港珠澳大桥通过白海豚保护区就还有一线生机。"

"是的,如果前期办按规定委托有资质的中介机构编制环境影响报告书,并举行听证会、论证会等征求各方意见,建设单位的行为应该不会受到法律的挑战。"曾亦军提出了自己的解题思路。

研究论证随即展开。2005年9月,中国水产科学研究院南海水产研究所、香港鲸豚研究计划提交了《港珠澳大桥工程对珠江口中华白海豚的影响专题研究报告》。经过反复考量,三方协调小组决定,在采取充足的环境保护措施的前提下,可采用港珠澳大桥线位穿越保护区的建设方案。

2006年4月11日,广东省海洋与渔业局经对报告研究并形成初审意见上报农业部渔业渔政管理局:"应坚持经济建设与环境保护并重的原则,工程建设应着重于环保措施的研究和落实。"

由于兹事体大,2007年1月,港珠澳大桥专责小组第一次会议也作出建议:在确保防范及措施合理可行的前提下,报国务院主管部门申请特别批准。

根据相关规定,白海豚保护区分核心区、缓冲区和实验区,核心区和缓冲区完全禁止工程项目。"研究团队把所有的规定都研究透了,把所有可能的途径都找出来,逐一分析评估比较。"余烈回忆说,"最后形成了在建设期临时调整白海豚保护区的功能布局区域的思路。"

所谓临时调整,即在不改变中华白海豚保护区区划的前提下,对内部功能进行调整,即将"核心区、缓冲区"临时调整划为"实验区"。

协调小组再次上报农业部渔业渔政管理局。

2008年11月10日，农业部渔业渔政管理局提出了审核意见，同意并采纳研究单位的意见，在施工期间将港珠澳大桥穿越的保护区核心区、缓冲区临时调整为实验区，并同意在落实各项保护措施后，允许大桥在实验区进行施工，施工结束后立即恢复原功能区。根据批复，港珠澳大桥工程穿越保护区核心区约9公里，缓冲区约5.5公里，施工区用海宽度2公里，共涉及海域约29平方公里。

2009年8月，国家海洋局也提出核准意见，同意港珠澳大桥的环境影响报告书。最终，国家发改委批准了港珠澳大桥项目立项。

如今大桥已进入运营期。余烈坦承："当时，国家既没有法规明确这样做，但也没有法规明确不能这样做。本着'法无禁止即可为'的原则，我们实现了一次中国式变通。但临时穿越也是一个迫不得已的办法，或许还面临一定的争议，所以过去我们对临时调整一事很低调，担心有人质疑会炒得沸沸扬扬，给主管部门压力。但我个人认为，也只有港珠澳大桥能这样了。"

HSE与560名观豚员

保护方案通过，对于余烈来讲，他的任务才刚刚开始。港珠澳大桥建设期间，上千船只在海域施工，高峰期建设工人达2万人，如何规范他们的行为，防止对白海豚的侵扰，是管理局必须直面的一道难题。

40摄氏度高温，4级海风。

林文治麻利地解下船绳，一跃跳上小船，娴熟地换上防护服，用帽子和户外头巾包裹住整张脸，只露出两只眼睛，手握GPS定位仪开始确认经纬度。

对他来说，这些工作再寻常不过。作为珠江口中华白海豚国家级自然保护区的监测人员和中山大学海洋生物专业的博士生，林文治从2010年起就开始做白海豚的野外监测。

中山大学拥有世界上最大的中华白海豚基因库，他们和中科院水生生物研究所接受了港珠澳大桥管理局的委托，共同承担起中华白海豚保护技术的研究任务。

林文治的出海任务就是要给白海豚逐一建立身份识别档案，"白海豚的识别办法主要是通过背鳍。个体识别是一切研究的基础"。

中华白海豚自然保护区面积460平方公里，要在约相当于6个香港岛面积的海域发现、观测到白海豚并不容易。不过，林文治已经是"老司机"了，他的脑海里清晰地刻画着观测海域和途经的每个小岛。

林文治所在的研究团队用了4年多时间，拍摄记录了2000头左右的白海豚个体行为特征，他们从21万多张照片中选出了18000张，给白海豚逐一建立身份识别档案，摸清了白海豚的生活习性。

白海豚靠发出声呐定位判断方向，因此对声音非常敏感。它不仅能发出类似人类低频通信信号的哨叫声，还能发出高频回声定位信号。施工中若有强烈的震动，就会震坏白海豚的声呐系统。失去方向辨别力的白海豚犹如"睁眼瞎"，会被高速往来的船舶撞碰致死。

为了记录白海豚的哨叫声，研究人员在水下500—600米处安放一个"水听器"，并在二三百米开外的地方进行连续录音、观察，在累计13100多海里的航程中，在世界中华白海豚研究中，团队首次在自然水体中记录到长序列的哨叫声。

课题负责人、中山大学教授吴玉萍介绍，2013年5月，他们绘制完成了不同环境下中华白海豚的8大类行为谱和6种类型哨叫频谱图。这是在国内外首次绘制十分系统的针对中华白海豚的行为谱。

凭借前期调研所得，研究团队最终开发出了中华白海豚声学驱赶技术，只要施工人员现场播放天敌虎鲸的声音，白海豚就会避免进入施工海域。

声学驱赶技术的出现让余烈心中的一块大石头落了地。这意味着管理局有了实实在在的抓手去培训数以万计的建设施工人员。

但这还远远不够。管理局还引入了国际先进的HSE［健康（Health）、安全（Safety）和环境（Environment）三位一体］管理体系，进行施工安全的管控。2009年8月，大桥正式动工前夕，前期办成立了HSE委员会，朱永灵挂帅。

发源于英国的HSE管理体系，是目前国际上公认的比较系统、科学、严格的管理体系。在工业发展初期，由于生产技术落后，人们只考虑对自然资源的盲目索取和破坏性开采，而不曾从深层次意识到这种生产方式对人类所造成的负面影响。1991年，在荷兰海牙召开了第一届油气勘探、开发的HSE国际会议。HSE活动逐渐在全球范围内展开。

HSE管理体系在我国多应用在石油行业，而将职业健康、工程安全、环境保护三方面的工作独立成一个部门，在国内任何桥梁工程中都未有过先例，港珠澳大桥则开了这个先河。

段国钦临危受命去组建安全环保部。在当时，这对他来说是一个巨大的挑战和转变。部门组建之初，段国钦带领团队全身心地投入建规矩、定标准、编制度的工作中。因为没有桥梁行业的HSE管理体系，甚至在全世界都没有范本可循，一切都必须靠自己去摸索。

2010年初，大桥施工设计的勘探工作全面展开，每个桥墩下面有6根桩基，每个桩基都需要做一次勘探，工作量非常大。段国钦经常到现场参与管控，在管控中逐渐摸索出海上安全管理的要求。

2010年12月1日，《港珠澳大桥主体工程建设HSE管理体系文件》颁布运行，形成了34个用于规范参建单位作业现场HSE行为和隐患防治、应急处置的规范。

"HSE不是一个简单的部门，而是包含了一套环保管理体系。"段国钦说，"各参建单位按照HSE法律法规要求和合同中HSE条款约定，逐级建立专门的HSE管理部门，配备足够的HSE管理人员。"

HSE管理体系无疑是一种先进的管理理念，但真正发挥作用，还必须落实到强有力的执行力之中。而承担如此艰巨的环保任务的HSE环保团队，却只有几个人。要知道，在国内其他工程中可从未有过专职的环保工程师。

令段国钦庆幸的是，他遇到了两位志同道合的年轻人。环保工程师黄志雄正是其中一人。黄志雄从事环保工作已达20年，他所在的环保组统筹负责环境保护和中华白海豚保护工作，因此黄志雄也被亲切地称为"黄海豚"，或者"海豚哥"。

"做这样一份让人感觉吃力不讨好的工作，你必须先过自己这一关。"黄志雄说，"在安全环保领域，最怕的是安全环保监督管理人员自己放松了要求。"

白海豚保护工作不产生一分钱经济效益，一线工人们常常不能理解，而建筑领域的工人本身流动性很大，每年都会换一批新工人到海上建设。

段国钦带领团队必须坚持按月、季度、年度对工人展开培训，要求每一个工地都有持证上岗的"护豚员"，可喜的是，大桥建设期间累计有560名施工人员获得了中华白海豚保护上岗证。

环保意味着额外的经费、时间、人力投入。数据显示，大桥主体工程动工以来，直接投入白海豚生态补偿费用8000万元，施工中相关的监测费用4137万元，环保顾问费用900万元，渔业资源生态损失补偿约1.88亿元，相关环保课题研究及其他约1800万元，共计约3.36亿元。

港珠澳大桥共有超过100家建设单位、上万名建设者要在3000多个日夜的工期里，不发生任何污染事故和施工海域白海豚伤亡，意味着每一个环节都必须严加管控。

"与工程岗位不同，环保工作没有高深的理论、繁杂的技术。但环保伴随建设运营全过程，无疑是一场'长征'，最难的就是建设者环保观念的转变。"

为了强化施工现场的HSE合同管理，在编制招标文件时，余烈坚决要求将白海豚保护纳入招标文件，作为投标和工程费用支付的重要考核指标之一，承包人在建设过程中若发生中华白海豚死亡事故将算作违约责任。这意味着企业必须具备相应的设备、工艺才能参与投标。

参与港珠澳大桥建设的企业——上海建冶科技工程股份有限公司执行总经理崔海波回忆说："我们是做钢结构涂装施工的，以前的工程招标内容中不会有具体的对于除尘、除湿、防爆等设备的要求，但是港珠澳大桥的钢结构涂装则明确了这一方面要求，这是前所未有的。"

为了达到招标要求，上海建冶科技工程股份有限公司投入数千万元，从美国引进了先进的除尘、除湿等先进设备，不仅能达到安全、环保的要求，更使得企业的科技、工艺水平得到了提升。

在余烈、段国钦的主导下，《中华白海豚保护管理手册》《港珠澳大桥主体工程建设中华白海豚保护培训教材》印刷成册，变成了每个工地的"红皮书"。与相关政府职能部门定期举办"中华白海豚保护知识""通航安全保障管理知识"培训。

——挖掘或打桩作业开始前的五分钟内应通过监视与监测，确保半径500米范围内无白海豚出没。打桩开始时的五分钟之内，撞击力度应由轻至重增加，以使白海豚有足够时间回避。

——进入大桥施工区域，航船实施限速10节以内，以防止船撞白海豚。船长为白海豚保护直接责任人。

——水下爆破作业前及期间，采用声墙驱赶与噪声驱赶措施，小剂量试爆方式和同步进行声学、生态学监测作为有效补充措施。

2011年1月以来，管理局组织施工人员轮流参加白海豚保护知识上岗培训，编制实施防止环境污染及中华白海豚保护应急救援预案，共举办中华白海豚保护知识培训29次，2544人次参加。

下部　人间正道是沧桑　225

2018年10月24日，车辆驶过港珠澳大桥（梁旭 摄）

海豚塔

 逐梦港珠澳大桥

海豚塔

值吗？为白海豚保护，工程造价增加了36.7亿元

鲜为人知的是，在农业部2008年的批复中提到了这么一条要求：港珠澳大桥在中华白海豚繁殖高峰期的4月至8月不得施工。

"如果连续5（个）月不能施工，港珠澳大桥保守估计得再拖上3年。"身为安全环保部部长的段国钦十分着急。随后，管理局紧急组织研究单位编制了《港珠澳大桥主体工程初步设计阶段珠江口中华白海豚国家级自然保护区内施工方案专项论证报告》（简称《报告》），提出了4月至8月进行施工的建议并进行了可行性分析。

2010年6月，农业部水生野生动植物保护办公室在北京组织有关专家对报告进行了评审，建议最终获得了原则同意。根据《报告》，港珠澳大桥途经珠江口中华白海豚国家级自然保护区段的工程在桥梁、隧道、人工岛、施工方法四大方面均有诸多调整，以保护白海豚，相应增加工程造价36.7亿元。

由中铁大桥局承建的7公里施工区域虽未穿越白海豚自然保护区的核心区，但从设计到施工均遵循"零伤害"环保标准。

为减少桥墩数量，多给白海豚留出活动空间，工程设计阶段就将桥的跨度加大，如深水区由70米增大到110米，浅水区由70米增大到85米，桥墩由此减少。

在港珠澳大桥建设过程中，施工船舶为白海豚"让道"的例子不胜枚举。

2011年的一天，东人工岛正在做砂桩施工，"观豚员"突然发现岛旁500米内出现了两头中华白海豚，他立刻通知停止砂桩作业，结果，两头调皮的中华白海豚在该海域一"玩"就是4个多小时，工人们也只好停止施工4个多小时。

有人开玩笑说："白海豚的面子真大，我们加班都干不完的事，只要它们来了，我

们就无条件休息了。"

"世上最难"的岛隧工程穿越了中华白海豚保护区核心区，岛隧工程施工的环保措施可谓中华白海豚保护的关键控制点。

东、西人工岛施工期间，工人们挖一船泥大概耗时两小时，但是抛泥地点距离西人工岛60多公里，由于在保护区内，所有施工船只能限速在10节以内，每抛一船泥，来回就要七八个小时。

东人工岛距离香港水域仅366米，天气晴朗能见度高的时候，甚至可以从岛上远眺大屿山上的天坛大佛。一些香港民间组织就在大佛附近架起望远镜观察，密切关注着施工海域的环境保护和白海豚的动向。

东人工岛上的房屋大多用集装箱改造而成，唯一一间砖头垒砌加水泥浇筑而成的房屋非常显眼，可它的用途却是用来装载一台花费17.2万元进口的污水处理器。

在中交三航局7号砂桩船上，所有的废油包括食物残渣所含油脂都存放在污油仓里，每个废油仓容量为6立方米。砂桩船轮机长沈春根说："差不多累计到要满的时候，就会向海事局申请，要求专业回收单位过来回收。"

船舶含油污水定期回收，到一般固体废弃物集中收集，再到废旧油漆桶、涂料等危险废物专门回收处理……港珠澳大桥建设以"超级"用心实现了超级工程的"超级"环保之道。

港珠澳大桥工程岛隧项目部副总工尹海卿自豪地说："中国交建的业务遍及世界100多个国家和地区，港珠澳大桥是我们有史以来执行的最高环保标准。"

以"环保先行"为理念，以"源头控制"为抓手。从2004年港珠澳大桥策划开始，大桥建设吸收国内外先进技术，创新施工工艺和工法，在施工方案中融入生态环保的元素，减少了占用海域面积，缩短了海上施工时间，将海上施工对白海豚的打扰降到最低。

"为了白海豚，我们不断致力于优化设计，就是这一系列'多余'的动作，让港珠澳大桥工程造价增加了36.7亿元。"余烈说出这些话时没有任何的无奈，脸上洋溢着满满的自豪感。

在推进环保过程中，一些施工单位认为耗费巨大的财力搞环保不值得。每每遇到抵触情绪，余烈就会耐心解释说："工程技术上我们已经领先，环保理念上，我们同样也能够学习国外的先进做法，用绿色环保的观念来完成一项伟大的工程。'超级工程'还要体现社会责任的教育和可持续发展理念的传达。"

毫无疑问，港珠澳大桥是中国有史以来环保要求最高的交通工程，这种严苛的环保要求，也倒逼大桥设计方案不断优化，最终让超级工程实现了工艺和环保的完美结合。

2016年9月27日，在港珠澳大桥主体工程桥梁工程全线贯通之日，与会人员乘车体验已贯通的桥梁。车辆行驶至青州航道桥时，前面的人员欢呼起来，只见平静的海面上，三只粉色中华白海豚在桥底追逐着，时而跃出水面，时而潜入浪底。

大量观测数据和现场监管情况表明，尽管大桥在建设期间对白海豚有一定影响，但在各方努力下，没有发生因施工直接造成中华白海豚伤亡的事故，也没有发现因海洋污染事故造成中华白海豚死亡。"大桥通车、白海豚不搬家"的承诺守住了。

截至2018年7月，来自粤港澳三地的监测人员在珠江口水域累计识别出2367头中华白海豚。在伶仃洋水域，近四五年来一直稳定活跃着1000头左右中华白海豚。

余烈说："多年之后，港珠澳大桥留给大家的，不仅是一个个改写历史的'世界奇迹'，还有不变的白海豚栖息地、不变的碧海蓝天。"

2018年7月11日，无人机拍摄的港珠澳大桥口岸管理区（梁旭　摄）

2018年7月11日，从港珠澳大桥东人工岛远眺西人工岛，中间是6.7公里的海底隧道（梁旭　摄）

下部 / 人间正道是沧桑 231

2018年7月11日，夜幕降临，港珠澳大桥华灯初上（梁旭 摄）

夜晚亮灯的港珠澳大桥西人工岛（梁旭 摄）

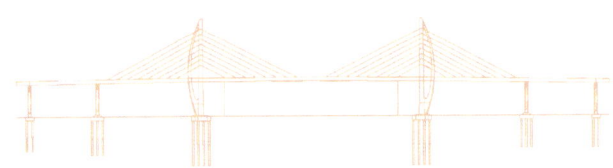

第十一章 "一国两制"新实践 湾区城市群启航

粤港澳大湾区的"试验田"

在从珠海起飞的飞机上俯瞰，蔚蓝色的伶仃洋上，港珠澳大桥全线工程像一串珍珠项链，两座人工岛宛如一对璧玉，诠释着这座桥的建造理念——"珠联璧合"，连接起珠江口的粤港澳三地。

港珠澳大桥管理局的成立就是"一国两制"新探索。

通常来讲，采取政府投资模式，港珠澳大桥项目法人的成立可选择公司法人模式和事业单位法人模式。反复沟通中，前期办及三地政府更倾向于事业单位法人模式，而专项法律顾问更倾向于公司法人模式。

身为管理局唯一的法律专业人士，刘刚总觉得自己有责任去做一点解释和沟通的工作。2009年3月18日晚，正值前期办、三地政府与专项法律顾问讨论港珠澳大桥三地政府协议和项目法人章程框架稿的前夕。

灵感袭来，刘刚边翻阅资料，边敲打键盘，一夜通宵作战，一份6000多字的《港珠澳大桥项目法人应当选择事业单位法人形式》报告出炉，并送到了朱永灵案头。

朱永灵面前有两种选择：成立公司法人，出资人将是政府控制的国资公司；成立事业单位法人，将由广东省交通运输厅任主管部门。

"我们反复比较发现，国有资产公司的协调力度较事业单位模式弱，不利于发挥政府部门决策、协调及监管作用。"朱永灵说，"采用事业单位模式，更能体现政府取代公路项目法人不以营利为目的的要求。"

至此,由香港、澳门、广东省三地政府共同出资组成的法人事业单位成立,这在国内尚属首次。

一些问题也随之而来。事业单位的资产为国资,港澳政府的出资性质如何界定,三地政府的权责利如何界定,港澳政府官员是否可以在管理局任职。

随着法律研究进一步深入,一条新的改革路径日渐清晰。

根据相关规定,举办事业单位的一是国家机关,其次是其他组织,从既有实践看,境外机构属于"其他组织"行列。为了明确三地政府的责任、权利和义务,三地政府需签订三地协议,成立三地联合工作委员会。项目法人对三地联合工作委员会负责。

港珠澳大桥管理局名字的确定也让朱永灵颇费思量。熟悉官场之道的朱永灵认为,管理局的名称和身份有助于跟政府各方打交道,但为提高项目运作效率,管理局决定实施企业化管理,不定行政级别,全员合同聘用,不纳入行政编制。

经过前期充分研究及讨论,2010年2月26日,三地政府正式签订三地协议。5月24日,港珠澳大桥三地联合工作委员会(简称"三地委")成立,并聘任前期办主任朱永灵先生担任港珠澳大桥管理局局长;6月,粤港澳三方正式签署了《港珠澳大桥管理局章程》,前期办完成了向管理局的过渡。

港珠澳大桥管理局干部管理团队由中层以上管理人员组成,包括高级管理人员7名,其中局长1名,总工程师1名,副局长3名(港澳各1名),行政总监1名,工程总监1名。

局长和总工程师由三地委三方代表各自推荐人选并由广东方提名,局长经三地委审议批准聘任、续聘或者解聘。副局长由三地政府各提名一名。副局长和总工程师经三地委审议批准后由管理局聘任、续聘或者解聘;管理局局长、副局长和总工程师不可相互兼任,但其他高级管理人员可由副局长兼任。其他干部由港珠澳大桥管理局根据工作需要,在社会上择优选聘。

高级管理人员的任期不超过四年，期满可以续聘。高级管理人员的人事档案由广东省发展改革委保管。其他管理干部的考核根据《港珠澳大桥管理局员工绩效考核办法》执行。

回顾15年的前期准备和建设过程，大桥之所以能从复杂的利益纠葛中"突围而出"，成为高质量发展和创新驱动发展的国家工程，归根结底在于充分发挥"一国两制"的制度优势，摸索形成了一整套能够在粤港澳三地间消解分歧、达成共识的协同决策、协调发展、协商解决争端机制。

"一国两制"既是独特性、创新性所在，又是复杂性、艰巨性所在。粤港澳三地不同的政治体制，所带来的管理协同、法律协调、标准协商会显著影响港珠澳大桥的决策效率和质量，如何研究确立高效的决策机制是决定港珠澳大桥能否如期建设的关键因素之一。

2006年，前期办处在最困难的时候，三地政府为口岸查验模式争执不休，前期办根据前两年前期工作的经验，感到若没有一个三方认可的协调机制，没有一个大家遵循的议事规则，在"一国两制"的环境下，项目是难以顺利推进的，于是前期办花23万元委托国务院发展研究中心帮助研究港珠澳大桥的协调机制和争端解决机制。

"幸好我们提前做了研究，当中咨公司进行项目评估时，专门要求就项目的管理架构和运作模式进行评估，我们把协调机制的研究成果和办公室就三地协议和法人职责所做的研究稍做整理，就形成了项目管理架构和运作模式的评估文件，大大节省了项目评估的时间，为工程可行性研究报告的审批创造了条件。"朱永灵说。

在摸索中，港珠澳大桥最终形成了专责小组和三地委（前身为前期工作协调小组）两级协调机制，这两级协调机制加上项目法人，形成了"三级架构+两级协调"的决策体系，明确了重大工程决策质量的内涵和维度，形成了基于政府式多层次委托代理的决策治理模式，是三地共建工程管理的重要创新。

港珠澳大桥创造性地建立了非诉讼的争议解决机制，专责小组则提供了终端解决机制。

根据港珠澳大桥三地政府协议，大桥建设过程中产生的争议或分歧，均应通过三地委协商解决。如三地委无法达成一致意见，由各方首席代表分别上报各方政府，三地政府就此进行友好协商。若三地政府仍无法达成一致意见，则任何一地政府可将争议提交专责小组决定。三地政府之间，项目法人与任一政府之间不得在任何区域启动任何诉讼程序。

"港珠澳大桥口岸布设、通关模式、桥位选择、投融资模式、概算调整等涉及中央事权，三地争议较大，这一机制对化解分歧，及时解决问题发挥了决定性作用。"朱永灵说。

港珠澳大桥在筹划和建设过程中高度重视顶层设计和法律研究，确保了三地政府的科学决策。

港珠澳大桥从前期开始就非常重视法律研究工作，委托法律专业研究机构全面介入，参与项目前期策划阶段各项可能涉及的法律问题的研究工作。可以说，法律研究在项目推进过程中担任了先行者的角色。

港珠澳大桥管理局计划合同部部长高星林认为，这种安排保证了大桥的投融资模式、建设模式、口岸布设模式、管理模式等重大决策事项在最终决策前获得了及时、充分的法律建议，在法律层面上保障了大桥的推进，有力支撑了前期工作和建设过程中的重大决策。

同时，作为粤港澳三方共同组成的法人单位，港珠澳大桥管理局在决策过程中坚持采取"一致同意"的协同决策规则，对于大桥项目所涉及的技术标准体系，三地则依照"就高不就低"的原则，以充分发挥三地各自的优势和长处。

港珠澳大桥是典型的国际工程项目。项目法人始终秉持开放态度，多层次构建国际合作模式，博采众长。大桥立足于自主创新，核心技术依靠自身的力量进行研发，同时积极整合全球优势资源，有超过8个国家的技术专家为大桥建设提供了技术服务，他们带来了一些好的经验和信息，让大桥建设少走了很多弯路。

朱永灵说："我们以问题和目标为导向，一部分通过原创性创新，一部分通过消化、引进、吸收、再创新之后完成，一部分是被逼出来的创新，攻克难题，达成目标。"

在2014年9月24日举行的全国公路建设管理体制改革座谈会上，交通运输部副部长冯正霖表示，港珠澳大桥项目法人组建模式，借鉴了国际经验，符合中国国情，特别是适应港澳两地"一国两制"的特殊要求，更加典型地代表了项目管理理念的发展方向。

当前，粤港澳大湾区建设已经成为我国新时代"一国两制"框架下的一项国家重大发展战略。粤港澳大湾区与港珠澳大桥一样，都是在"一国两制"框架下进行的。在这方面，港珠澳大桥的建设与粤港澳大湾区的建设具有天然的内在一致性。

回顾港珠澳大桥前期筹建经验及建造过程，虽然粤港澳大湾区建设比港珠澳大桥工程系统性更强、覆盖面更广、复杂性更深，但是，从时间上看，港珠澳大桥是粤港澳大湾区建设的"试验田"，是建设粤港澳大湾区的先导工程和示范工程，港珠澳大桥的管理经验、科技成果和赖以支撑的干部人才队伍，可以为粤港澳大湾区建设提供有益的借鉴，提供重要智力支撑。

朱永灵建议，粤港澳大湾区建设应同样建立类似的两级协调机制和三级组织架构，如粤港澳大湾区建设专责小组（中央层面）—粤港澳大湾区建设合作委员会（属地政府层面）—粤港澳大湾区管理局（执行层面），以应对建设过程中的问题。

"考虑到粤港澳大湾区建设比港珠澳大桥牵涉面更广泛、更复杂，建议粤港澳大湾区专责小组和合作委员会的层级要比港珠澳大桥专责小组和三地委的层级更高，如粤港澳大湾区专责小组由国务院分管总理（副总理）任组长，粤港澳大湾区合作委员会相应由省长（副省长）和特首（特区政务司司长）任各自召集人，并建议粤港澳大湾区同样建立类似的非诉讼争议解决机制。"他说。

高星林建议，粤港澳大湾区建设更加需要尽早开展前期顶层设计与重大决策工作，建议粤港澳大湾区建设依托大桥平台和既有法律研究成果，在此基础上继续着手法律研究工作，逐渐梳理与大湾区建设有关的法律问题，为重大决策提供支撑。

港珠澳大桥在前期工作中，三地政府签署了三地协议和管理局章程两份纲领性文件，这两份文件体现了三地政府的共识，为大桥的建设提供了最基本的法律指引。尽管三地在某些具体事项上有分歧或有争议，但都牢固树立了遵守三地协议和管理局章程的观念。很多执行层面的问题都在三地协议和管理局章程的框架下得到解决。

总工程师苏权科建议，在粤港澳大湾区的建设中，各属地政府应及时通过常态化的沟通平台，对形成共识的意见，及时签署具有可操作性的政府间协议，为粤港澳大湾区建设提供共同的行动纲领。为保证政府间协议的权威性，建议粤港澳大湾区政府间协议参照《深化粤港澳合作推进大湾区建设框架协议》确定签署主体的层级。

港珠澳大桥由三地共建共管，充分保障了三地政府的参与权、知情权、表决权、监管权等。但十多年的筹备和建设历程表明，港珠澳大桥的决策效率偏低，从反思和总结的角度说，这既有三地文化不同、思维差异、体制不同、利益冲突等因素，也有三地政府对执行层的授权不够充分的因素。

有人坦言，前期办的成立并没有经过周密的筹划，从组织架构到制度设计都是受临时思想的支配。当时的组建方案赋予前期办的职责较为简单，主要是跟踪中交公规院的可行性报告研究进度，听取社会各界对港珠澳大桥的意见。前期办没有获得适当的授权，员工待遇也没有认真地考虑，他们相信三地政府不会亏待开拓者，一切都可以将就，于是带着理想主义的色彩，带着对伟大项目的憧憬，带着路桥人的梦想，开始了港珠澳大桥的前期工作。

然而，项目的推进十分艰难，三地政府的分歧远大于共识，经济利益和政治因素相互纠缠，区域合作和产业竞争相互渗透，行业保护和本位主义都在项目论证过程中反映出来。从落脚点的选择、通道线位的确定，到口岸查验模式的明确、锚地的协调、融资方案的出炉，乃至项目范围的分割和管理架构的选定，哪一步都不是一帆风顺的，都经过了反复的论证，反复的协调，前期办受到的指责远多过获得的肯定。

余烈表示："粤港澳大湾区的建设也需要各属地政府共同参与才能建成建好，在建设的过程中，建议各属地政府派员组成执行层，应该对执行层充分授权，充分信任，有力监督，务必避免决策效率过低的问题。"

此外，港珠澳大桥自开工以来，人事变化相当频繁。首先，作为港珠澳大桥项目的最高协调机构，专责小组组长已经换了多任，组员也大都发生了变化。其次，中间决策机构——港珠澳大桥三地联合委员会，主席已经换了5次，成员全数更新。

"港珠澳大桥所有重大决策都有文字记录，但每一位组员或委员在参与决策前不可能把十几年的文档资料全部了解清楚，我们可以解释，但让不曾亲历决策实情实景的后来者理解当时决策的艰难是不容易的。新的决策者以今天的视野来看待过去的决策，很容易挑出毛病，如果没有担当，没有胸怀，很难保障港珠澳大桥决策的连续性。"张劲文建议，"粤港澳大湾区在建设推进过程中应尽可能保持人事任命的稳定性和连贯性。"

历经15年筹建，他们曾憧憬、曾豪迈，也曾迷茫和抱怨。

相比而言，同样是桥，同样是区域协作，长三角的杭州湾跨海大桥很快就已落成，为何港珠澳大桥却显得如此好事多磨？其实，相较长三角，珠三角"一国、两制、三地"的政治、经济因素，区域协作问题要复杂得多。在35年的漫长博弈中，桥，本是"连接"的代名词，却由此见证了珠三角经济实力的变化、影响力格局的变迁。

作为"一国两制"下三地首次合作建设的大型跨境基建项目，港珠澳大桥筹备和建设的这15年，也正是粤港澳三地不断走向合作与融合的15年，理解取代了误解，宽容取代了狭隘，分歧终变为共识。

"三地的融合不是一件容易的事情，如果这座桥由粤港澳三方任何一家单独建，可以说都建不成、建不好。"朱永灵事后说，港珠澳大桥跨境协作的每一小步，都可以说是粤港澳大湾区在"一国两制"框架下跨境协作的重要一步，"港珠澳大桥的建设实践表明，三方有共同利益的事项，在中央政府主导下一定能办成。"

朱永灵：胸怀就这样被撑大了

2018年4月，55岁的朱永灵被评为"2017年感动交通十大年度人物"。这是他自33岁担任香港新粤有限公司董事总经理、广东省高速公路有限公司董事长以来，时隔20多年第一次获得奖项。

这是副局长余烈与管理局综合部副部长丘文惠"密谋"的结果。

当时朱永灵出差在外，在接到交通运输部有关部门文件后，负责署理局长职务的余烈联合综合部悄悄报送材料，等朱永灵接到通知想退出评选却为时已晚。

"他说，身为领导干部，各种荣誉凭权力优势资源唾手可得，而且社会往往把一个单位的成绩都归属于领导，因此领导应谦虚一点，尽量把各种荣誉奖励的机会让给下属，不应该再去跟下属争奖励荣誉，应该让一线人员多出头。荣誉面前退后，困难时刻上前。"负责此次评选材料整理的丘文惠说，"建设期间，不少中层干部被评为全国劳模、获得全国五一劳动奖章，但这些荣誉都与朱局无缘。"

"作为个体,我们将很快消失于这个世界。我们不追求为个人留下什么,但我们追求为国家、为民族、为这个时代留下彰显自豪的载体。"在颁奖仪式上,朱永灵深情地说,"港珠澳大桥在未来120年甚至更长时间将屹立于珠江口伶仃洋上,见证粤港澳三地的融合与发展,见证祖国的强盛。"

先是前期办主任,后为管理局局长,朱永灵始终是"三军统帅",身为统帅如何凝心聚力,这或许就是一个缩影。朱永灵说:

"我不喜欢斤斤计较的人,更不喜欢为蝇头小利而牢骚满腹的人。成果评奖是所有建设者很关心的事情,我的态度是管理局可以不拿任何奖项,但我们需要一座让老百姓放心的百年大桥。金奖银奖不如老百姓的夸奖,金杯银杯不如老百姓的口碑,工程做好了,本身就是一座丰碑,所谓的奖项、专利、知识产权都是工程的副产品,希望大家因上努力,果上随缘。"

却顾所来径,苍苍横翠微。

港珠澳大桥管理局保留了一张珍贵的照片,画面中的每人都洋溢着笑容。2007年5月,前期办工作人员在广州拍下了这张合影,这也是一张他们聚餐后留下的合影。

"由于融资问题久拖不决,前景一度十分迷茫。我们就自己给自己打气,约定自掏腰包,定期轮流请团队吃饭、组织活动互相打气。"管理局营运管理部部长江晓霞回忆说。

最艰难的日子要数2006—2008年期间,整个大桥的建设方向难以明确。苏权科总工回忆说:"当时整个OA(办公自动化)系统十天半个月都没有一封需要处理的公文。电话也不响了,传真机也不动了,我们仿佛在这个世界上消失了。"

那段时间,前期办13人中,部分员工开始蠢蠢欲动。有人担心港珠澳大桥也将重复伶仃洋大桥的命运。几经挣扎,前期办2人选择了离开。

颇为伤感的张劲文在博客中写道:"大桥像伶仃洋中的一叶孤舟,迷失了方向。核心问题只有一个:建设目标未能清晰界定。办公室已经有2位同事离开,他们拒绝了这种似乎看不到尽头的迷惘,选择了一份有着清晰目标、收入更高、更加稳定的工作。"

坚守下来的同事一度意志消沉。他们互相打气、彼此扶持,定期分享个人工作学习所得,也组织聚餐,但更多时候就在自己家里做点饭菜。

"那段时间,我们真有一种找不到组织的感觉,没有人给我们布置工作,召集人不知道办公室应该做什么工作。"朱永灵回忆说,"办公室清闲得可怕,我自己都差点要支持不住了,大家都为项目的前景而担忧。"

为了增强团队凝聚力,前期办在内部组织培训沙龙。张劲文是沙龙活动的倡议者和创办者,其目的是为大家提供一个开阔视野、提升思维、感悟人生和栖息精神的文化场所,促进大家共同成长。

苏权科依然保持清醒的认识。他常给团队打气说:"伶仃洋上还没有一座大桥,未来肯定要建。现在只是协调困难一点,迟早要上马。我们既然来了,就要奔着建成而来。"

一开始,香港特区政府环境运输及工务局局长廖秀冬博士告诉朱永灵,大概1年时间可以做完前期工作,然后开工,5年可以建成。

见过大风大浪的朱永灵自己也没想到前期工作就用了6年时间,"我是专业人士,也知道1年肯定做不完前期工作,但抱着乐观的心态,心想3年左右应该差不多"。

星星之火,可以燎原。

这个平均年龄只有30余岁的前期团队倾注全部心血和努力,以一股不达目的誓不罢休的韧劲,让大桥梦想成为现实。就像余烈在他的日记中写的,"大家就这样坚持着,跑着跑着,天就亮了"。

朱永灵设想过前期办的三种结局:一是各方都要依靠办公室,办公室成为项目管理的中枢;二是办公室只是协调小组的会务机构,担任秘书的角色;三是成为各方的指责对象，起一个出气筒的作用。

"总体来看，前期办的地位更接近第一种结局，港珠澳大桥的组织架构和管理模式也基本上是按我们的思路设计的。为什么有这样的结果？这与我们坚持客观科学、求真务实的精神是分不开的。"朱永灵说。

作为"三军统帅"，朱永灵的日子也不好过，任何跟大桥有关系的政府部门、施工企业、设计单位，有事都要找他。他仿佛是一个"出气筒"，对内需要凝聚人心，团队的消极情绪需要他来疏解；对外需要赢得三地政府的支持，"求人说好话"。

他曾经可是数千人规模公司的董事长，大笔一挥就有千万元资金从笔尖溜走，别人都"求着他"，如今他却要"看人脸色"。大丈夫能屈能伸，受点委屈又何妨，更何况他们是在创造一个世纪工程呢。

与内地常规大型基础设施项目相比，港珠澳大桥在程序上增加了三地政府的审核环节，处理好与三地政府的关系，取得三地政府的信任和支持，成为管理局做好港珠澳大桥建设的前提条件。

一开始，在与三地政府沟通过程中，朱永灵的立场常常被质疑。

"粤方认为，我是广东成长起来的干部，应该站在广东立场讲话。港方认为自己是协调小组牵头方，享有人事任免权，理应偏向香港。所以我总被人怀疑胳膊肘往外拐，里外不是人。"朱永灵有些无奈。

港澳社会强调按制度和规则行事；内地社会注重原则性和灵活性，讲究变通。因此，按程序、制度办事，增加透明度，加强与三方的沟通，互相理解，成为取得三地政府信任的关键。

路遥知马力，日久见人心。多次协调沟通下来，粤港澳三地政府发现朱永灵谁都不偏袒，"软硬不吃"。他的专业能力和职业态度逐渐获得三地政府认可，聘期也从一年一签，变为四年一签。

在多次访谈中，朱永灵都强调说，他是粤港澳三地聘用的前期办主任，也是三地聘请的管理局局长，考量一切事情的原则都要从大桥本身的利益出发，不能偏袒任何一方。

"什么方案对项目最有利，负面影响最小，我们就力推什么方案，即使有些好的方案一时半刻不能为三地政府所接受，我们也会采取科学的态度，客观地分析，把方案的优劣清清楚楚地呈现在三地政府面前，以便三地政府作出最佳决策。我们决不为了讨好某一方而刻意逢迎，把白的说成灰的，甚至把白的说成黑的，我们对历史负责、对人民负责、对自己负责。"朱永灵说。

大桥前期工作千头万绪、纷繁复杂，涉及数十个方案。作为组织者和召集人，遇到任何问题，朱永灵都要组织三地政府一起相互磨合、相互碰撞。一个方案的确定往往取决于另一个方案的进度，而每一个方案都需要经历无数次漫长的协商，甚至推倒重来。

朱永灵从2004年出任前期办主任开始，便意识到参与港珠澳大桥建设对体能是一个巨大的挑战，从此他开始慢跑锻炼身体，风雨无阻。

在平行和交叉执行中，朱永灵没有被困难吓倒，犹如庖丁解牛，在条分缕析和有条不紊中，他以极具前瞻性的思维带领团队一步一个脚印从泥淖中爬了出来。

朱永灵说："我们就像海中人工岛一样没有任何靠山，必须经得起风浪的冲击，顶得住各方的压力。不管是面对滔天的巨浪，还是面对汹涌的暗流，都能做到屹立不倒。我们是以专业和负责任的工作态度取信于各方。"

在港珠澳大桥建设期间，无数次决策都考验着这位老党员的担当和魄力。

随着建设工作进入尾声，香港段与内地段之间，有一个位于粤港分界线的桥墩，这就涉及双方都要跨界施工。香港方面主动提出，将桥墩向香港境内移入10米，分界墩由香港方负责，管理局负责把桥梁架上去。

朱永灵没想到，为了这10米的施工，管理局与香港方共开了13次协调会。他说："跨界施工，涉及一系列法律问题，根据香港法律，这10米属于香港的工程，我们需要聘用香港的劳工，使用香港的承包人建设单位，还需要满足香港的环保要求进行招投标。"

为了化繁为简推进工程进度，朱永灵希望港方出具一份委托管理局组织施工的政府公函，以便名正言顺地施工。然而，眼看着施工队就要撤场了，香港方的委托函迟迟不来。若施工队撤场后再重新进场，工期将拖得更久。

"跨境工程，依法办事很重要，但有时候依法可能就办不了事。"朱永灵最终拍板让内地施工单位直接架梁，施工前再三叮嘱："施工过程务必确保安全第一。但倘若真出了什么事责任由我们管理局承担。"

甚少接受媒体采访的朱永灵前后5次接受新华社记者独家访谈。面对委屈，他调侃道：比他有能耐的，脾气没他好；脾气比他好的，不一定比他有能耐。"三方分歧一度甚于共识，我们三方受气，胸怀就这样被撑大了。"

众所周知，工程领域牵扯利益方众多，利益纠葛在所难免，无处不在的诱惑无时无刻不考验着业主方。港珠澳大桥主体工程总投资达数百亿元，稍有不慎就会"一失足成千古恨"。

副总工景强评价说："朱局长毛遂自荐却深陷艰难，如果不是一个有信仰的人，是难以支撑到最后的。面对动辄百亿元的审批权，朱局长做到了，正是他的担当和信仰让大家愿意追随于他。"

15岁读同济大学，31岁时，朱永灵被任命为广东省公路局副局长，成为当时最年轻的处级干部，后赴香港筹建香港新粤有限公司并担任总经理，一时风光无两，因年轻气傲也曾遭人侧目而妒。

如果说港珠澳大桥是粤港澳大湾区的"试验田"，管理局的设立何尝不是朱永灵的"试验田"？管理局虽为事业单位，但没有行政级别，在仕途上属于典型的弱势群体。"想走仕途，莫入此门"，朱永灵不想被世俗层面的行政级别所限制，他选择离开广东省高速公路有限公司，"背水一战"来实现人生抱负：能不做大官，但一定要做大事。

在2010年9月8日管理局第一次员工大会上，朱永灵首次分享了自己的人生感悟："看清人生，不看透人生""管理局没有潜规则，只有显规则""多琢磨事、少琢磨人""既要能当主角，也要能当配角；既能当演员，也能当观众"。这些为人处世的经验可谓字字珠玑。

朱永灵说："'59岁现象'的背后是一些人在仕途无望后失去理想信念，导致心理和生理出现异常。我也经历了人生几次高潮和低谷。我之所以没有成为官场老油子，关键在于我还是一个有理想、愿干事的人。"

"一百年后，人们翻看历史，我是大桥管理局第一任局长，这一点就足够了。"朱永灵把参加港珠澳大桥建设过程当作人生修炼的过程，"港珠澳大桥客观上是造福社会的伟大工程，但对我而言，它是提升自己、完善自己、修炼自己的一个平台，它让我不断地认识到自己的渺小，逐渐淡化名利心，内心变得愈来愈强大，我不需奢求上级的表扬和肯定，也不渴求外部的鼓励和刺激，夜以继日地为港珠澳大桥奉献是我自觉自愿的行为，港珠澳大桥已然成为我生命的一部分。"

回味那一刻：我们被习近平总书记接见！

2018年10月24日上午9时，港珠澳大桥正式通车，举国欢腾。

自此，香港、珠海、澳门三地一线牵，天堑变通途。

55公里的战线，3000多个日夜，战风雨，斗恶浪，披荆斩棘，逐梦伶仃。

蓝天为伴，碧海作证。

67岁的谭国顺是港珠澳大桥最年长的建设者之一。在美丽的人工岛上，他心情激动地说:"东海大桥、杭州湾大桥、青岛海湾大桥我都参加了,我的建桥工龄已经有47年了。""当我的手被习主席握着的一瞬间,感受到了被党和国家信任和鼓励的自豪感!"此时谭国顺忘记了自己已年逾花甲,感觉自己突然年轻了许多,"我必须为祖国的快速发展,继续作出自己应有的贡献!"

岛隧工程作为港珠澳大桥的控制性工程,十二年磨一剑,建成了东西人工岛两座"最美地标"和一条"最美隧道",林鸣带领团队圆满完成国家交付的历史使命。

"总书记评价港珠澳大桥建设者劳苦功高、功不可没,总书记很亲切,讲话充满魅力,都是我们这么多年心里想而又没有说出来的话。"林鸣握着总书记的手难掩兴奋之情,"我们建设了一座让党和国家满意的大桥非常光荣,我们通过建设大桥实现了个人价值而无愧于此生。"

当总书记对20名建设者代表说起"圆梦桥"时,苏权科想起了中国几代桥梁人艰难的追求,"全桥从头到尾,从上到下,科技创新无处不在;自始至终贯彻的高品质规划与细节追求,诠释了党的十九大提出的高质量发展战略"。

"听了习总书记的讲话以后,我才真正理解了这是一个如此重要的工程,是一项如此光荣的使命,我是最幸运的工程师,我们最应感谢的是这个伟大的时代!"苏权科说。

5000多个日夜,数万名建设者,成功将港珠澳大桥打造成新时代的标志性工程,向全世界诠释了中国智慧,彰显了"四个自信"。受到接见的工程总监张劲文一改平日沉静的性格,激动之情难以掩饰。

他说:"港珠澳大桥用铁的事实证明:在党中央和国务院的亲切关怀下,在中央部委和粤港澳三地政府的大力支持下,三地同心、远见卓识的管理制度,顶层设计和精益求精匠心独具的科研、设计、施工高度集成,是攻坚克难取得大桥建设决定性胜利的两大法宝。"

作为一名港珠澳大桥的设计者,孟凡超有幸从可行性研究、初步设计、施工图设计到施工全过程参与大桥的建设，建设港珠澳大桥成为他职业生涯的新高度。其间，因为工作积劳成疾，他被诊断出直肠癌，但仍坚守在工作岗位上。

"我当面聆听了总书记对建设者代表发表的令人鼓舞的讲话，总书记称赞港珠澳大桥是国家的'圆梦桥、同心桥、自信桥、复兴桥'，这是对全体建设者的高度评价和最好奖励。"孟凡超说，港珠澳大桥将促进三地融合发展，间接产生的国内生产总值可能是几万亿元甚至十几万亿元，这远远不是投入的1000多亿元所能衡量的。

习近平总书记亲切的谈话让建设者代表施强感到一股暖流从心底涌出，难以抑制内心的激动。2011年，施强远赴珠海，历经3000多个日夜，他和团队完成了界面协调、接口管理极其繁复的交通工程施工图设计，涉及交通控制、景观照明、消防救援等多方面。

"作为世纪工程附属物，交通工程看似寻常最奇崛、诚如容易最艰辛。我深深地感到，7年多来坚守现场，为了港珠澳大桥建设而付出的所有个人牺牲和体验到的工作上的种种压力与艰辛都是值得的、有价值的！"他说。

港珠澳大桥SB04标总监理工程师谢成远将港珠澳大桥定义为他人生的巅峰，2012年6月他克服脚伤肿痛坚持进场，6年来连续多次荣获集体及个人荣誉称号，受到了习近平总书记的亲切接见。

"习主席的叮嘱，不单让我对自己的职业备感荣耀，也让我对祖国的伟大成就备感自豪。"56岁的谢成远说，"行业的发展是祖国发展的一个缩影，我将继续以质量安全无小事的警惕，为祖国的交通工程建设监理事业贡献力量！"

"总书记好！我是负责测量工作的。"郑强握着总书记的手明显感觉到自己心跳加速，手掌心甚至有些微微出汗。2010年底，郑强以主体工程桥梁分项测量负责人身份进驻珠海，8年来凭着如履薄冰的心态，换来了测量工作零失误。

逐梦港珠澳大桥

车行海底隧道

烟花绽放下的人工岛建筑

下部　人间正道是沧桑　249

2017年7月5日，青州航道桥和"中国结"桥塔（梁旭　摄）

2017年12月27日，清晨的阳光穿过港珠澳大桥"中国结"桥塔（梁旭　摄）

逐梦港珠澳大桥

世纪工程，测量先行。海上施工没有参照物，测量就好比海上施工的"眼睛"。他说："总书记话语朴实，却句句直抵人心。此时的港珠澳大桥，已不仅是一座连接粤港澳三地的综合跨海交通工程，他更向世界展现了中国建设者无惧无畏、敢于挑战的新时代奋斗精神和气魄。"

"总书记，这是第二次与您握手。第一次是您担任上海市委书记，视察崇明岛长江隧道建设现场时，我也和您握过手。"作为岛隧工程监理联合体的负责人，胡昌炳与设计、施工团队并肩战斗，一待就是8年，他说，"沉管隧道每一次安装都步步惊心，长时间承担了巨大的压力，总书记的话是对我们的巨大鼓励和激励。"

马学利每当回想起当时的情景，依然心潮起伏。作为中铁山桥CB01标段HSE管理部副部长，他所负责的标段在生产施工期间多次面临台风考验，但都没有发生过安全事故。2015年他被评为"全国劳动模范"。

"荣誉和成绩代表的是过去，它不是人生征途中的一个休止符，而是一个向更高峰攀登的跳台。在今后的工作中，我要将荣誉和压力变成工作的动力，继续前行。"他说。

40岁的陈礼黎受到习近平总书记接见后，心情久久难以平静。作为港珠澳大桥CB03标党委副书记，他将党工团组织延伸至协作队伍，坚信"关心也出生产力"，坚持做建设者的"贴心人"，凝心聚力共同护航超级工程。

"8年的风风雨雨，见证了港珠澳大桥在茫茫伶仃洋上从无到有，一步一步傲然屹立，见证了我们这个伟大的时代、伟大的工程，见证了大国崛起。"回顾参建历程，陈礼黎已此生无憾。

"习书记，好！"广东长大CB04标党支部书记罗锦鸿谈起参加开通仪式与习近平握手时竟然紧张得忘记了叫"习总书记"。他自2012年进驻工地，直到2017年大桥主体工程完工后，才得以回老家过一次春节。"相比那段宝贵的人生经历，大家都觉得辛苦不算什么。"罗锦鸿揉了一下微微发红的眼圈,"怎么说呢?世纪工程,有我一笔!"

当看见习近平总书记迈着矫健的步伐走来,握着手说"大家辛苦了"时,项目经理蔡俊福双眼已噙满了泪水。他回想起交通工程2014年上场至今,参加大桥施工的全体建设者,斗酷暑、战台风,夙兴夜寐,奋力拼搏,终于不辱使命,顺利完成了港珠澳大桥的建设任务。

"大家只有一个共同的信念:无论困难多大,一定要按时完成大桥的建设任务。今天,我们可以自豪地说,中国的建桥人是世界上最棒的。"蔡俊福说。

当女工程师张宝兰握到总书记的手时,时间仿佛停止了。他的目光是那样的温暖和善,背诵了千百遍要说的话在张博士口中只化作一句"总书记好"。

如果再有机会,这位为沉管数百万方混凝土浇筑防裂作出卓越贡献的女工程师想告诉总书记:"我把20多年的研究所得应用到沉管隧道预制混凝土上了,带领团队保质保量地完成了任务。在今后的工作中,我将重整行装再出发,到祖国最需要的地方去。"

在港珠澳大桥建设者中,有高级工程师,有技术大家,更有成千上万能工巧匠。在沉管舾装作业中,岛隧项目舾装班只有初中文化的钳工管延安可将导向杆和导向托架的安装精度做到零缝隙,是名副其实的大国工匠。

"我在这里不仅见到了平时只能从电视里看到的习总书记,还和他握了手!感受到了习总书记的平易近人。"管延安说,"我一定用自己所学建设更多的超级工程、世纪工程,为我们中华民族伟大复兴的中国梦贡献自己的力量。"

中国建设者为同一个理想和目标而坚守,其间,他们有过争执与困惑,有过低迷和沮丧,但始终有一种信心让大家坚持至今。诚如岛隧工程党委副书记樊建华所言:"能为国家强大、为超级工程作贡献,付出再大都值得。"

作为受到接见的三名女代表之一,港珠澳大桥管理局营运部部长江晓霞历经6年前期工作和9年建设工作,如今终于站在了预定的高点,却发觉这并不是休憩的港湾,而是又一航程的转折点,展现在面前的是120年运营维护这更为宽广的征途。

"完成工程交验,我们又一次站在了风口浪尖。既然港珠澳大桥已经在交通行业建设管理的航行中领先,如今再启航的征程,唯有勇立潮头,继续创新。"她说。

全程陪同习总书记走完港珠澳大桥主体工程的朱永灵表示:"进入营运期后,所有建设管理人员都要有归零再出发的意识。我们将人工智能技术综合集成运用到港珠澳大桥,将港珠澳大桥打造成为联结粤港澳三地的'民心桥'。"

56岁的韦东庆受邀参加了开通仪式。大桥建成通车后,作为管理局党委副书记,他随时要接待来自世界各国的重要外宾,甚至国家元首。世纪工程屡屡上演着一幕幕"大桥上的外交"。

"港珠澳大桥的故事才刚刚开始!"韦东庆正致力于挖掘大桥文化内涵,推动大桥文化传播,创作了多首以大桥为主题的交响乐和现代诗歌,"我们不仅要建一座有形的桥,还要搭一座无形的桥。"

重整行装再出发。

历经港珠澳大桥洗礼的工程人又走向了其他工程。港珠澳大桥旁边的深中通道建设正如火如荼地展开。

聚是一把火,散是满天星。绚烂过后,归于平淡。

当本书成稿时,朱永灵已于2018年12月31日向三地政府主动辞去局长职务。融资财务部部长苏毅则到了亚洲规模最大的资产管理公司香港惠理基金公司任高管。营运部部长江晓霞也向管理局提出了辞呈,她希望留点时间好好陪陪家人。工程总监张劲文则把目光瞄向了更为远大的三大海峡通道。总工程师苏权科和总经理林鸣正在参评中国工程院院士。

苏毅说:"再见亦是朋友!"

朱永灵说:"天下无不散之筵席,再好的大戏总有落幕之时。"

林鸣说:"这是一次对人生7年的惜别。告别港珠澳大桥,我们都成了港珠澳大桥人,无论未来我们身在何方。"

如今,粤港澳大湾区蓄势待发,这些"劳苦功高、功不可没"的国家功臣,还有谁比他们更合适、更有经验和能力去攀登呢?

2018年10月23日大桥开通当天,在东人工岛受习近平总书记接见的建设者代表合影。前排从左至右:管延安、张宝兰、樊建华、江晓霞、陈礼黎、施强;后排从左至右:胡昌炳、马学利、谢成远、罗锦鸿、源秋华、李竞伟、张劲文、苏权科、朱永灵、林鸣、孟凡超、陈韶章、谭国顺、郑强、蔡俊福

海底隧道贯通仪式合照

夕阳下的风帆塔

日本前首相鸠山由纪夫（右一）上桥

莫言（前排右二）上桥并与韦东庆副书记（前排右三）对话

后记

我希望，这是一部向港珠澳大桥致敬的作品，这也是一部向港珠澳大桥建设者致敬的作品，这也是给我进入新华社工作十年的阶段性总结作品。

2018年11月的一天，中州古籍出版社总编助理刘春龙突然找到我，邀请我一起参与到港珠澳大桥报告文学创作中来。他当时给了我两条选择：一是作为总策划，他找专门的报告文学作家负责撰写，我负责对接铺路；二是由我自己来写。

稍作思考后，我便决定自己来写。一来大桥建成后，建设期不少核心成员已经离开港珠澳大桥，联络起来颇为不便，其耗费的精力与我自己执笔没有区别。二来一部好的报告文学，不能止于"炫技"，还需要作者投入感情。我总自大地认为，没有人比我更了解大桥，以及比我对大桥的感情更深了，我是发自内心欣赏大桥的成就，欣赏大桥背后的建设者，为支撑大桥背后的中国力量感到自豪。

2015年，因负责交通领域报道的记者调离岗位，分社安排我临时对接，由此与港珠澳大桥结缘。不到半年，根据分社工作安排，交通领域的报道任务又相继转交给了其他两名同事，但港珠澳大桥的报道却始终由我来统筹报道。接下来的3年，正是港珠澳大桥各个重大节点竣工的重要阶段，在一次又一次的重大节点报道中，我有充足的时间和机会，了解港珠澳大桥9年建设期和6年前期论证工作。

在不断接触中，我开始走近并走进港珠澳大桥管理局团队。工作10年来，我跑过不少单位，但能够如此深入、彼此认同、相互欣赏的单位还是第一个。从局领导，到部门中层，再到一线员工，我们都成了彼此信赖的朋友。这是我人生历程中的一大收获。因报道港珠澳大桥，个人也获得了成长。2017年我决定去暨南大学读金融学在职研究生也与这段报道经历有关，当时在采访张劲文工程总监时，他透露自己在大桥建设期间，已经取得了博士学位并成为博士后。见贤思齐，我有什么理由不上进呢？！

  关于港珠澳大桥的报道极其丰富，这些对我而言犹如素材，我想做出不一样的佳肴。这是我首次创作报告文学，算是一种跨界尝试。为了完成这次创作，我仿佛又回到了抱着文学书啃的大学时期。为了吸收营养，我浏览了《华为传》《腾讯传》，详读了江弱水《诗的八堂课》、毕飞宇《小说课》，品读了《县委书记的榜样——焦裕禄》《在大海中永生》《"三北"造林记》《群体性事件应急管理与社会治理——瓮安之乱到瓮安之治》等名篇佳作。

  报告文学与新闻作品有很大的不同。在日常新闻采访中，只要受访对象参与过大桥建设，都可以接受记者采访发表对大桥的看法，随后被诉诸报端。但在写这本报告文学中，却需要对大桥各个标段、各个关键人物的贡献有基本认识，更不能出现"张冠李戴"，否则会引起不必要的争议。既然是一本纪实文学，就必须确保客观公正。

  港珠澳大桥是上万建设者凝心聚力建成的，犹如历史是人民群众创造的，但是英雄可以改变历史的进程。限于篇幅、叙事需要和个人访谈范围，本书呈现的多为英雄。但我深知，没有上万普通的工匠和一线劳动者，港珠澳大桥也没有今天。15万字，出版社只给了4个月时间，有些篇章我变成了亲历者，夹叙夹议带有感情；有些篇章我就是一个旁观的叙述者，力求准确清晰。

  我对这本书还是满意的，一部自己都不满意的作品怎么能呈现给读者。本书梳理了整个港珠澳大桥的历史脉络，全面反映了港珠澳大桥面貌，让各个标段项目的故事都得到呈现。主要人物的篇幅长短与人物的贡献大小大体相当、主次分明，相信当事人看了也会认可。本书结构布局简洁明了，没有完全采用以时间为轴的章回体叙事，而是以模块结构展开，每章主旨鲜明、故事可感，达到了可读性与专业性的统一，避免了线性逻辑叙事的交叉反复，不会让读者陷入阅读混乱。

  非常感谢港珠澳大桥管理局对我的信任。当得知我要创作时，张劲文总监、余烈副局长第一时间给了我莫大的鼓励。余烈副局长更是将整个前期办的文件材料送到了广州给我，苏权科总工冒雨将国家科技支撑计划项目纪录片送给我，张劲文总监把他的博士后论文也贡献出来，丘文惠副部长将一套五册的大桥风采录寄给了我，唐丽娟把港珠澳大桥内刊全部给了我，余烈副局长甚至把他的日记给了我。每当我在写作过程中遇到认识空白，我就会在微信上、电话上骚扰苏总工、张总监、余局、韦东庆副书记、苏毅部长、高星林局长助理、景强博士、丘文惠副部长、唐丽娟和刘刚律师。在成稿后，苏总

后记

工撰写了书评。朱永灵局长卒读全文，不仅帮我更正了一些错误的数字，还帮我修改错字，其认真细致的态度让我感动。他评价此书：深入细致、客观公正、用心用情。我备受鼓舞！

非常感谢参建单位对我的支持。给大桥总设计师孟凡超通电话时，他刚下飞机，百忙之中接受了我的采访。"世上最难"岛隧项目的灵魂人物林鸣总经理亲自为本书作推荐。我还记得2018年10月23日，他作为建设者代表被习近平总书记接见后，我打电话给他，电话中依然能感受到他的喜悦，他说："我们邀请专家学者都来总结港珠澳大桥精神，但都没有总书记总结得好，港珠澳大桥精神就是逢山开路、遇水架桥的精神。"我还要感谢中铁大桥局原局长、CB05标项目经理谭国顺，广东长大CB04标党支部书记罗锦鸿，综合部部长郑伯秦，以及广东长大的母公司广东省交通集团的优秀通讯员欧阳征朝，岛隧项目部综合部部长陈向阳，中交一航局三工区经理叶建州、书记李丽军，等等，他们都给本书出版提供了帮助。

非常感谢我的家人，整个创作都是在春节假期和平时周末完成的。我牺牲了陪伴女儿周子桐的时间，此时她才2岁半。感谢我的太太王雪琦任劳任怨，默默地支持我。感谢我的岳父母王加喜和陈艳春，你们的照顾让我可以心无旁骛地投入写作。这是我的第一本书，我也要献给我的父母周绍顺和李春玉。

感谢新华社这个中国新闻最高执业平台。如果不是新华社提供了机会，我也没有创作的可能性。当我把写书计划跟有过出书经历的分社副总编王攀分享时，他给了我不少建议，启发了我对全书框架的构思。感谢分社副社长、总编辑赵东辉提供了宝贵意见。特别感谢分社社长徐金鹏为本书作序，他是港珠澳大桥报道的总指挥，他的评价给本书添加了新的意味。此刻，我依然忘不了整个报道团队一起通宵达旦并肩作战的日子，叶前、梁旭、霍思颖、陈键兴、刘畅、刘大伟、张加扬、李思佳、吴鲁、李嘉乐、周自扬、邓华、王瑞平、吕光一、曾浩、梁康华等，是大家的共同努力才让港珠澳大桥的报道精彩纷呈。还要感谢热心的前同事兼好友扶庆为此书所做的工作。

"功崇惟志，业广惟勤"，深以为然。今年我已经32岁了，工作10年，积累了一些写作经验，多了一些人生体悟，在最想干事、能干事的阶段遇到了港珠澳大桥，是我的荣幸。感恩新时代，感恩一切有缘之人。

周强 新华社广东分社对外新闻部主任兼团委书记。2009年毕业于广东外语外贸大学国际新闻专业，历任新华社广东分社记者、时政新闻部副主任、财经新闻部副主任。参与和主笔的新闻作品多次获得中宣部新闻阅评表扬以及国家级和省级新闻奖项，其中：《中国国家主席首次进行宪法宣誓》获得中国人大新闻奖一等奖，《培训中心：奢华的"福利"——深圳20多处别墅式培训中心曝出乱象》获得广东省新闻奖一等奖。工作以来，约10篇调研稿件获得习近平总书记批示，有力推动了问题的解决。

·鸣 谢·

本书的出版得到港珠澳大桥管理局和港珠澳大桥各个项目标段的大力支持。感谢梁旭、王超英、黄育波、郝晓天、李建束、郭琦琳、杨巍、陈金、沈道峰、陈维仑、文燕等老师为本书提供了精美的图片。感谢管理局党委书记、首任局长朱永灵，新华社广东分社社长徐金鹏，广东省作协主席蒋述卓教授，中国交建总工程师、岛隧项目部总经理林鸣，管理局总工程师苏权科，对外经贸大学深圳研究院院长、《蚁族》作者廉思教授为本书撰写序言、推荐语和书评。